Ulrike Barow
Baltrumer Bärlauch

Ulrike Barow
Baltrumer Bärlauch
Inselkrimi

1. Auflage 2010
2. Auflage 2011

ISBN 978-3-939689-31-7
© Leda-Verlag. Alle Rechte vorbehalten
Leda-Verlag, Kolonistenweg 24, D-26789 Leer
info@leda-verlag.de
www.leda-verlag.de

Satz: Heike Gerdes
Titelillustration: Carsten Tiemeßen
Gesamtherstellung: Bercker Graphischer Betrieb GmbH & Co. KG
Printed in Germany

Ulrike Barow
Baltrumer Bärlauch
Inselkrimi

Wenn Inga Tarmstedt gewusst hätte, dass ihrem Stöbern in alten Kunstbänden so viel Unheil folgen würde, wäre sie ganz gewiss im *Cafe Scheibner* sitzen geblieben und hätte sich ein weiteres ihrer heiß geliebten Buchweizentortenstückchen mit Blaubeeren genehmigt.

So aber saß sie an diesem warmen Tag wie angenagelt in einem der alten Sessel im *Worpsweder Antiquariat* und blätterte und blätterte. Der nette Antiquar hatte seine Brille auf die Stirn geschoben und einen Band nach dem anderen aus den hohen Regalen gesucht, als sie ihre Wünsche geäußert hatte. Wünsche, die für den Mann tägliches Brot waren. Hier, umgeben von endlos scheinenden Bücherreihen, würde sie mit Gewissheit Informationen über die berühmte Künstlergruppe finden, die vom Ende des vorletzten bis zur Mitte des letzten Jahrhunderts das Bild dieses Ortes geprägt hatte. Wer sich in Worpswede befand, diesem beschaulichen Ort nahe Bremen, interessierte sich für Namen wie Mackensen, Vogeler, Hoetger, Rilke und Modersohn. Deren Schaffen begegnete man hier, wo Kunsthallen, Galerien und kleine Kunstgewerbegeschäfte auf engstem Raum vereint waren, an jeder Straßenecke.

Wieder nahm Inga einen Kunstband in die Hand. Ein Mädchen mit einem Blumenkranz leuchtete ihr vom Titelbild entgegen, gezeichnet im Profil, mit ausgeprägten Gesichtszügen. Natürlich, Paula Modersohn-Becker, wer sonst konnte dieses Bild gemalt haben? Sie hatte viele Biografien dieser außergewöhnlichen Frau gelesen, die ihr Leben kompromisslos der Kunst untergeordnet hatte, zumindest wenn man den Schreibern glauben durfte. Und so manches Mal hatte Inga darüber nachgedacht, ob auch sie in der Lage wäre, ihren Weg für die Kunst so konsequent zu gehen. Bis jetzt hatte sie noch keine Antwort darauf gefunden.

Sie blätterte weiter bis zu dem Bild einer zwischen zwei Bäumen aufgehängten Leine, an der Wäsche flatterte, vom Wind in der Bewegung getrocknet. Das ist es, dachte sie, das Leben auf dem Dorf in seiner ganzen Einfachheit und zugleich Gesamtheit. Die Landschaft, die Menschen und ... – Ihr Atem stockte. Sie hatte die nächste Seite aufgeschlagen, und ihr Blick fiel auf einen Himmel, durchzogen von weißen und grauen Wolkengebilden und widergespiegelt in den kurzen, unruhigen Wellen eines breiten Flusses. In der Mitte des Stromes zwei Segelboote.

Sie las den Namen unter dem Bild. Walter Bertelsmann. Dieser Name war ihr unter den berühmten Worpswedern noch nie aufgefallen.

Lange betrachtete sie das Bild und plötzlich hatte sie das Gefühl, Teil dieser Landschaft zu sein. Sie sah sich am Ufer des Flusses stehen und den Schiffen nachschauen. Kleine Wellen umspielten ihre Füße, und sie spürte den Wind auf ihren Armen.

Inga war beeindruckt. Wenn schon ein kleiner Abdruck in einem Buch so tiefe Gefühle bei ihr hervorrief, wie müsste es dann erst sein, vor einem echten Bertelsmann zu stehen?

»Haben Sie über diesen Maler noch mehr Bücher?«, fragte sie den Antiquar.

»Walter Bertelsmann, warten Sie, ich schau mal eben nach. Soviel ich weiß, gibt es über ihn nicht viel Material, obwohl er in seinem Leben wohl mehr als tausend Bilder gemalt hat.« Nach einem Blick in seinen Computer stand er auf. »Wir haben Glück, ich habe eine

Biografie über ihn da, von Thomas Felgendreher. Es ist der einzige ausführliche Band, der über ihn erschienen ist.« Nach kurzem Suchen reichte er Inga das Buch über die Ladentheke.

Inga begann, sich in das Leben des Malers einzulesen, und merkte nicht, wie die Zeit verging. Erst als der nette Herr hinter der mit Büchern vollgepackten Theke ein paarmal verstohlen auf seine Uhr schaute, klappte sie die Seiten zusammen und sagte fröhlich: »Das nehme ich mit. Danke für Ihre Geduld. Und einen schönen Feierabend wünsche ich Ihnen.«

Mit dem Buch unter dem Arm ging sie zurück zu dem Atelier, das ihr seit fünf Monaten als Zuhause auf Zeit diente.

*

Mit einem Ruck drehte sich Inga um.

»Ich werde hinfahren. Ob die Einwohner dort überhaupt wissen, dass ein begnadeter Künstler unter ihnen gelebt hat? Ich finde es hochinteressant, der Spur dieses Mannes zu folgen. Hier habe ich schon einige Bilder von ihm gefunden, aber ich möchte mehr sehen. Außerdem muss es eine aufregende Erfahrung für Walter Bertelsmann gewesen sein, mitten im Winter auf eine kleine Nordseeinsel zu reisen. Ich wette, er hat dort jede Menge gemalt. Da müssten noch Bilder von ihm zu finden sein. Du siehst, es gibt einen guten Grund, genau dorthin zu fahren. Von Sonnenschein, Strand und Wellen mal ganz zu schweigen.«

Außerdem musste sie sich dringend Gedanken über ihre Zukunft machen, aber das behielt sie für sich. Dieses Thema würde Fynn vermutlich nicht sonderlich interessieren.

Fynn hatte es sich auf ihrem Bett bequem gemacht und schaute sie mit einem ironischen Blinzeln an. »Du weißt, dass dein Stipendium hier noch einen Monat läuft?« Sein Deutsch war fast akzentfrei und so fließend, dass sich nur selten dänische Ausdrücke einschlichen. »Die sehen das nicht gerne, wenn einer ihrer Auserwählten den Ort für längere Zeit verlässt, das solltest du eigentlich wissen, und das Wort ›begnadet‹ könntest du vielleicht auch etwas vorsichtiger verwenden. Außerdem habe ich gerade das Gefühl, dass dein unberechenbares Temperament mal wieder mit dir durchgeht. Der Mann und seine Bilder sind morgen doch auch noch da.«

»Ach, Fynn, du hast ja recht, aber ob ich ein paar Tage mal nicht hier bin, das merken die anderen gar nicht, und mit meiner neuen Skulptur komme ich im Moment sowieso nicht recht voran. Nenne es schöpferische Pause, eine Suche nach unseren künstlerischen Vorgängern, oder einfach eine passende Gelegenheit zum … Ach egal, vergiss es.«

»Hör schon auf, ich kann dich doch nicht zurückhalten.« Sie merkte an Fynns Stimme, dass ihn das Thema nervte. »Aber mecker nicht, wenn es schief geht und die hohen Herren vom Kunstverein dir den Stuhl für deinen schöpferischen Popo vor die Tür setzen.«

»Du kannst einfach sagen, ich wäre krank. Oder ich hätte dringend zu meiner Familie gemusst, falls dich jemand nach mir fragt«, schlug Inga vor, doch Fynn winkte ab. »Außerdem gehören wir zu den letzten Stipendiaten, die hier in diesen Ateliers wohnen. Da werden die sicher ein Auge zudrücken, falls die merken sollten, dass ich mich für kurze Zeit verdrückt habe.«

»Und wenn die ein Auge zudrücken, wird es genug andere Leute geben, die genau das der Tatsache zuschreiben, dass dein Vater der Stiefbruder vom Direktor ist.«

Inga wurde es schlecht bei diesen Worten, die sie seit ihrer Ankunft verfolgten wie eine Herde Schafe. Nun auch noch Fynn. Hörte das denn nie auf? Sie war doch gut. Was konnte sie dafür, dass ihr die Begabung in die Wiege gelegt worden war, wie so vielen anderen Mitgliedern ihrer Familie? Sie hatte sich ganz normal beworben. Ohne Vitamin B oder geheime Absprachen. Sie konnte auch kaum glauben, dass die Juroren sich von etwas anderem als Talent oder Kreativität der Bewerber in ihrer Entscheidung leiten lassen würden. Selbst Hans Heffgen, eines der ältesten Stiftungsmitglieder, hatte vor ein paar Tagen bei der Betrachtung ihrer kleinen Katzenskulptur beifällig mit dem Kopf genickt und ›weiter so‹ gemurmelt. In ihrem Inneren wusste sie genau, dass sie etwas konnte. Und dass sie nie mehr in ihrem Leben etwas anderes machen wollte, als an ihren Skulpturen aus Holz zu arbeiten. Allerdings wusste sie auch, dass zum Leben das Geldverdienen gehörte. Wann würde der Rest der Welt endlich ihr Talent erkennen und würdigen? Sie stöhnte laut auf, und Fynn zuckte zusammen.

»Was ist denn nun wieder los? Weißt du was? Komm du erst mal mit dir selbst klar. Dann kannste gerne Bescheid sagen. Bis dahin.« Er hob seine Beine, auf denen die Arbeit an einem großen Acrylgemälde bunte Spuren hinterlassen hatte, aus dem Bett, und im nächsten Moment war er verschwunden.

Versonnen schaute Inga auf die hinter ihm zugefallene Tür. ›Komisch‹, dachte sie, ›wenn man Fynns Bilder betrachtete, könnte man meinen, dass er trotz seiner jungen Jahre das Leben bis in die tiefsten Abgründe begriffen hätte, aber im wirklichen Leben geht sein Tiefgang nicht über nette Gespräche, Partys und coole Sprüche hinaus‹.

Er hatte mal wieder Reißaus genommen, wie immer, wenn etwas bei ihm unter das Stichwort ›Weibergezicke‹ fiel – und das war eine ziemliche Bandbreite. Sollte er doch gehen. Sie würde jedenfalls nach Baltrum reisen. Obwohl er recht hatte. Sie könnte die Sache auch ruhiger angehen. Aber so war sie nun mal. Bei der Arbeit an ihren Tierskulpturen bewies sie unendliche Geduld, wenn es aber ums tägliche Leben ging ... Sie lächelte und öffnete die Tür ihres Ateliers. Ihr Blick fiel auf den *Barkenhoff*, den ehemaligen Wohnsitz des Malers Heinrich Vogeler. Heute war es ein Museum, und schon oft war sie durch die Räume gestreift mit dem Gefühl, die Anwesenheit der großen Maler der Jahrhundertwende dort noch immer spüren zu können.

›Was gäbe ich dafür, hätte ich an einem der Sonntagstreffen oben im weißen Saal teilnehmen dürfen‹, sinnierte sie. ›Paula und ihre Freundin Clara Rilke-Westhoff hätten gesungen. Der Rilke seine Gedichte vorgelesen. Die Herren Vogeler und Modersohn ihr Pfeifchen geraucht und intelligent über Malerei gesprochen. Und Hoetger erst, der Mann meiner Skulpturenträume und große Architekt ... Er hätte meine Arbeit kritisch und fachkundig begleitet.‹

Ob wohl auch Walter Bertelsmann manchmal an diesen Sonntagsvergnügen teilgenommen hatte? Immerhin, er war ein Schüler Hans am Endes gewesen, und der war nachweislich Teil dieser schöpferischen Runde.

Bertelsmann ließ sie nicht mehr los. Morgen würde sie noch einmal in den Worpsweder Galerien und Museen nach seinen Bildern suchen, die ihr bisher aus unerfindlichen Gründen nie so recht aufgefallen waren.

Sie schaute auf die Uhr. Halb sieben. Fynn hatte sich

offensichtlich für den Rest des Tages beurlaubt. Schade, sie hätte gerne den Abend mit ihm verbracht. Fynn hatte zur gleichen Zeit wie sie sein Stipendium angetreten. Ausgewählt aus Hunderten von Bewerbern, war er aus Kokhave gekommen, einem kleinen Ort in Dänemark. Es hatte zwischen ihnen ziemlich schnell gefunkt. Das hatte sie zumindest am Beginn ihrer Beziehung geglaubt. Inzwischen dachte sie allerdings immer öfter darüber nach, ob er vielleicht nur versuchte, über sie an ihren Stiefonkel heranzukommen.

Schon wieder ein Grund mehr, Worpswede für ein paar Tage den Rücken zu kehren. Außerdem war sie sich sicher, dass ihre Zukunftsplanung viel einfacher sein würde, wenn ihr ein frischer Nordseewind den Kopf frei geweht hatte.

Hunger hatte sie noch nicht, also öffnete sie eine Flasche Rotwein und gab in ihren Laptop das Stichwort ›Baltrum‹ ein. Nach etwa zwei Stunden versunkenen Suchens und Lesens wusste sie es ganz sicher: Da wollte sie hin. Und zwar so schnell wie möglich.

Mittwoch

Gerdjedine Claassen zuckte zusammen. Ein scharfer Pfiff hatte sie in die Wirklichkeit zurückgeholt. »Mensch, Gerdje, bist du vor deiner Wäscheleine eingeschlafen oder was?« Auf dem Nachbargrundstück stand ihre beste Freundin Heidi und schüttete sich aus vor Lachen.

Gerdje war überhaupt nicht nach Lachen zumute. Sie steckte immer noch halb in Gedanken, und es waren keine guten Gedanken, die sie hier beim Abnehmen der Wäsche eingeholt hatten. »Entschuldige, war ganz weggetreten«, murmelte sie und begann, die restlichen Laken und Bettbezüge von der Leine zu holen. Zu ihrem Leidwesen hatte wieder einmal eine Möwe große schwarz-braune Flecken darauf hinterlassen. Immer dasselbe Spiel, dachte sie, die Hälfte muss wieder in die Waschmaschine. Und wieder aufgehängt werden. Und von wem? Natürlich von mir! Wäre das schön, wenn ich die Sachen einfach in einen Trockner stecken könnte, so wie Heidi.

Ihre beste Freundin hatte es da ein ganzes Stück leichter. Aber Hinnerk, ihr Hinnerk, wollte einfach nicht. ›Das war immer so, und das bleibt immer so.‹ Unter diesem Motto stand sein ganzes Leben.

Dabei waren sie beide nicht mehr die Jüngsten. Über fünfzig Jahre vermieteten sie schon ihr Haus. Ihre Eltern hatten es kurz nach dem Krieg gebaut, als der Tourismus wieder erwachte. Als sie bald darauf starben, hatten Gerdje und Hinnerk es mit einem großen Schuldenberg übernommen.

Ihre Kinder Enno und Ingrid lebten längst am Festland. Die Zeit verging in stetig gleichem Rhythmus. Im Winter warteten sie auf die Buchungen der Gäste, im

Sommer wurde vermietet. Mal waren die Zeiten gut, mal schlechter, und bis vor drei Jahren hatte ihnen der Kredit für das große Haus im Nacken gelegen. Da war für andere Dinge nichts übrig gewesen. Erst jetzt, wo die Bankschulden endlich abbezahlt waren, konnten sie etwas aufatmen.

»Jetzt können wir auch mal richtig renovieren«, hatte sie zu Hinnerk gesagt.

Aber der hatte abgewinkt. »Bisher hat sich keiner beschwert. Unsere Stammgäste kennen und lieben es so. Das Geld bleibt auf der Bank!«

Das Dumme war nur, dass die Stammgäste aus den letzten Jahrzehnten mit ihnen älter wurden und langsam wegstarben. In der letzten Zeit kam öfter mal eine Karte im schwarz umrandeten Umschlag, und das bedeutete: wieder eine Buchung weniger.

Neue Gäste kamen kaum, und Heidi lag ihr seit Jahren in den Ohren, Zimmer mit Frühstück seien ›out‹. »Fast jeder auf der Insel hat doch sein Haus in Ferienwohnungen umgebaut! Wer will denn heute noch Zimmer mit Toilette auf dem Flur?«

Aber was sollte Gerdje machen, wenn Hinnerk partout nicht wollte? »Kommst du mit rein, Heidi? Ich setz' eben Teewasser auf.«

»Nee, lass man, ich hab gleich Sitzung vom Heimatverein. Außerdem hockt dein Grummelkopp von Ehemann bestimmt wieder in der Küche.«

»Wahrscheinlich hast du recht. Ich bin ja nur froh, dass der immer noch seine langen Strandrunden dreht. So ist er wenigstens mal ein paar Stunden vor der Tür und ich habe meine Ruhe. Weißt du eigentlich, dass der Mann schon seit einem Jahr nicht ein einziges Mal ans Festland gefahren ist? Ach, was sage ich, du kennst ihn ja.« Gerdjedine nahm den Korb mit der weißen Leinenbettwäsche hoch. Zwei Stunden langweiligen Mangelns lagen vor ihr. Bei der spätsommerlichen Wärme keine angenehme Arbeit.

»Dem müsste man mal so richtig auf die Füße treten. So, dass er's merkt«, rief Heidi hinter ihr her.

»Nun is' aber gut, Heidi, er ist immer noch mein Mann, auch wenn er manchmal wirklich nicht einfach ist.« Gerdje stieß die alte Holztür des Anbaus auf und stellte in der Waschküche den schweren Korb neben die vorsintflutliche Mangel.

Es hatte damals an ein Wunder gegrenzt, dass sie sich diese Mangel hatte kaufen dürfen. Vorher hatte sie die gesamte Bettwäsche mit dem Bügeleisen bearbeiten müssen. Bis ihre Tochter eingeschritten war und ihrem Vater angedroht hatte, dass ihre Mutter nie wieder ein Stück Wäsche in die Hand nehmen würde. »Um die Gäste kannst du dich dann höchstpersönlich kümmern!«, hatte Ingrid ihn angeschrien.

Sie hatte Gerdje gehörig ins Gebet genommen, bevor sie die Insel verlassen hatte, um am Festland mit ihrem Mann und den Kindern ein eigenes Leben zu beginnen. »So geht das nicht weiter, du musst dich endlich durchsetzen!«

Gerdje hatte ihr im Stillen zugestimmt. Aber dann war Ingrid weg und sie war geblieben. Genau wie die Schulden und ihr Mann und die Arbeit.

Ein Laken nach dem anderen schob sie in jahrelang eingeübtem Rhythmus durch die Maschine. Eigentlich war Mangeln doch ganz schön. So fürs Nachdenken. Wenn sie was Schönes zum Nachdenken gehabt hätte.

Ingrid hatte sie zum Weihnachtsfest nach Celle eingeladen. »Bei euch ist dann doch nichts los«, hatte sie bei ihrem letzten Anruf gesagt. »Hier wird ein wunderschöner Weihnachtsmarkt aufgebaut. Überall stehen beleuchtete Buden, und es duftet nach Zimt und Mandeln. Viele vorweihnachtliche Veranstaltungen wird es auch geben. Deine Enkel werden da sein, und wir würden uns wirklich freuen, wenn ihr auch kommt. Na ja, zumindest auf dich. Papa, der große Stimmungstöter, steht bei Lena und Jan auf der Prioritätenliste nicht gerade ganz oben.«

Aus Gewohnheit, nicht aus Überzeugung hatte Gerdjedine widersprochen. Sie wusste genau, dass ihre Enkel es irgendwann aufgegeben hatten, die Liebe ihres Großvaters zu erringen. Inzwischen waren beide erwachsen. Gerdje glaubte nicht mehr, dass sich das Verhältnis der beiden zu ihrem Opa noch ändern würde.

»Keine Ahnung, warum du den Kerl immer noch in Schutz nimmst«, hatte Ingrid gesagt und gleich darauf das Gespräch beendet.

Seitdem kreisten Gerdjedines Gedanken um das Thema Weihnachten. Gut, es war noch genug Zeit zum Überlegen, aber in ihrem Alter … Quatsch, Alter, dachte sie und lächelte fast ein bisschen, weil sie sich wieder mal dabei ertappt hatte, wie sie sich selbst belog. Sicher, sie war gerade über siebzig, aber wer eine ganze Frühstückspension bewirtschaften konnte, war auch in der Lage, nach Celle zu fahren. Zumal Lena versprochen hatte, sie mit dem Auto in Neßmersiel abzuholen.

Nein, es ging nicht um ihr Alter, sondern wieder einmal um Hinnerk. Ihr war völlig klar, wie seine Reaktion ausfallen würde. ›Wenn die was wollen, sollen sie herkommen. Und du bleibst auch hier. Kostet alles bloß Geld. Die Preise auf dem Weihnachtsmarkt sind sowieso Wucher. Was hat dieser ganze Heckmeck überhaupt mit

Jesus zu tun? Glühwein und Bratwurst, dass ich nicht lache. Können wir auch zu Hause haben.‹

Natürlich könnte sie trotzdem fahren. Aber sie wusste genau, dass sie tief in ihrem Inneren keine ruhige Minute hätte. Das ständige Nachgeben und Stillhalten war in den vielen Jahren ein Teil ihrer selbst geworden. Das schüttelte man nicht mal eben so ab.

Der letzte Kopfkissenbezug wanderte durch die Hitze und kam frisch geplättet wieder heraus.

Immerhin, dachte sie, habe ich noch die Erinnerung an bessere Zeiten, meinen heiß geliebten Garten, und … Sie nahm den Korb mit der gelegten Wäsche und ging ins Haus.

Gerdje schaute auf die Uhr. Gleich würden die Zwillinge Benni und Eva an der Küchentür stehen. Das war so sicher, wie sie den Vanillepudding bereits aus dem Kühlschrank genommen hatte. Immer mittwochs, wenn Brigitte, die Mutter der Kinder, im *Frischemarkt* aushalf, kamen die beiden zu ihr zum Essen. Und ihr Lieblingsnachtisch war Vanillepudding. Mit Schokosoße. Viel Schokosoße! Aber zuerst gab es ein weiteres Lieblingsgericht der Kinder. Und das hieß nicht etwa Nudeln mit Tomatensoße, sondern Insett-Bohnen-Eintopf.

In einem tiefer gelegenen Teil von Gerdjes Garten wuchsen Erbsen, Spinat, Grünkohl, Kräuter und eben grüne Bohnen, die Gerdje nach traditioneller Art als Wintervorrat geschnippelt, in einen Püllpott geschichtet und eingesalzen hatte. Aber seit die Kinder im letzten Herbst ihre Vorliebe für den Eintopf aus Schnippelbohnen und Kartoffeln, gekocht mit Mettwürstchen und Speck, entdeckt hatten, war es mit der langen Einlagerung vorbei. Allerdings konnte sie gut damit leben, denn auch

Hinrich war ein überzeugter Anhänger der ostfriesischen Küche. Das Mittagessen würde vermutlich der einzige Teil des Tages sein, an dem ihr Mann ihr ohne mürrischen Gesichtsausdruck gegenüber saß.

Die Kinder kannten ohnehin keinerlei Respekt vor seiner Missgelauntheit. Es ging ständig ›Onkel Hinnerk‹ hier, ›Onkel Hinnerk‹ da ... ›Kannst du uns mal was erklären?‹ Er spielte mit, vergaß für kurze Zeit, dass er sich im Laufe der Jahre zu einem übel gelaunten Miesepeter entwickelt hatte, und wirkte fast entspannt. Gerdje konnte sich dieses Verhalten nicht erklären, so oft sie auch darüber nachdachte.

Das Telefon klingelte auf dem alten schwarzen Eckschrank im Wohnzimmer. Ihre Enkelin Lena war dran. Sie hielt sich nicht lange mit den üblichen Begrüßungsfloskeln auf. »Oma, ich weiß ja, es ist noch fast vier Monate hin, aber kommt ihr nun zu Weihnachten?«

Gerdje zögerte. »Mädel, du weißt, wie es ist. Lass man eben.«

»Weißt du was, Oma? Ich habe jetzt vierzehn Tage Urlaub. Die werde ich auf einer wunderschönen kleinen Insel verbringen. Ich will stark hoffen, dass ihr für eure Lieblingsenkelin ein Bett frei habt. Und dann schau'n wir mal, ob wir das Ding nicht in trockene Tücher kriegen. Na, was hältst du davon?«

Gerdje schluckte. Ihre Lena. Vierzehn Tage bei ihr. Das wäre wunderschön. Andererseits erinnerte sie sich an Lenas letzten Besuch. Die konnte genau so ein Sturkopp sein wie ihr Großvater. Oft genug waren die beiden aneinander gerasselt, und Gerdje stand jedes Mal dazwischen mit ihren Vermittlungsversuchen.

»Oma, bist du noch dran? Hier spricht deine Verbindung zur Außenwelt!«

»Ja, Lena, wann kommst du denn?«

»Morgen mit der ersten Fähre. Mittags. Holst du mich ab? Bitte, bitte.«

»Natürlich bin ich mit der Wippe am Hafen. Ist doch klar.« Ihre Freude, morgen Lena in den Arm nehmen zu können, wog den Verzicht auf ihren heiß geliebten Mittagsschlaf auf.

Als sie aus dem Wohnzimmer zurück in die Küche kam, saßen Eva und Benni bereits auf der Eckbank und schauten sie erwartungsvoll an. »Tante Gerdje, guck mal, was wir dir mitgebracht haben.« Vier kleine Hände hielten ein Glas mit einer undefinierbaren grauen Masse darin fest umklammert.

»Was um alles in der Welt ist das?«, fragte sie und beugte sich dicht darüber.

»Das ist Schlick. Direkt aus dem Wattenmeer. Wir haben heute Morgen ganz früh mit der Schule eine Wattwanderung gemacht.« Ein kräftiger Geruch nach Fisch und Tang unterstrich ihre Aussage. »Und kuck mal, da unten drin, das ist ein Wattwurm. Toll, nicht?«

»Na ja«, sagte Gerdje nachdenklich. »Der Wattwurm ist schon toll. Habe ich ewig nicht mehr gesehen. Früher sind wir oft durchs Watt nach Neßmersiel gelaufen. Aber das macht kaum noch einer. Nur die Wattführer mit ihren Gästen. Aber mal ehrlich, glaubt ihr nicht, dass der Wurm in seiner natürlichen Umgebung besser aufgehoben ist als hier in diesem Glas?«

»Klar, Tante Gerdje. Wir wollen ihn nur Onkel Hinnerk zeigen, dann bringen wir ihn wieder zurück.« Ernsthaft nickten die beiden und schauten zu Hinnerk Claassen, der gerade zur Küchentür herein kam.

»Ihr wollt doch wohl nicht alleine ins Watt und den Wurm wieder aussetzen? Kommt gar nicht in Frage. Da gehe ich mit.« Hinnerk nahm das Glas in die Hand und schaute es sich von allen Seiten an.

Gerdje blieb vor Überraschung der Mund offen stehen. Hinrich bot sich freiwillig für etwas an? Sie konnte sich nicht erinnern, dass er jemals mit seinen Enkeln etwas Ähnliches unternommen hatte. Und an noch etwas konnte sie sich nicht erinnern, nämlich dass sie ihren Mann in der langen Zeit, die sie zusammen verbracht hatten, jemals anders als ›Hinnerk‹ genannt hatte. So wie alle ihn riefen, die ihn kannten. Jetzt ertappte sie sich immer öfter dabei, dass sie ›Hinrich‹ dachte und sagte, den Namen, der in seinem Pass stand und der nur bei offiziellen Anlässen benutzt wurde. Hatte sie sich innerlich so weit von ihm entfernt? Nach all den Jahren?

In den Anfangsjahren ihrer Ehe, als Hinrich ein ganz anderer Mensch gewesen war, da war er mit seinen Kindern stundenlang draußen am Wasser gewesen, so oft es seine knapp bemessene Freizeit erlaubt hatte. Damals war er beim Amt für Küstenschutz für den Buhnenbau und die Inselsicherung zuständig gewesen. Hatte mit seinen Kollegen Strandhafer in den Randdünen angepflanzt und Sandschutzzäune aus Birkenreisern aufgestellt. Nach Feierabend hatte er all die Dinge erledigt, die rund ums eigene Haus zu tun waren. Eine Arbeit, die nie ein Ende zu nehmen schien. Bis zu dem Tag, als seine Bandscheibe das ewige Bücken nicht mehr mitmachen wollte. Eine Operation wurde fällig, dann die nächste und nach einem Jahr des Krankseins folgte der Status, den er nie verwunden hatte: Frührentner.

›Das hat ihn kaputt gemacht, im wahrsten Sinne des Wortes‹, dachte Gerdje, ›aber andere stehen wieder auf. Machen das Beste draus. Er eben nicht. Hat seine ganze Familie verurteilt, sein Frührentnerselbstmitleid zu ertragen, und wundert sich, wenn die dagegen aufbegehrt.‹

Nur sie selbst hatte eigentlich noch nie so recht aufbegehrt. Mal ein paar Worte, das schon, aber die hatten alles nur schlimmer gemacht. So hatte sie wieder geschwiegen und sich um ihren Garten gekümmert. Dort hatte sie ihre Ruhe.

»Aber erst werden Hausaufgaben gemacht, dann könnt ihr ins Watt.« Gerdje versuchte, Fröhlichkeit in ihre Stimme zu legen, aber so ganz wollte es ihr nicht gelingen. »Das Wasser fällt langsam wieder. Also, was habt ihr auf?«

»Heute nur lesen«, sagte Benni. »Und ein Gedicht auswendig lernen. Die ersten sechs Strophen. Stell dir das mal vor, Tante Gerdje, sechs Strophen! Wenigstens ist es spannend, glaube ich. Es handelt von einem Schiff, das untergeht, mit Menschen drauf. Das heißt *Nils Rannda* oder so ähnlich.«

»*Nis Randers*«, verbesserte ihn Eva sofort. Sie war die Bessere in Deutsch, wogegen ihr Bruder in allen Mathefragen zu Hause war. »*Krachen und Heulen und berstende Nacht, Dunkel und Flammen in rasender Jagd – ein Schrei durch die Brandung*«, Eva hatte sich auf die Eckbank gestellt und deklamierte mit lauter Stimme.

»Aus, Schluss!« Benni hielt sich die Ohren zu. »Lass uns lieber in den Garten gehen und Tante Gerdje helfen«.

Die aber schüttelte den Kopf. »Nichts da, ihr macht Hausaufgaben, ich klare die Küche auf, dann höre ich euch ab, und dann könnt ihr mit Onkel Hinnerk ins Watt. Mein Unkraut gehört mir, da hat kein anderer was dran zu zupfen.«

Benni lachte: »Ist doch klar, wir wollten dich auch nur ein bisschen ärgern. Jeder weiß, dass man in deinen Garten nicht rein darf.«

»Genau so ist das. Mein Garten – mein Heiligtum. Bis auf die Liegewiese. Die ist für alle da. Sogar für unsere Gäste.« Nun musste sie doch lachen, besonders wenn sie an ihre Lieblingswerbung im Baltrum-Prospekt dachte. ›Sonnige Liegewiese‹ stand da immer wieder, und stets fragte sie sich, was der Vermieter wohl machte, wenn die Sonne gar nicht schien, der Gast aber ebendiese ›sonnige Liegewiese‹ einforderte. Solarien aufstellen vielleicht?

»Aber erst einmal werde ich gleich eure Mutter besuchen. Ich muss noch eine Kleinigkeit einkaufen. Also dann, an die Arbeit.« Sie stand auf und räumte das Geschirr vom Tisch auf die dunkelbraune Arbeitsplatte, der man die vielen Jahre des Gebrauchs ansehen konnte. Immerhin hatte Hinrich trotz seines Geizes kapituliert, nachdem Gerdje das Abwaschen des morgendlich anfallenden Geschirrs der Frühstücksgäste von ihm verlangt hatte. »Falls es dein Rücken zulässt«, hatte sie sanft gesagt. Eine Woche später hatte er die Spülmaschine einbauen lassen und konnte wieder seine Rückenschmerzen pflegen.

Nachdem sie ihre Küche, so gut es ging, auf Hochglanz gebracht hatte, schnappte sich Gerdje ihr Fahrrad, um ihren Einkauf zu erledigen.

Auf der Höhe des Deichschartes beim *Haus Oase* kam ihr Olga Nammen entgegen. Gerdje stöhnte innerlich auf. Das konnte eine lange Viertelstunde werden.

»Hallo, Gerdje! Na, wo geiht?«, tönte Olgas lautes Organ über den Hellerweg. »Willst einkaufen?«

»Nee, den Hund ausführen«, rief ihr Gerdje entgegen, was Olga abrupt vom Fahrrad springen ließ.

»Hund?«, rief sie und schaute sich verwirrt um. »Ich seh' keinen Hund. Weiß Hinrich das?«

»Erstens: War'n Scherz. Zweitens: Is' mir völlig egal. Sonst noch was?«

Olga Nammen atmete erleichtert aus. »Gott sei Dank, hatte schon Angst ... Wieso, völlig egal? Dann ist dir wohl auch plötzlich egal, dass du deinen heiß geliebten Bunker wieder an die Gemeinde zurückgeben musst?«

Gerdje merkte förmlich, wie ihr das Blut aus dem Gesicht wich. Kurz meinte sie, ohnmächtig zu werden. Gleichzeitig sah sie ein hämisches Grinsen in Olgas Gesicht aufleuchten.

»Bunker? Was soll das? Außerdem ist das kein Bunker, sondern ein alter, ausgedienter Flakstand aus dem letzten Krieg.«

»Nun tu man nicht so gelehrt, Gerdje, das weiß ich auch. Aber wir haben da ja immer Bunker zu gesagt. Und ändern tut das auch nichts an der Sache, oder?«

Gerdje bemühte sich verzweifelt um Fassung. Olga mochte eine Tratschtante sein, aber meistens steckte ein wahrer Kern in ihren Sprüchen. Jetzt nur keine Schwäche zeigen. Nur keine Neugier.

»Wenn du gar nicht wissen willst, wieso ich das weiß, dann ist es dir ja wohl wirklich egal, oder?« Olga Nammen schaukelte fröhlich mit ihrem Oberkörper hin und her.

›Noch einmal *oder* und ich brech dir das Genick‹, dachte Gerdje.

»Also, das war so. Dein Hinrich war am Strand. Wie jeden Tag. Und mein Okko auch. Auch wie jeden Tag. Irgendwann kamen die beiden ins Gespräch – wie jeden Tag ...«

Gerdje verdrehte die Augen.

»Und dann hat dein Hinrich meinem Okko erzählt, dass er beschlossen hat, den Pachtvertrag mit der Gemeinde über den *Flakstand*« – das letzte Wort betonte Olga deutlich – »nicht mehr zu verlängern. ›Ihre drei Schaufeln kann Gerdje bei uns in den Keller stellen.

Kostet all'ns bloot Geld.‹ Hat er zu Okko gesagt. Und dass er zum nächsten Ersten kündigen will. Da hab ich aber gleich zu Okko gesagt: ›Wenn das man Gerdje recht ist. Die hängt da doch so dran. An dem Flakstand und ihrem Garten, wo sie doch extra die Tür von dem Unterstand so bunt angemalt hat.‹«

Gerdje war wie vor den Kopf geschlagen. Kaum hörte sie noch die Worte, die unablässig aus Olgas Mund zu sprudeln schienen. »Gerdje, Gerdje, alles klar mit dir? Du süchst ja richtig krank ut. Mach doch wohl all'ns nicht stimmen. Vielleicht habe ich das auch nur verkehrt verstanden. Mensch, Gerdje, nun warte doch eben.«

Aber Gerdje hatte sich auf ihr Fahrrad gesetzt und sauste wie von Furien gehetzt los, immer die Hellerstraße entlang, am Spielteich vorbei bis kurz vor das *Hotel Fresena*. Im scharfen Bogen lenkte sie ihr Rad durch das Deichschart geradeaus bis zur Schule und ohne rechts oder links zu schauen direkt über die Kreuzung bis zum *Insel-Markt*. Dann weiter auf den Weg, der unterhalb der Randdünen entlangführte. Zweimal war sie knapp davor, einen der Fußgänger zu überfahren, die auf dem Weg zum Strand waren.

Plötzlich versagten ihr die Beine. Gerade schaffte sie es noch, das Fahrrad in die dichten Büsche zu werfen, die den Weg einrahmten, und zu *Willys Utkiek* hoch zu laufen. Schwer atmend fiel sie auf eine der hölzernen Bänke. Sie presste beide Hände zur Faust geballt auf ihre Brust. Seitenstiche drohten ihr den Atem zu nehmen. Das durfte einfach nicht wahr sein. Würde er das wirklich tun? Ohne sie zu fragen? Er wusste es doch. So vernagelt konnte er nicht sein. Selbst wenn er sich die letzten Jahre für nichts mehr interessiert hatte, was seine Frau anging. Er konnte es einfach nicht vergessen haben. Er wusste, wie sehr sie ihren Garten unterhalb der großen Düne liebte. Ihr Garten, der genau an die hohe Düne grenzte, in die die Flakstation damals kurz vor dem Zweiten Weltkrieg eingebaut worden war.

Nach dem Krieg hatte der Raum jahrelang leer gestanden, bis ihre Eltern ihn gepachtet hatten, um Gartengeräte unterzubringen und alles, was sie gerade nicht benötigten. Als dann an Stelle des alten Insulanerhauses das neue gebaut wurde und Gerdje und Hinrich es irgendwann mitsamt den Gästen übernahmen, war der Pachtvertrag einfach weitergelaufen. Jahr für Jahr hatte Gerdje zwischen dem Haus und der Düne an ihrem Garten gearbeitet. Geschuftet hatte sie. Mutterboden mit dem Sand gemischt. Sträucher und Stauden angepflanzt. Wege gezogen und alles mit einer Eibenhecke eingefasst. Sicher gab es Insulaner, die meinten, dass ein parkähnlicher Garten für Baltrum untypisch sei. Sie aber hatte sich davon nicht abbringen lassen. Gerdje hatte sich mit dem Garten einen Traum erfüllt. Und am Ende des Gartens lag unterhalb der Düne der Geräteschuppen, der nun nicht mehr ihrer sein sollte.

Ihr Herz klopfte zum Zerspringen. Sie merkte nicht einmal, dass zwei Gäste den Weg heraufkamen, sie neugierig und verwundert anschauten und dann auf der anderen Seite wieder verschwanden. Und dann war da noch ... Nein, sie konnte es nicht zulassen. Sie würde es ihm verbieten. Schlichtweg verbieten. Immerhin hatte sie das ganze Anwesen mit in die Ehe gebracht. Er hatte sich in seinem ganzen Leben nicht um den Garten und den Flakstand gekümmert. Sie konnte die beiden Räume, die vor langer Zeit in den Fuß der Düne gegraben worden waren, nicht aufgeben. Sie konnte einfach nicht.

Langsam ließen ihre Seitenstiche nach und ihr Blick suchte das Wasser. Unaufhörlich rollten die Wellen an den Strand. Wie im richtigen Leben, dachte sie. Es geht immer weiter, mal oben, mal unten, und immer muss man rudern, um das Gleichgewicht zu halten, nicht unterzugehen. Und irgendwann kommt die letzte Welle und rollt im weichen Strandsand aus.

Langsam liefen ihr Tränen über die Wangen und tropften auf ihre Hose. So saß sie eine lange Zeit und dachte nicht mehr an ihren Einkauf.

Donnerstag

Fynn fuhr Inga mit dem Auto von Worpswede zum Bremer Hauptbahnhof. Nicht, um ihr einen Gefallen zu tun, das war ihr klar, sondern weil er dem Paula-Modersohn-Becker-Museum in der Böttcherstraße einen Besuch abstatten wollte.

Er versuchte allerdings, ihr noch einmal ernsthaft ins Gewissen zu reden. »Du hast wohl vergessen, dass unsere Abschlussarbeiten in der nächsten Woche abgegeben werden müssen.« Süffisant grinste er sie von der Seite an. »Aber so sind meine Chancen, ausgezeichnet zu werden, natürlich noch etwas höher. *Tak for det.*«

Sie hatte ihm nicht erzählt, dass ihre Lieblingsskulptur, der Leopard mit den wachen Augen, bereits auf dem Tisch der Juroren lag. Sie war glücklich über ihre letzte Arbeit, denn sie hatte genau das aus dem Holz herausarbeiten können, was ihr wichtig erschien. Das Spiel der Muskeln beim Absprung – fast meinte sie, die Bewegung spüren zu können, wenn sie über das warme Holz strich.

Inga machte es sich im Regionalexpress gemütlich. In Norden würde der Bus der Reederei *Baltrum-Linie* auf sie warten und sie nach Neßmersiel bringen. Und dann noch eine Schifffahrt, dachte sie, so habe ich an einem Vormittag fast alle gängigen Verkehrsmittel durch.

Es war ruhig im Zug. Inga lehnte sich entspannt zurück und dachte an den Mann mit dem mächtigen Schnurrbart und dem ausladenden Künstlerhut.

Sie hatte viel unternommen in den letzten Tagen, um ihrem neu erkorenen Lieblingsmaler näher zu kommen. Sie hatte sich im Internet bei *Artprice* seine Bilder angesehen, die Biografie gelesen und sich in den Worpsweder

Museen und Galerien umgeschaut. In der *Käseglocke*, einem kleinen, runden, wunderschönen Museum mit außergewöhnlicher Architektur mitten im Wald, hatte sie in einer gläsernen Vitrine Geschirr entdeckt, das von seiner Frau Erna bemalt worden war. Auch vor dem ehemaligen Wohnhaus Bertelsmanns, einem der ältesten Bauernhäuser in Worpswede, hatte sie gestanden, aber nicht den Mut gefunden, die Klingel zu drücken.

Inga hatte auch versucht, etwas über das Baltrum im Jahre 1905 zu erfahren, dem Jahr, in dem Walter Bertelsmann die Insel besucht hatte. Allerdings waren da die Informationen eher mager gewesen. Sie hoffte, direkt auf der Insel mehr herauszufinden.

*

Es war November, als er sich auf den Weg nach Baltrum machte. Ein aufregender Entschluss, denn um diese Jahreszeit gab es die Annehmlichkeiten des gerade erblühenden Tourismus auf der Insel nicht, und die Verbindung dorthin war recht langwierig. Aber er wusste, dass er die richtige Entscheidung getroffen hatte. Er stieg in Bremen in den Schnellzug, der ihn in die kleine Stadt Norden brachte. Von dort nahm er die ostfriesische Küstenbahn für eine halbstündige Fahrt nach Dornum. Unterkunft fand er im Hof von Ostfriesland.

»Wohin soll Ihr Weg gehen?«, fragte ihn der Hotelbesitzer Wilhelm Fokken.

»Ich möchte nach Baltrum, obwohl das Wetter nicht gerade zum Baden einlädt.« Er zeigte auf seinen großen Reisekoffer. »Aber ich habe genügend wetterfeste Sachen dabei. Als Norddeutscher ist man mit Sturm und Kälte vertraut, nicht wahr? Außerdem stecken hier noch viele Mal-Utensilien drin. Sagen Sie, wie komme ich morgen

nach Neßmersiel? Von dort fährt doch das Schiff, wenn ich mich richtig informiert habe?«

Fokken nickte. »Ich bin nicht nur Hotelier, sondern auch Fuhrunternehmer hier im Ort. Ein Landauer und eine offene Chaise stehen bei mir im Stall. Damit könnte ich Sie morgen nach Neßmersiel bringen. Ob das Schiff fährt, kommt auf die Wetterlage an. Haben wir Sturm, besonders starken Ostwind, müssen Sie noch ein wenig länger meine Gastfreundschaft in Anspruch nehmen.«

Walter Bertelsmann versprach, am nächsten Morgen gleich nach dem Frühstück reisebereit in der kleinen Hotelhalle zu warten.

Er nutzte die Zeit und schaute sich in dem beschaulichen ostfriesischen Ort das Schloss und die alte Kirche mit ihrer prächtigen Orgel an.

Am nächsten Tag wartete er bereits ungeduldig auf seine Kutsche, als Wilhelm Fokken hereinkam. »Sie haben Glück, heute fährt der Postbus nach Neßmersiel, so ersparen Sie es sich, in der kalten Kutsche zu sitzen. Sehen Sie«, er zeigte nach draußen, »dort steht er schon. Er fährt zwei Stunden vor Ablegen des Schiffes los, denn es kann immer sein, dass das Schiff wegen schwankender Wasserverhältnisse etwas früher als im Fahrplan ausgedruckt die Leinen lösen muss. Nun kommen Sie. Ich trage Ihren Koffer.«

Am kleinen Hafen unterhalb des Fährhauses lag das Schiff bereit zur Abfahrt. Er sah, dass außer ihm noch ein paar andere Gäste die Überfahrt antreten wollten. Auch ein wenig Fracht wurde noch geladen. Dann ging es unter Segeln durch einen gewundenen Priel Richtung Wattenmeer. Das Wetter war klar, und bald schon konnte er die Silhouette der Insel mit den kleinen Insulanerhäuschen in der Ferne liegen sehen. Kapitän Eilts, so hatte der Schiffsführer sich vorgestellt, hatte ihm erzählt, dass das

Schiff bis zur Buhne M des Schutzwerkes fahren würde, von dort könne man ganz bequem in einem kurzen Fußmarsch die Insel erreichen.

Bertelsmann hatte vor der Reise einen Brief von seinem Vermieter erhalten, der seine Verwunderung darüber zum Ausdruck gebracht hatte, dass jemand mitten im Winter Baltrum besuchen wolle. Dennoch hatte der Mann versprochen, ihn an der Buhne abzuholen, und ihm ein Zimmer in seinem kleinen Hotel zur Verfügung zu stellen. Frühstück, Mittagessen und Abendessen wird in der geheizten Küche bereitgestellt, *hatte er am Schluss seines Briefes geschrieben. Und mit* Hinrich Janssen Küper, Hotelier *unterschrieben.*

Inga schlug verschlafen die Augen auf. Der Zug fuhr gerade langsam in den Emder Bahnhof ein. Glück gehabt, dachte sie, hätte ich nur ein wenig länger geträumt, wäre ich womöglich erst in Norddeich aufgewacht, und das wäre für meine Reise nach Baltrum ganz bestimmt nicht günstig gewesen.

Den Rest der Fahrt verbrachte sie damit, die Felder und Wiesen zu bewundern, die sich rechts und links des Schienenstranges bis zum Horizont erstreckten. Ab und zu fuhren sie durch einen der kleinen ostfriesischen Orte. *Marienhafe* las sie. Hatte hier nicht der berühmte Pirat Klaus Störtebeker im Kirchturm gehaust und zusammen mit den Ostfriesen der Hanse die Stirn geboten?

In Norden am Bahnhof stand der Bus schon bereit. Inga machte es sich auf einem Fensterplatz gemütlich. Am Marktplatz stiegen noch einige Leute ein, beladen mit Einkaufstaschen und voll bepackten Rollwagen. Bald entspann sich unter den Zugestiegenen eine angeregte Unterhaltung. Das müssen Insulaner sein, kombinierte

Inga messerscharf. Sie verstand nicht ein einziges Wort. Sie stammte zwar aus Schleswig-Holstein, konnte aber kein Plattdeutsch. Das kann ja heiter werden, dachte sie. Hoffentlich verstehen die mich auf der Insel überhaupt!

Nach einer knappen halben Stunde sah sie den Hafen vor sich. Eine große Fähre legte gerade an, und ein kräftiger Wind wehte ihr beim Aussteigen um die Nase. Inga bestieg das Schiff und schaute sich auf dem Oberdeck um. Die meisten der blauen Bänke waren noch leer, obwohl herrlicher Sonnenschein dazu einlud, die Überfahrt draußen zu genießen.

Auf einer der Bänke saß eine junge Frau, die viele bunte Schleifchen in ihre knallrote Mähne geflochten hatte, und lächelte Inga an. Sie machte einen so offenen und freundlichen Eindruck, dass Inga das Gefühl hatte, sie schon ewig zu kennen. »Darf ich mich zu Ihnen setzen? Ich heiße Inga Tarmstedt.«

»Ich bin Lena Schirrmacher. Sie wollen sicher Urlaub machen.«

Inga nickte. »Ja, und ein bisschen Recherche betreiben. Ich folge den Spuren eines Künstler, der hier gewesen sein soll.«

»Ich besuche meine Großeltern«, erklärte Lena Schirrmacher. »Habe zwei Wochen Urlaub und spontan beschlossen, die Insel könnte mir mal wieder ganz gut tun. Wir vermieten auch. Zimmer mit Frühstück. Oma hat bestimmt was frei. Haben Sie schon ein Zimmer?«

»Ja, ich habe im Ostdorf eine kleine Ferienwohnung gemietet. Im *Haus Seegras*.«

»Ach, das ist ja super. Das Haus von meinen Großeltern liegt gleich gegenüber. Dann können wir uns morgens beim Zähneputzen zuwinken.« Lena lachte. »Lassen wir doch das blöde ›Sie‹. Ich bin Lena. Sollen wir uns mal auf 'nen

Kaffee treffen? Wie wär's morgen um drei im *Kluntje*?«

Inga war froh, gleich so eine nette Bekanntschaft gemacht zu haben. »Wenn du mir nun auch noch erklären würdest, wo das *Kluntje* ist? Bin neu hier.«

»Klar doch, du läufst einfach Richtung Osten, am Friedhof vorbei und dann links über den Deich. Gleich dahinter ist das Café.« Lenas ausgestreckter Arm zeigte eine für Inga undefinierbare Richtung an. Trotzdem versprach Inga: »Ich werde pünktlich da sein.«

Als das Schiff auf Baltrum anlegte, fragte Lena: »Wirst du abgeholt oder willst du deine Sachen mit bei uns auf die Wippe stellen, ich meine natürlich unsere kleine Transportkarre?«

»Frau Meyer hat gesagt, sie stände mit einer Wippe« – Inga lachte und betonte das Wort ›Wippe‹ deutlich, »und einem Namensschild vor der Brust am Hafen. Lasse mich also überraschen. Bis bald.«

*

Schon als sie die hintere Gangway der *Baltrum I* herabstieg, sah Lena ihre Großmutter aus der Ferne winken. Sie winkte zurück, und eine große Freude erfasste sie bei dem Gedanken, ihre Oma gleich in die Arme schließen zu können. Opa war natürlich nicht mit zum Hafen gekommen. War wohl zu viel verlangt. Aber er würde schon früh genug ihre neue Frisur missbilligend in Augenschein nehmen, mit seinem typischen verständnislosen Kopfschütteln wieder zum Strand latschen und nach drei Stunden mit einer Karre voll zusammengesuchtem Strandgut wieder auf der Matte stehen.

»Oma, Oma!« Mit ausgebreiteten Armen lief sie auf die wartende Frau zu, sobald sie festen Boden unter den Füßen spürte.

»Mensch, Lena, ist das schön, dass du da bist.«

Lena sah Tränen in den Augen ihrer Großmutter. »Was ist denn mit dir los? So nah am Wasser gebaut kenne ich dich gar nicht. Ist irgendwas? Du siehst müde aus.«

»Ach was, gar nichts ist los. Ich bin nur froh, dass du da bist. Und ein bisschen geschafft von der Saison. Die vielen Monate ohne einen freien Tag, das geht an die Nieren. Aber reden wir nicht davon. Komm, pack deine Sachen in die Wippe. Du weißt ja: Der Weg ins Ostdorf ist lang, aber schön.«

Lena nahm ihren Koffer aus dem Container, schaute sich nach ihrer neuen Freundin um und sah, dass deren Vermieterin zur Stelle war. »Wir können los. Wie geht es meinem muffeligen Großvater?«

»Ach, gut. Wie immer.«

Lena betrachtete sie argwöhnisch. »Oma, was ist los? Du hast doch was.«

»Es ist alles in Ordnung, mein Kind, glaube mir. Hast du gehört, dass neulich ein Film hier gedreht worden ist? Über die Theatergruppe?«

»Nein, erzähl mal.«

Und Gerdje erzählte alles, was sie über die Filmaufnahmen wusste. Trotzdem wurde Lena das Gefühl nicht los, dass ihre Oma ganz andere Dinge auf dem Herzen hatte als das, was sie ihrer Enkelin als aufregende Neuigkeit verkaufen wollte.

*

Inga hatte ihrer Vermieterin kurzerhand das Fahrrad mit der Wippe aus der Hand genommen und gesagt: »Sie zeigen mir den Weg und ich schiebe das Rad. Sind schließlich meine Koffer hinten drauf.«

Frau Meyer hatte erfreut genickt. »Manche Gäste

kämen gar nicht auf den Gedanken, mir die Arbeit abzunehmen. Aber ich will mich nicht beklagen«, sagte sie mit einem entschuldigenden Lächeln. »Die meisten sind nett und zuvorkommend. Wie Sie.«

Im Haus wurde Inga gleich von der hellen und freundlichen Atmosphäre gefangen genommen. Alles war so dekoriert, wie Inga sich immer ›nordischen Stil‹ vorgestellt hatte. Auf den Kiefernmöbeln lagen blaue Deckchen und neben einigen typischen maritimen Holzschnitzereien fanden sich ein paar außergewöhnliche Arbeiten, die Ingas Aufmerksamkeit fesselten.

»Mein Mann«, erklärte Frau Meyer. »Er macht solche Dinge. In seiner Freizeit. Sie können ihn nachher ruhig in seiner Laube besuchen. Er wird sich freuen. Aber erst zeige ich Ihnen Ihre Wohnung.«

Inga nickte erfreut. Das ging ja gut los. Kaum auf der Insel und schon ein Gleichgesinnter. Wenn die Chemie stimmte, würde daraus sicher die eine oder andere Fachsimpelei entstehen. Möglicherweise konnte der Mann ihr einige Türen öffnen.

Von ihrer neuen Bleibe war Inga begeistert. Große Fenster gaben auf der einen Seite die Aussicht auf die Dünen und auf der anderen Seite zu den Häusern und Gärten des Ostdorfes frei. Als Frau Meyer die Tür zum Schlafzimmer öffnete, fiel Ingas Blick auf eine riesige, bunte Patchworkdecke, die das große Bett einhüllte.

»Was für eine großartige Arbeit«, sagte sie beeindruckt.

»Die habe ich genäht. An langen dunklen Winterabenden«, erklärte ihre Vermieterin. »Ich sitze an der Nähmaschine, wenn mein Mann schnitzt.«

Auch die blitzblanke Küche und das von einer gemütlich aussehenden blauen Couchgarnitur dominierte Wohnzimmer überzeugten Inga. »Hier werde ich es problemlos die erste Woche aushalten, und vielleicht bleibe ich noch länger. Mal sehen.«

Frau Meyer nickte. »Die Wohnung ist frei. Sagen Sie nur Bescheid.«

Inga ließ sich den Weg zu den Einkaufsmöglichkeiten beschreiben und packte dann ihre wie immer viel zu reichlich mitgenommene Kleidung in den Schrank. ›Schließlich weiß man nie, was an der Nordsee für ein Wetter herrscht‹, versuchte sie sich einzureden. ›Das wechselt doch ständig.‹

Im Moment brauchte sie für einen Strandspaziergang nur ein T-Shirt und eine leichte Hose. Der Spätsommer zeigte sich von seiner schönsten Seite. Aber zuerst musste sie einkaufen. Sie wusste nur zu gut, dass ein leerer Kühlschrank bei ihr das Gefühl von Verlorenheit wachrief. Ein guter Tag begann für Inga immer mit einem ausgedehnten Frühstück.

Als sie aus dem Haus trat, sah sie in der Tür gegenüber Lena mit ihrer Oma. Sie winkte fröhlich, erhielt aber keine Antwort. Dann eben nicht, dachte sie, und hatte das Gefühl, dass die beiden sich gerade in einer nicht angenehmen Unterhaltung befanden.

Sie lief an der Aussichtsdüne vorbei und sah links einen kleinen Park, versteckt in einem Dünental. Sie bog ab, um einen Blick hineinzuwerfen. Die schwere Tür quietschte beim Öffnen. Sie wunderte sich, dass dieser hübsche Garten mit den muschelbedeckten Wegen so hoch eingezäunt war. Ein kleines, blaues Schild wies sogar darauf hin, dass die Tür wieder zu schließen sei. Seltsam.

»Das ist wegen der Karnickel und der Rehe«, hörte sie plötzlich eine Stimme. Auf einer der Bänke saß ein Mann in den Fünfzigern, neben sich ein aufgeschlagenes Buch und eine Flasche Wasser. »Entschuldigung, aber

Sie sahen so ratlos aus. Ich hoffe, ich bin Ihnen nicht zu nahe getreten.«

»Nein, genau diese Frage habe ich mir gerade gestellt. Gibt es denn auf der Insel so viele davon?«

»Jede Menge. Darum ist auch das Friedhofstor so stabil angelegt. Müssen Sie mal drauf achten, wenn Sie dort einen Besuch abstatten sollten.«

Inga bedankte sich und ging weiter, am Kinderspielhaus und am Schwimmbad vorbei. Rund um den Marktplatz herrschte reges Treiben. Kleine Kinder spielten auf einem blauen Ungetüm, das Inga nach langer Betrachtung als Wal erkennen konnte. Sie fragte sich, ob aus dem Loch im Kopf des Monstrums ab und zu Wasserfontänen zur Belustigung der Gäste austraten. In diesem Moment tat sich allerdings gar nichts. Das Becken war ausgetrocknet, der blaue Verputz blätterte ab. Ein Gitter, das in guten Zeiten wohl das gewaltige Gebiss des Wals hatte darstellen sollen, war seltsam achtlos neben seinem vorgesehenen Platz abgestellt worden. Der Freude der Kinder tat der Verfall des Kunstwerkes allerdings keinen Abbruch. Sie tobten herum, während die Eltern auf den Bänken saßen und sich von der Sonne bescheinen ließen oder vielleicht in den Geschäften rundherum ihre Einkäufe erledigten.

»Hallo, junge Frau, dürfen wir dich zu einem kühlen Getränk einladen?«

Erstaunt blickte Inga sich um. Vor einem Lokal saßen vier junge Männer, jeder mit einem gefüllten Glas Weizenbier in der Hand. Einer von ihnen, braun gebrannt und mit einem blonden Wuschelkopf, winkte ihr fröhlich zu.

Inga lachte. »Grundsätzlich schon, aber im Moment gerade nicht.«

»Du stehst deinem Glück aber mächtig im Wege«, antwortete der Blonde, und ein anderer fiel zaghaft ein: »Und unserem erst ...!«

»Kann ich mir nicht vorstellen«, antwortete sie. »Ihr seht doch aus wie das Urlaubsglück pur. Zumindest du.« Sie nickte dem Blonden zu, bevor sie sich den anderen zuwandte, die missmutig in ihre Gläser starrten. »Ihr drei solltet allerdings etwas an eurer Laune arbeiten. Bis dahin: Macht's gut.«

Hoffentlich bin ich denen nicht auf die Füße getreten, dachte sie, als in Richtung *Insel-Markt* weiterging, aber eigentlich war es ihr egal. Ihr Programm hieß Lebensmittel besorgen, schwimmen gehen und dem Schöpfer der skurrilen Skulpturen in ihrem Ferienhaus einen Besuch abstatten.

Lena kam ihr mit wehenden Haaren auf dem Fahrrad entgegen und brachte es mit einem waghalsigen Bremsmanöver genau vor ihr zum Stehen.

»So trifft man sich wieder.« Inga lächelte. »Ich hab euch vorhin zugewinkt, aber ihr wart wohl ins Gespräch vertieft, du und deine Oma.«

»Ach, Mensch, hör bloß auf«, winkte Lena ab. »Mir könnte schlecht werden, wenn ich sehe, wie Oma sich duckt und windet, wenn das Gespräch auf Opa kommt. Dabei hat sie immer die Karre am Laufen gehalten mit der Pension, während der alte Knabe zeitlebens seine Rückenschmerzen gepflegt hat. Nichts kann er mehr, aber jeden Tag Fahrrad und Wippe durch den tiefen Strandsand schieben, das geht. Und seine alten, verrotteten und salzwassergetränkten Holzbalken auf die Wippe laden, das geht auch! Und sie will es einfach nicht einsehen. Da kann ich reden wie 'ne Blöde.«

Inga schaute ihre neue Freundin nachdenklich an.

»Ich kenne deine Großmutter nicht, aber vielleicht hat sie sich in all den Jahren in diesem Zustand eingerichtet und möchte da gar nicht rausgeholt werden?«

Lena nickte. »Genau das ist der springende Punkt. Aber ich habe die Hoffnung noch nicht aufgegeben. Dabei will ich Oma natürlich auf keinen Fall unter Druck setzen. Also, wenn überhaupt, dann vielleicht ein bisschen. Sie soll wissen, dass wir auf ihrer Seite sind, wenn sie endlich anfängt, Opa zu zeigen, wer der Herr im Hause ist.« Lena lächelte. »Aber wie auch immer, wir sehen uns morgen im *Kluntje*? Ach was, wir können genauso gut zusammen hingehen. Also um drei Uhr auf der Straße? Noch besser, ich hole dich ab. Basta.«

Inga nickte. »Dann bis morgen. Mach's gut.«

*

»Wie schade, nun ist sie fort«, seufzte Bernd und nahm einen tiefen Schluck aus seinem Bierglas.

»Nun fahr mal wieder runter, Bernd.« Karsten schaute sein Gegenüber mürrisch an. »Du weißt genau, wie die Aufgabe lautet: Kontakte knüpfen, aber nicht auffallen.«

Leonard schloss die Augen. Hörte der denn nie auf zu meckern? Er wünschte sich Ruhe, nichts als Ruhe, aber Karsten gab unerbittlich seine Anweisungen.

»Leonard und ich gehen heute Nachmittag zum Hafen und schauen, was läuft. Bernd, du und Manfred, ihr beide macht am Strand euren Job. Also schluckt nicht mehr so viel, damit ihr nicht mit besoffenem Kopp im Wasser landet. Wir sehen uns dann heute Abend. Und denkt alle dran: keine scharfen Weiber anbaggern.« Karsten strich im Aufstehen über sein sorgfältig gestyltes Haar. »Na ja, wenn ihr mir eure Herzis zeigt und ich sie für gut befinde, will ich mal nicht so sein. Tschüss dann, bis später.«

»Das war's dann mit der Stimmung«, murmelte Manfred, als Karsten außer Hörweite war. »Die Kleine von eben ist weg. Und glaubt mir, das mit dem ›Für-gut-Befinden‹ hat der wörtlich gemeint. Erst will er selber drübersteigen und wenn er genug hat, dann dürfen wir.«

»Jus primae noctae«, sagte Bernd. »Da wäre er nicht der Erste, der auf dem Recht der ersten Nacht besteht. Na ja, eigentlich habe ich nichts gegen gebrauchte Ware. Bin schließlich im Second-Hand-Laden der Caritas groß geworden. Aber bei Mädels bin ich mir da nicht so sicher.« Er grinste schief. »Wie sagt man doch immer: Der größte Feind des Rechtes ist das Vorrecht.«

»Das ist alles zu hoch für mich.« Manfred reckte sich. »Lass uns jetzt zum Strand gehen, Bernd, sonst wird Karsten böse.«

»Ich für meinen Teil will noch ein Bier und dann ein Schnarchpäuschen.« Bernd schaute über den Marktplatz. »Ganz nett hier, aber wenn alles gut läuft, sind wir in drei Tagen schon auf Langeoog. Dann können wir dort den Bestand der Töchter aufmischen.«

»Meine Fresse«, sagte Leonard, »müsst ihr immer über Weiber reden? Gibt doch auch Wichtigeres im Leben. Ihr zahlt. Nicht vergessen, wir wollen uns nicht unbeliebt machen auf dieser schönen Insel.« Er wollte aufstehen, aber Bernd drückte ihn zurück auf den Stuhl.

»Schau mal, dort, der Süße, der die Folienkartoffel mit Krabben vor sich stehen hat. Ein echter Hingucker. Die Kartoffel meine ich natürlich«, flüsterte er Leonard ins Ohr.

Leonard stöhnte genervt auf. »Lasst mich doch in Ruhe«, sagte er leise. »Ist doch mein Ding, oder?«

»Da hat er recht, Bernd, und jetzt lass uns endlich zum Strand gehen«, sagte Manfred. »Wie sollen wir denn unseren Job machen, wenn wir das Zeug nicht haben?« Unbewusst fasste er sich an die Nase. Seine Finger fühlten den schlecht zusammengewachsenen Knochen, der seinem Gesicht seit einigen Monaten ein verwegenes Aussehen verlieh. Die grobporige Haut und die schlecht geschnittenen schwarzen Haare mit den tiefen Geheimratsecken taten ihr Übriges.

»Du wirst doch nicht schlappmachen, Manni? Ein Bierchen wirst du noch können, oder?« Bernd schaute sich nach der Bedienung um. »Soll Karsten doch selber an den Strand gehen. Schließlich ist das alles seinetwegen. Aber was soll's. Letztendlich sind wir hier, weil wir eine Aufgabe zu erledigen haben. Aleae jactae sunt. Das war doch in dem Moment klar, als wir auf diese Insel gekommen sind, oder? Aber wie auch immer, wir trinken noch einen, bevor wir den Strand aufmischen. – Herr Ober, noch drei Weizenbiere für mich und meine Freunde.«

Leonard stand endgültig auf. »Ich nicht mehr. Bis später.« Sollten die doch auf der Rechnung sitzen bleiben, wer weiß, wie lange die da noch den Platz warm hielten.

Er war mit den Jungs auf diese Insel geschickt worden, um einen Job zu erledigen. Der Boss hatte Karsten zum Anführer bestimmt, weil der am längsten dabei war. Das wäre auch okay gewesen, würde Karsten nur nicht ständig alle spüren lassen, dass er das Sagen hatte. War ja eben schon wieder das beste Beispiel gewesen. Obwohl er recht hatte, wenn er sagte, sie sollten nicht so viel saufen – Bernd schluckte ganz schön was weg. Und Manfred brauchte sowieso jemanden, der ihm sagte, wo's langging.

Leonard hatte genug von Karsten, Bernd und Manfred, aber wie er es auch drehte und wendete, noch konnte er nicht ohne die anderen, so viel war ihm klar. Der Boss hatte es so gewollt. Er musste die Zähne zusammenbeißen. Sonst wurde das nix mit der großen Abfindung, die der Boss ihm versprochen hatte. Und die wollte er haben. Unbedingt.

Das Mädchen hatte ganz recht gehabt mit ihrem Spruch über die Stimmung. Komisch, wie gut sie diese Truppe eingeschätzt hatte. Musste wohl ziemlich einfühlsam sein.

*

Der Hinweg ohne die zwei Einkaufstaschen war entschieden gemütlicher gewesen, stellte Inga kurzatmig fest, als sie schwer bepackt wieder im Ostdorf ankam. Sie hätte Frau Meyers Angebot, eines der Fahrräder mitzunehmen, nicht so leichtfertig ausschlagen sollen. Beim nächsten Mal wäre sie schlauer.

Schnell verstaute sie Milch, Brot, Konfitüre und die anderen Sachen, dann warf sie einen Blick in den Veranstaltungskalender. Noch war Badezeit. Eigentlich hatte sie sich vorgenommen, sofort mit den Recherchen über ihren neuen Lieblingsmaler zu beginnen, aber der Wunsch nach einer Abkühlung war stärker. Sie zog ihren Bikini an und kurze Hose und T-Shirt darüber, packte Badelatschen und Handtuch ein, schnappte sich eines der Räder und nahm Kurs auf den nächstbesten Strandaufgang.

Im Schutz der Randdünen stand ein hellblau gestrichenes Holzhaus. *Stark's Strandladen* stand über der Tür. Vor dem Blockhaus waren Menschen gut gelaunt damit beschäftigt, ihren Hunger mit großen Portionen Pommes und Bratwurst, Burgern und Pizzastücken zu stillen. Eine große Schar laut kreischender Möwen kreiste über der

Idylle und wartete auf den richtigen Moment zum Herabstürzen und Zupacken. Gerade als Inga den Imbiss hinter sich gelassen hatte, passierte es. Sie drehte sich um und konnte sich ein Lächeln kaum verkneifen. Kind schrie, Mutter schimpfte, Wurst war weg, Möwe auch!

Sie lehnte ihr Fahrrad an den Zaun, der die Randdünen eingrenzte, und lief auf dem von der Sonne aufgewärmten Holzbohlensteg zum Strand. Ihre Füße tauchten in den weichen, weißen Sand, und sie fühlte sich so gut wie lange nicht mehr. Inga atmete kräftig durch und empfand plötzlich ein tiefes Gefühl von Freiheit. Fynn, ihre Juroren in Worpswede und auch die Gedanken über die Zukunft hatten sich in den hintersten Winkel ihres Gehirns verkrochen.

Viele Strandkörbe waren besetzt und fröhliches Lachen schallte zu ihr herüber. Sie lief zu dem hölzernen Wachturm der DLRG, hängte ihre Tasche auf einen der Haken des Gestells daneben und legte sich ausgestreckt in den warmen, feinen Sand.

Doch schon nach kurzer Zeit richtete sie sich wieder auf und schaute aufs Wasser. Sie spürte große Lust, sich in die Fluten zu stürzen, aber sollte sie es wirklich wagen? Schließlich war das hier die freie und wahrscheinlich ziemlich kalte Nordsee und kein schnuckelig aufgewärmtes Freibad. Eine Informationstafel am Turm gab die Wassertemperatur mit 20 Grad an. Inga fragte sich, ob das stimmte und sie sich also gar nicht so zieren musste, oder ob in die Angabe ein satter Strandwächterbonus eingearbeitet war, damit die Aufpasser in den orangenfarbigen Shirts wenigstens ein paar Schwimmer bewachen konnten. Da hörte sie eine Stimme, die ihr bekannt vorkam.

»Hallo, Mädel, wir hatten heute schon mal das Vergnügen, oder nicht?«

Genau zwischen ihr und der Sonne hatte sich der blonde Typ von vorhin mit einem seiner Kollegen breitbeinig aufgestellt. Und darauf hatte Inga überhaupt keine Lust. »Ob Vergnügen, weiß ich nicht. Hatte noch keine Gelegenheit, das rauszufinden. Und ich für meine Person gehe jetzt ins Wasser.«

»Lass uns doch erst mal ein bisschen miteinander reden«, sagte der Blonde. »Schwimmen kannst du gleich auch noch.«

Inga lachte und stand auf. »Dann ist das Wasser womöglich verschwunden. Vergesst nicht, hier gibt es Ebbe und Flut. Wahrscheinlich ist es ganz schön kalt, aber den Kick brauch ich jetzt. Ihr nicht?«

Sie rannte los, wich zwei Kindern aus, die auf einer grünen Luftmatratze in Richtung Strand paddelten und war plötzlich mitten in der Brandung. Eine Welle schlug über ihrem Kopf zusammen. Salzwasser lief ihr in Mund, Augen und Nase. Inga strampelte verzweifelt mit den Beinen auf der Suche nach Grund, aber vergebens. Ruhe bewahren und schwimmen, hämmerte ihr durch den Kopf. Immer wieder.

Und es gelang. Ihr Kopf stieß durch die Wasseroberfläche, und sie erspähte verschwommen den blauen Himmel. Langsam beruhigte sich ihr Atemrhythmus. Sie hatte gar nicht auf die Welle geachtet. ›Ist eben nicht das Worpsweder Hallenbad‹, dachte sie amüsiert. ›Und salziger als die Ostsee ist dieses Wasser allemal.‹

Kurz darauf hatte Inga die Wellenzone hinter sich gelassen. Sie ließ sich rücklings vom Wasser tragen und die Sonne an ihrer Nase kitzeln. Und schnell war sie sich sicher, dass dieses Gefühl von Leichtigkeit nur mit dem Wort ›Paradies‹ beschrieben werden konnte.

Nach einer guten halben Stunde radelte sie zurück

zu ihrer Wohnung. Kräftig trat sie in die Pedale, denn nichts war ihr jetzt wichtiger, als den nassen Bikini vom Leib zu bekommen, den sie unter ihrem T-Shirt trug.

Von den beiden, die ihr den Blick zur Sonne verstellt hatten, war nichts mehr zu sehen gewesen. ›Hätten ja nur ins Wasser nachzukommen brauchen‹, dachte sie, ›dann hätte das mit der Bekanntschaft schon geklappt.‹ Und der Blonde, fand sie, der war schon eine Überlegung wert.

*

Gerdje Claassen saß mit ihrer Enkelin am Küchentisch. Sie hatte Tee aufgegossen und wartete darauf, dass er die richtige Stärke annahm. »Na, wie wär's? Ein Stück Stachelbeerkuchen?«

»Gerne, Oma. Stachelbeeren aus dem eigenen Garten, wie üblich?«

»Natürlich, giftfreie Inselaufzucht, wie sich das gehört. Und nach der Ernte sofort eingekocht.«

»Du und dein Garten. Aber schön, dass du so viel Spaß daran hast. Ist auch wichtig zum Abschalten. Wie viele Gäste hast eigentlich im Moment?«

»Ach, nur fünf. Aber ist vielleicht auch gut so. Bei der kleinen Zahl kommen die sich wenigstens auf dem Klo und in der Dusche nicht in die Quere.« Gerdje legte ein dickes Stück Kluntje in jede der dünnschaligen Teetassen und goss Tee darüber. Das Knacken der Zuckerstücke verbreitete Gemütlichkeit in der altmodischen Küche. »Heidi hat auch gesagt, wir sollten umbauen. In Ferienwohnungen. Aber schließlich sind wir nicht mehr die Jüngsten. Alle anderen sind in unserem Alter schon dreimal in Rente. Aber unsereins schuftet weiter und weiter, weil er es nicht anders gelernt hat. Vorruhestand, wenn ich das Wort schon höre …«

»Aber Opa hat das mit dem Vorruhestand doch prima hingekriegt, oder?«

Gerdje unternahm den mühsamen Versuch einer Erklärung, wohl wissend, dass sie bei ihrer Enkelin auf taube Ohren stieß. »Dein Opa hatte es im Kreuz, vergiss das nicht.«

»Klar, die letzten dreißig Jahre. Mensch, Oma, wach doch mal auf.«

Gerdje seufzte. »Womit wir wieder beim Thema wären, Lena. Bitte tu mir den Gefallen und lass Opa in Ruhe. Ich bin diejenige, die das ausbaden muss, wenn du wieder weg bist.« Gerdje strich auf der bunt gemusterten Plastikdecke unsichtbare Falten glatt. »Aber eines ist klar, ich muss bald wirklich mit der Arbeit aufhören. Ja, ja, ich weiß, ihr redet seit Jahren, und ich habe es mir selber aufgehalst, aber es ging immer noch ganz gut, und letztendlich hält der Umgang mit den Gästen jung und geistig rege. Und waschen, mangeln und bügeln ersetzt jedes Fitness-Center. Das glaub man.«

Noch immer waren Gerdjes Hände unablässig in Bewegung. »Nur, kannst du mir sagen, wie das dann hier weitergehen soll? Habt ihr euch darüber schon mal Gedanken gemacht? Euren Opa kriegt ihr nicht von der Insel, das ist sicher. Das Haus verkaufen? Wo sollen wir dann hin? Nicht verkaufen und von unserer fast nicht vorhandenen Rente leben, ist auch nicht unbedingt ein Gedanke, der mich aufmuntert. Opa hat nicht viel zusammenbekommen, und ich hab immer nur den Mindestsatz eingezahlt. Aber wenigstens das habe ich gemacht. Gibt genug alte Insulaner, die das nicht für nötig gehalten haben. Schließlich sind wir selbständig. Uns kann keiner. So war die Meinung damals. Hat sich Gott sei Dank heutzutage etwas geändert, dieser Standpunkt.«

Lena schaute ihre Oma betroffen an. »Ich muss mich echt entschuldigen, Oma. Es war mir bis jetzt überhaupt nicht klar, was du für Probleme an den Hacken hast.«

»Und noch eins, Lena. Früher haben wir unser Haus nur im Baltrum-Prospekt angeboten. Die Leute, die ihren Urlaub hier verbringen wollten, haben sich den angesehen und dann einen Brief an uns geschrieben. Später kamen die telefonischen Anfragen. Damit konnten wir leben, das hatten wir gelernt. Aber heute geht alles nur über den Computer. Wir haben seit bestimmt zehn Jahren keine schriftliche Anfrage mehr bekommen. Die Leute wollen alles schnell wissen, sich sofort ein Bild von ihrer Wohnung machen können. Das ist der Lauf der Zeit. Auch telefonisch tut sich kaum noch etwas. Wenn du keine Homepage hast, kannst du die Vermietung vergessen.«

Lena lächelte ihre Oma an. »Mensch, Oma, mit was für Worten du herumwirfst. Kompliment.«

»Jetzt ist es aber gut, Lena, erstens bin ich knapp über siebzig und nicht alt, und zweitens habe ich mir das auf Heidis Computer angesehen. Bei der laufen die Vermietungen prima. Bei ihr kann man sogar einen Rundgang durch die Wohnung machen, und alles sehen, bis in die hinterste Ecke. Also, per Kamera natürlich.«

»Virtuell nennt man das, Oma. Sag mal, was sollte dich eigentlich daran hindern, einen Computerkurs zu belegen?« Lenas Augen strahlten.

»Erstens die Insellage. Wo soll ich denn hier wohl so 'n Kurs machen? Und zweitens, selbst wenn ich das schaffen sollte, müssten wir Hinrich noch überreden, dass wir uns einen Computer kaufen. Und was sollen wir denn anbieten auf unserem virtuellen Rundgang, Lena? Unsere altmodischen Zimmer mit den dunklen Möbeln, Klo und Badezimmer auf dem Flur mit braunen Fliesen bis zur Decke und Opa, wie er in unserer Fünfziger-Jahre-Küche rumhängt? Außerdem, ganz ehrlich, ich habe keine Lust mehr zu einem Neuanfang.« Gerdje ließ resigniert den Kopf hängen. »Wenn ich wüsste, dass einer von euch Interesse daran hätte, das Haus zu übernehmen, dann sähe das anders aus, aber ihr müsstet mit dem Klammerbeutel gepudert sein, eure guten Jobs aufzugeben, um hier für die Gäste die Klos zu putzen. Ganz abgesehen davon, was an dem Haus erst noch alles gemacht werden müsste. Schau dich doch um«, ihre weit ausholende Armbewegung umfasste das Küchenrund. »Nee, so einfach, wie du das gerne hättest, ist das alles nicht. Wir hätten Schritt halten müssen, investieren, immer alles auf den neuesten Stand bringen. Heute weiß ich, dass es mein größter Fehler war, ständig auf Hinrich Rücksicht zu nehmen. Aber nun ist es zu spät.«

Lena schaute ihre Großmutter an. »Weißt du, was ich glaube, Oma? Wenn Opa dir nicht als ewiger Hemmschuh an den Hacken kleben würde, dann würdest du glatt noch mal durchstarten. Aber so, das stimmt schon, da vergeht einem die Lust. Aber du kannst ihn schlecht ins Altersheim stecken, oder? Da würde das Personal ihn spätestens nach zwei Wochen zurückschicken.«

»Lena, jetzt halt aber mal den Rand.« In Gerdjedines Gesicht machten sich Lachfalten breit. »Aber ich sehe schon, ich muss mir was einfallen lassen.«

»Wenn du mich brauchst, ich bin da. Aber jetzt weihe ich erst mal die Liegewiese ein.«

Als Lena die Küche verlassen hatte, wurde Gerdje schlagartig wieder ernst. Es stimmte, sie musste sich etwas einfallen lassen. Sie musste Hinrich daran hindern, den Vertrag zu kündigen. Sie durfte sich nicht wieder durch seine schroffe Art abwimmeln lassen. Aber wie oft hatte sie es schon aufgegeben, ein Gespräch mit ihm zu Ende zu bringen. Wie oft hatte sie schon gegen die Fernbedienung ihres altersschwachen Fernsehers verloren.

*

Frisch geduscht stieg Inga die Treppe hinunter und ging in den Garten, neugierig, ob der Mann ihrer Vermieterin wohl schon an der Arbeit war.

»Kommen Sie man rein, junge Frau.« Eine Stimme im tiefsten Bass schallte ihr entgegen. »Hier bin ich, in meinem Atelier.«

Sie entdeckte eine kleine grüne Laube, die sich zwischen zwei mächtige Holunderbüsche zwängte. Die Zweige hingen schwer von beinahe schwarzen Beeren.

»Die können wir wahrscheinlich bereits in den nächsten Tagen ernten. Wenn Sie wollen, können Sie helfen. Als Dank gibt's dafür eine Flasche Holunderlikör, wenn ich meiner Frau vorgreifen darf.« Eine mächtige Pranke streckte sich ihr aus der Holztür entgegen. »Meyer, mit E Ypsilon, Sie können auch Wolfgang zu mir sagen.«

Eine Antwort blieb ihr im Halse stecken, denn vor ihr stand der größte und stabilste Mann, den sie je gesehen hatte. Sein wuchtiger Oberkörper wurde von einem verschwitzten grünen Muskelshirt der Größe XXXL verhüllt, seine stämmigen Beine schauten aus zerfransten kurzen Hosen hervor. Sein Kopf reichte fast bis zur Decke des Schuppens und seine Breite nahm die Hälfte des Raumes ein. ›Wie kann solch ein Schlachtschiff derart filigrane Arbeiten herstellen‹, schoss es ihr durch den Kopf

»Äh ... Sie ... Wolfgang ... Ich bin Inga«, stammelte sie, während aus seinem Bauch, der sich etwa in ihrer Kopfhöhe befand, ein Grummeln zu hören war, das sich langsam verdichtete, nach oben stieg und in einem dröhnenden Gelächter endete.

»Komm rein und setz dich. Ich mache Platz, soweit das möglich ist.« Er räumte ein paar Äste und Stücke von hölzernen Bohlen zur Seite. »Du willst also das Reich bestaunen, in dem meine Arbeiten entstehen?«

Inga nickte. Ihre Aufmerksamkeit war von zwei Objekten gefesselt, die auf einer alten Teekiste standen. Es waren zwei knorrige Holzstämme, die eine Hälfte unbearbeitet, die andere glatt poliert. Die Stämme neigten sich einander zu und Inga erwartete, dass sie sich jeden Moment umschlingen würden.

Vorsichtig nahm Wolfgang Meyer sie hoch und stellte sie direkt vor Inga auf der Arbeitsplatte wieder ab. »Es ist Strandholz. Ich bekomme es von dem alten Hinrich Claassen, unserem Nachbarn. Der ist jeden Tag an der Wasserkante und sammelt. Normalerweise betrachtet er seine Sammlerstücke als sein Heiligtum, aber wenn ich ein paar Taler springen lasse, darf ich mir die Stücke aussuchen, die ich brauche. Ich schaue sie mir immer genau an, und manchmal habe ich das Gefühl, so ein Stück Holz spricht zu mir, wenn es da auf der Wippe liegt. Und dann muss ich es einfach mitnehmen und bearbeiten.«

Aufgeregt nickte Inga. »Das kenne ich. So geht es mir auch. Ich hab zwar noch nie mit Strandholz gearbeitet, ich bearbeite meistens abgelagerte Obstgehölze aus dem Alten Land, aber es ist wirklich so. Man baut eine Beziehung zu dem Stück auf, oder?«

Strahlend schaute Inga Wolfgang Meyer an, und der strahlte zurück. Inga erzählte von dem Stipendium und dass sie die Skulpturen von Waldemar Otto zu ihren absoluten Favoriten zählte. »Für mich ist er der Größte unter den zeitgenössischen Bildhauern. Und stell dir vor, er wohnt auch in Worpswede. Wenn ich vor einer seiner großen Figuren stehe, habe ich das Gefühl, dass ich niemals, wirklich im ganzen Leben nicht ansatzweise so gut sein werde wie er. Seine Figuren leben, so versteht der zu modellieren. Und sag mal ehrlich, sollte man sich mit weniger zufriedengeben?« Versonnen starrte Inga Wolfgang Meyer an.

»Soll das heißen, dass du an dir zweifelst?«, fragte er behutsam.

Zögernd sagte sie: »Ich weiß nicht. Ich glaube zwar fest daran, dass ich Talent habe. Aber wird das reichen? Bis jetzt haben mich meine Eltern mit ihrem Glauben an mich und auch mit Geld unterstützt. Dann kam das Stipendium. So lässt sich natürlich leicht sagen: Ich bin Künstlerin. Aber jetzt klopft der Ernst des Lebens an. Ohne Geld läuft nun mal leider nichts. Und ich glaube nicht, dass ich dafür geschaffen bin, als Eremit im Wald Kräuter und Würmer für mein tägliches Leben zu sammeln.«

Gedankenverloren nahm Inga einen der Stämme in die Hand und strich leicht darüber. »Ich spiele mit dem Gedanken, mich an der Düsseldorfer Kunstakademie einzuschreiben. Dort kann ich Kunst auf Lehramt studieren. Also etwas Handfestes. Andererseits träume ich natürlich davon, mich in meinem eigenen Atelier ganz und gar meinen Skulpturen widmen zu können. Damit ich mich immer weiterentwickeln kann. Bis ich irgendwann ... Aber schau ...« Inga zog ihr Handy aus der Tasche und öffnete es. »Ein paar Bilder meiner Arbeiten. Viel kannst du aber nicht darauf erkennen.«

Wolfgang Meyer schaute sich die Bilder eine ganze Zeit lang an, dann nickte er. »Du hast wirklich Talent. Besonders die Eule gefällt mir. Wenn man das Tier betrachtet, meint man, dass es aus seinen großen Augen intensiv zurückblickt. Und das, obwohl ich nur ein kleines Foto vor mir habe. Ich würde mir gerne mal deine Arbeiten im Original ansehen. Hast du Gelegenheit, deine Werke auszustellen?«

Inga freute sich. Wie immer, wenn da jemand war, der ihre Arbeiten verstand. »Ja, in Lübeck hat eine Freundin von mir einen kleinen Laden in der Fußgängerzone. Dort stehen meine Figuren. Sie hat schon ein paar verkauft, aber leben kann ich davon, wie gesagt, nicht. Noch nicht. Jetzt geht es aber erst einmal um deine Werke«, sagte sie fröhlich.

Als Frau Meyer ihren Mann zwei Stunden später zum Abendessen rief, blickten sich die beiden verwundert an.

»Schon so spät? Na, dann lass deine Frau nicht warten. Wir können unser Gespräch ein anderes Mal fortsetzen. Ich bin immerhin eine Woche hier.« Erst als Inga aufgestanden war, merkte sie, wie unbequem sie auf dem schmalen Hocker gesessen hatte. Sie rieb sich ihr schmerzendes Hinterteil und lachte. »Das nächste Mal bringe ich ein Kissen mit, wenn's recht ist.«

»Das nächste Mal kannst du mir helfen. Ich komme mit dieser Skulptur nicht so richtig weiter.« Er zeigte auf einen knorrigen Ast, der auf der Erde in der Ecke lag.

»Mach ich gerne, aber nur mit Ideen. Schnitzen musst du schon selber. Wäre ja noch schöner, eine Figur aus vierer Hände Arbeit.«

»Warum nicht, könnte ganz spannend sein. Bestimmt fast eben so spannend wie der Gedanke, was heute auf dem Abendbrottisch steht.«

Die beiden gingen ins Haus, Wolfgang Meyer in die Küche zu seiner Frau und Inga auf ihr Zimmer. Ein unangenehmes, hohles Ziehen in ihrem Magen erinnerte sie daran, dass sie seit dem frühen Morgen nichts mehr gegessen hatte.

*

Leonard schrak auf. Manfred hatte sich an ihn herangeschoben und flüsterte ihm zu: »Heute Nachmittag war es viel erfolgreicher am Strand.«
»Was meinst du damit?«, flüsterte er überrascht zurück.
»Da haben Bernd und ich das Mädel getroffen, das wir vor dem *Sturmeck* kennengelernt haben. Die sieht echt gut aus, so im Bikini. Hat gemeint, sie braucht'n Kick, und dann hat sie ...«
»Manfred, halt die Schnauze und konzentrier dich auf deine Arbeit«, tönte Karstens Stimme über den Strand.
Manfred zuckte zusammen und nahm schweigend seine Suche wieder auf. Auch Leonard schaute angestrengt nach unten, um Karsten keine Angriffsfläche zu bieten. Er hatte schon genug unter Karstens verbalen Attacken zu leiden. Da waren ›Schwuli‹ und ›rosa Unterhöschen‹ noch die harmlosesten Ausdrücke. Wenn Karsten nun auch noch das Gefühl bekäme, Leonard stände nicht mehr hinter ihrer Aufgabe, wäre es überhaupt nicht mehr auszuhalten. Dabei wünschte er sich nichts sehnlicher, als dass diese Aktion ein voller Erfolg würde. Dann könnte er endlich Schluss machen. Denn der Wortwechsel hatte ihm wieder einmal klargemacht, dass ihre vom Boss aufgezwungene Gemeinschaft den Bach runterging. Immer und ewig würde sich jedenfalls keiner von ihnen Karstens Druck beugen. Zumal Karsten selbst den Auftrag von Anfang an vermasselt hatte.

Was hatte das Mädel wohl mit ›Kick‹ gemeint? Ihn beschlich ein diffuses Unwohlsein, wenn er an sie dachte.

Sollte es gar nichts mit Einfühlungsvermögen zu tun gehabt haben, was sie vor dem *Sturmeck* über die Truppe gesagt hatte? Hatte sie Bernd und Manfred am Strand zu verstehen geben wollen, dass sie über ihren Auftrag Bescheid wusste?

Aber weshalb? In wessen Auftrag? Quatsch! Alles Blödsinn! Einbildung!

Er würde Manfred noch einmal fragen, was sie genau gesagt hatte. War sicher ganz harmlos. Oder doch nicht? Er wusste es nicht. Er reagierte im Moment auf nichts sonderlich souverän, was unvermutet in seinem Blickfeld auftauchte. Er wusste nur eines: Er würde sich von nichts und niemandem daran hindern lassen, diesen Job zu erledigen und dann abzuhauen.

»Worauf haben wir uns da nur eingelassen?«, stöhnte Bernd, der stehen geblieben war und mit den Füßen lustlos im Sand scharrte. »Die ganze Sache war von Anfang an zum Scheitern verurteilt. Und jetzt ist das Kind sowieso in den Brunnen gefallen.«

Manfred schaute ihn bewundernd an. »Bernd hat recht, wir sollten schleunigst sehen, dass wir hier wegkommen. Ehe der Inselbulle noch auf uns aufmerksam wird.«

»Halt du deine Klappe«, sagte Karsten. »Du hast es gerade nötig. Erst letzte Woche hast du deine Aufgabe versaubeutelt und jetzt Schiss in der Hose. Kommt gar nicht in Frage. Wir haben hier unseren Job zu machen, und sonst gar nichts.« Er blickte sie alle nacheinander auffordernd an. »Oder habt ihr eine andere Meinung? Ihr könnt es ruhig sagen. Ihr wisst, bei mir herrscht Demokratie. Solange ich bestimme, was abgeht, versteht sich. Und kommt mir ja nicht auf den Gedanken, hier abzuhauen. Noch sind wir nicht fertig, klar?«

Bernd grinste zynisch. »Venia verbo, wir sollen also

jetzt weiterhin den ganzen Strand absuchen? Habe ich das richtig verstanden? Dürfen wir denn wenigstens aufhören, wenn es dunkel wird, großer Meister?«

»Sprich Deutsch, wenn du mit mir redest, das habe ich dir schon mehr als einmal gesagt.« Karstens Stimme wurde mit jedem Wort lauter. »Und was deine Frage betrifft, ja, wir suchen, bis es dunkel wird, und wenn wir nichts finden, suchen wir morgen weiter. Und zwar frühzeitig. Verstanden?«

Leonard sah Bernd und Manfred nicken und beeilte sich, es ihnen gleichzutun. Dann richteten sie ihre Blicke wieder nach unten.

*

Inga hatte beschlossen, während ihres Abendspazierganges eine kurze Pause auf der Strandmauer zu machen, um der Sonne Gelegenheit für einen traumhaften Abgang zu geben. Offensichtlich stand sie mit ihrem Wunsch nicht alleine da. Viele Urlauber warteten auf den großen Augenblick, wenn der gelbe Ball im Meer versinken würde. An der Wasserkante suchten ein paar Kinder nach Krebsen oder anderem Meeresgetier, und auf den Buhnen saßen Angler und hofften auf den großen Schwarm.

Welch eine Idylle. Ob Bertelsmann sich auch so wohl gefühlt hatte beim Blick auf die Brandung gegen die untergehende Sonne? Allerdings war der Maler im Winter hier gewesen und hatte sicher ganz andere Lichtverhältnisse vorgefunden. Sie war sehr gespannt darauf, ob sich noch Spuren von ihm finden ließen. Vielleicht hing das eine oder andere Bild von ihm im Rathaus oder einem der Hotelfoyers. Wolfgang Meyer hatte ihr geraten, ins Heimatmuseum zu gehen. Das wollte sie am nächsten Morgen in Angriff nehmen.

Am Spülsaum des Wassers erkannte sie die vier Jungs, die sie mittags zum Bier hatten einladen wollen. Inga musste lachen. Es sah sehr seltsam aus, wie sie hintereinander wie eine Gänseschar den Strand entlangwanderten, jeder mit geneigtem Kopf auf den Sand starrend. ›Sieht aus, als ob die was suchen‹, dachte sie. ›Aber so sehen sie mich wenigstens nicht, und ich kann meinen Weg in Ruhe fortsetzen. Obwohl, wenn mir dieser Blonde mal ohne die anderen über den Weg laufen würde, damit könnte ich schon leben!‹ Im gleichen Moment fiel ihr Fynn ein, und sie beschloss, ihn später anzurufen.

Als die Sonne fast im Meer verschwunden war, machte sie sich wieder auf den Weg und wollte gerade zum Ostdorf abbiegen, als sie aus dem Keller des Hotels *Strandhof* Musik hörte. *Kiek rin*, las sie auf dem Bogen, der den schmalen Pfad zur Kneipe umspannte. Das wäre der richtige Tagesabschluss, beschloss sie: ein Bierchen, ein wenig Musik und ab in die Heia.

Der Wirt hatte gerade aufgeschlossen und stand noch in der Tür. »Das ist ja ein netter Beginn des Abends, wenn als Erstes eine schöne Frau mein Lokal betritt.«

Inga grinste. »Nun mal halblang. Die schöne Frau möchte nur ein kaltes Getränk und dann nach Hause.«

Sie setzte sich an die Theke, und es dauerte nicht lange, da stand ein sorgsam gezapftes Pils vor ihr. Schnell kam sie mit dem Wirt ins Gespräch und merkte daher kaum, dass sich die Tür abermals geöffnet hatte. Doch als sie die Stimmen hörte, hätte sie sich am liebsten hinter der Theke versteckt. Da waren sie wieder, die vier Jungs vom *Sturmeck*.

»Na, schöne Frau, so alleine hier?«

Sie verdrehte die Augen. Der dämlichste Spruch der

Welt. Immerhin, es war der Blonde, der sie angesprochen und sich auf dem Hocker neben ihr niedergelassen hatte. Trotzdem, sie wollte jetzt nur das Bier schnell austrinken und gehen.

»Bernd, lass die Dame in Ruhe. Du siehst doch, sie möchte lieber alleine an der Theke sitzen«, hörte sie einen der anderen im Hintergrund.

»Vielleicht hast du recht, vielleicht ist sich die Dame aber ihrer Sache noch nicht ganz sicher. Vivere militare est! Gnädige Frau ...«, er beugte sich zu ihr herüber. »Darf ich Sie zu einem Tequila einladen?«

Sie wollte gerade entnervt das Geld für das Bier auf den Tresen legen, als sie die andere Stimme wieder hörte. »Bernd, komm sofort zurück. Du siehst, sie will nicht. Hier spielt die Musik. Außerdem ist für dich gleich Schicht.«

Inga traute ihren Ohren nicht. So ließ sich der Blonde doch wohl nicht von seinem Kumpel abwatschen? Er war alt genug, um zu wissen, was er wollte. Sie drehte sich zu ihm um, schaute ihm tief in die Augen und stellte fest, dass ihr auch aus der Nähe gefiel, was ihr aus der Ferne bereits positiv aufgefallen war. Der Knabe war gut gebaut, alle Achtung. Wuschelige Haare umrahmten ein schmales, intelligentes Gesicht, aus dem ein blaues Augenpaar fröhlich leuchtete. Sie lächelte ihn an. »Wenn die Einladung auf einen Tequila noch steht, also, ich wäre bereit, und du?«

Er schielte vorsichtig zu seinen Kollegen, lächelte dann Inga an und bestellte mit hochgehobener Hand fünf Tequila. »Wie ich heiße, hast du ja schon mitbekommen. Und das hier sind Karsten, Manfred und Leonard. Und du?«

»Ich heiße Inga und bin heute angekommen.« Sie

prosteten sich zu. Inga fühlte sich genötigt, ebenfalls eine Runde auszugeben, und bald merkte sie, dass sich nicht nur das Lokal in der Zwischenzeit gut gefüllt hatte.

»Sagt mal, Jungs, kann man eigentlich am Strand was Besonderes finden, wenn man lange genug sucht? Ich hab euch heute Abend gesehen, wie ihr am Strand hintereinander hergelaufen seid. Was ist denn so interessant an der Wasserkante? Sollte ich mein Glück da auch mal versuchen?«

Sie sah, wie Leonard seine Schultern zusammenzog, und wie die gerade noch gute Laune der Männer einer kurzen, aber intensiven Sprachlosigkeit Platz machte. Karsten war der Erste, der sich wieder fing. »Wir haben Bernstein gesammelt. Zumindest wollten wir, für zu Hause. Haben aber leider nichts gefunden.«

Die anderen nickten eifrig, und Leonard fügte hinzu: »Ja, Bernstein. Okay, du hast recht, wenn du denkst, dass es peinlich ist, wenn Männer in unserem Alter Bernstein suchen. Aber wir haben es unseren Müttern versprochen. Schließlich haben die unseren Urlaub finanziert. Inklusive Surf-Lehrgang. Aber dazu sind wir noch gar nicht richtig gekommen. So, und nun trinken wir noch einen. Machst du Urlaub hier?«

Inga nickte. »Ja, aber eigentlich haben mich andere Dinge auf diese schöne Insel geführt.«

»Und die wären?«, fragte Leonard.

»Ach, hier gibt es jede Menge Aufregendes zu erforschen.« Sie hatte keine Lust, den Jungs von ihrem Maler zu erzählen. Das hätte die bestimmt nicht interessiert. Mechanisch griff Inga nach dem nächsten Tequila, der vor ihr auf der Theke stand, obwohl sie eigentlich keinen mehr wollte.

»Prost, meine Lieben, auf uns, das Surfen und den Bernstein. Dann ist Zapfenstreich. Urlaub ist anstrengend.« Bernd hatte seinen Arm um Ingas Schultern gelegt. »Und ich – nolens volens – bringe Inga nach Hause. Damit ihr in der Nachtstunde kein Unheil widerfährt.«

Inga sah, dass Karsten Bernd einen durchdringenden Blick zuwarf, konnte ihn aber nicht deuten. »Keine Sorge Männer, ich hab's nicht weit. Ich wünsche viel Erfolg bei eurer Suche. Sie schaute die Männer ernsthaft an, konnte sich aber ein Lachen kaum verkneifen, »Damit eure Mamis sich freuen und euch keiner den … Bernstein … vor der Nase wegschnappt!« Sie bezahlte, rutschte vom Barhocker und ging.

Freitag

Der nächste Morgen schickte seine Strahlen durch die Ritzen der Vorhänge ins Schlafzimmer. Inga blinzelte, wickelte sich in ihre gemütliche Decke und ließ die Gedanken wandern. Fast wäre sie wieder eingeschlafen, aber nach einem kurzen Blick auf den Wecker fuhr sie hoch. Gleich neun. Jetzt aber nichts wie raus aus ihrer kuscheligen Höhle und Frühstück gemacht. Sie hatte am Tag zuvor Speck eingekauft, der, kross gebraten, vorzüglich zu einem Spiegelei schmecken würde. Kein Essen für Müslifreunde, dachte sie, aber sie war sich sicher, dass ein Frühstück nach ihrer Methode für den Rest des Tages vorhalten würde. Und nachmittags gab es noch Kuchen im *Kluntje*. Dass sie das bloß nicht vergaß. Aber erst einmal wollte sie im Heimatmuseum auf Spurensuche gehen.

Inga lief am Spielteich vorbei und folgte dann dem Hinweisschild zwischen Haus *Kiek-Düne* und dem großen Pensionshaus von Lottmanns in den Ort.

An der Kasse des Heimatmuseums saß ein freundlich schauender Mann, den ein Schild neben der Kasse als Herrn Nolting auswies. Nachdem sie ihre Eintrittskarte gelöst hatte, bot er ihr einen Hörführer an. Sie schüttelte den Kopf. Nichts fand sie schlimmer, als wenn Menschen mit diesen schwarzen, klobigen Teilen am Ohr von Bild zu Skulptur liefen und den Eindruck erweckten, dass sie nichts mehr sahen, nur noch hörten, in sich versunken, beinahe teilnahmslos. Sie war sich nie sicher, ob diese Besucher am Ende des Weges überhaupt wussten, wo sie sich was angeschaut hatten.

»Da haben Sie aber noch mehr Informationen drauf. Ist sehr nützlich«, erklärte er.

Widerstrebend griff sie nach dem Gerät und begann sich die Schätze anzuschauen, die der Heimatverein in dem alten Bummert zusammengetragen hatte. Im Flur waren große Tafeln mit vielen Fotos angebracht. Sie zeigten Insulaner. Einige, die noch auf der Insel lebten, und einige, die schon vor vielen Jahren gestorben waren. Im ersten kleinen Raum fiel ihr Blick auf Baltrumprospekte in einer Glasvitrine. Als sie sich bückte, sah sie ein kleines, braunes Heftchen, und sie glaubte ihren Augen nicht zu trauen. 1906. Genau ein Jahr zuvor hatte Walter Bertelsmann die Insel besucht. Sie konnte kaum glauben, dass es zur damaligen Zeit bereits Tourismuswerbung für die Insel gegeben hatte. Ohne sich um die anderen Exponate zu kümmern, lief sie zur Kasse.

»Entschuldigen Sie, Sie haben dort einen Prospekt von 1906 in einer Vitrine. Darf ich da mal reinsehen? Der interessiert mich sehr.«

Herr Nolting schüttelte bedauernd den Kopf. »Ich muss erst nachfragen. Kommen Sie morgen wieder vorbei, oder geben Sie mir Ihre Telefonnummer. Dann melde ich mich bei Ihnen.« Er sah die Enttäuschung in Ingas Gesicht. »Ich kümmere mich so schnell wie möglich. Darf ich fragen, warum Sie sich ausgerechnet für dieses Jahr so interessieren?«

Inga erzählte ihm, wonach sie auf der Suche war.

»Hier im Haus hängt jedenfalls nichts von dem Maler, aber auch da werde ich mich gerne umhören. Vielleicht weiß ich morgen schon mehr. Aber schauen Sie sich ruhig erst die anderen Exponate an. Vielleicht läuft Ihnen der eine oder andere für Sie interessante Gegenstand über den Weg. Viel Spaß weiterhin.«

Sie sah, dass zwei neue Gäste hereingekommen waren und sich neugierig umschauten. Inga setzte ihren

Rundgang fort und war bald gefangen von den vielen Ausstellungsstücken, die jedes für sich von der Baltrumer Geschichte zeugten. Insgeheim war sie froh, dass sie den Hörführer mitgenommen hatte. Aber ein bisschen peinlich war es ihr schon.

Im Rausgehen verabschiedete sie sich von Herrn Nolting, nicht ohne sich noch mal bei ihm zu versichern, dass er sich um die von ihr so dringend gewünschte Prospekteinsicht kümmern würde. Gerade als sie das Museum verließ, klingelte ihr Handy. Sie schaute auf die Nummer und zuckte zusammen. Fynn. Ihn hatte sie gestern noch anrufen wollen, aber das hatte sie nach dem zweiten Tequila vergessen. Das durfte sie ihm auf gar keinen Fall erzählen. Geschlafen hatte sie, jawohl, geschlafen ...

Am Ende des Gesprächs wusste sie, dass sich eine Wahrheit wieder einmal bestätigt hatte: Sie konnte nicht lügen! Zwar hatte sie Fynn nichts von ihrem Abend im *Kiek rin* erzählt, aber sie hatte dermaßen rumgestammelt, dass sie quasi durch den Hörer hindurch Fynns verwundertes Gesicht erkennen konnte. Sie ärgerte sich. Warum hatte sie es ihm nicht gesagt? Schließlich war der Abend mit den Jungs kurz und harmlos gewesen. Aber sie wusste auch, wie muffelig Fynn reagieren konnte, wenn er eifersüchtig war. Und – sie konnte es sich selbst kaum erklären – sie wollte keinen Stress mit ihm.

Dabei war sie ihm keinerlei Rechenschaft schuldig. Sollte er doch denken, was er wollte. In ein paar Wochen wäre er sowieso ›aus den Augen, aus dem Sinn‹. Sie wieder in Schleswig-Holstein. Er in Kokhave. Obwohl, so weit weg war das gar nicht. Über die Grenze nach Dänemark ... Sie lächelte, wenn sie an seine Ausdrucksweise dachte. Manchmal tauchten unvermittelt ein paar dänische Wörter in seinen Sätzen auf, und das klang richtig süß.

Ach was, richtig süß ... ! Wie er eben sein Unverständnis über ihren Inselaufenthalt zum Ausdruck gebracht hatte und dass sie ihr Stipendium riskierte, und, und, und, das hatte gar nicht süß geklungen. Ausgerechnet er, der immer alles auf die leichte Schulter nahm. Bei sich selbst!

Sie hatten sich zwar nicht im Streit verabschiedet, aber von Harmonie war ebenfalls nichts zu spüren gewesen. Und dann noch die allerletzte doofe Frage aller Männer: Ob sie denn schon einen netten Mann kennengelernt hätte. Und wenn? Das ging ihn nun gar nichts an. Nur schlecht, dass ihre Antwort reichlich genuschelt dahergekommen war, weil Bernds blonder Wuschelkopf plötzlich vor ihrem geistigen Auge aufgetaucht war.

Sie steckte das Handy in die Tasche und dachte: ›Der kann mich mal.‹

Ihre Gedanken gingen zurück zu den Exponaten im Museum. Spontan schlug sie den Weg zum *Bücherwurm* ein, der kleinen Buchhandlung, deren offene Eingangstür zum Eintreten einlud. Sie hoffte dort aktuelles und historisches Informationsmaterial über die Insel zu finden. Schon bald stand sie vor einem großen Regal voller Bücher über Baltrum und Ostfriesland. Sogar Baltrum-Krimis gab es neuerdings.

Noch einmal erzählte Inga, warum sie auf die Insel gekommen war, und die Chefin des Ladens wurde nicht müde, ihr bei der Suche nach interessanten Büchern zu helfen. Da die Ladenbesitzerin selbst aus einer alten Baltrumer Familie stammte, konnte sie das Gespräch mit wahren und angeblich wahren Anekdoten anreichern. Aber von Bildern, die ein Maler namens Bertelsmann gemalt haben sollte, oder gar, dass der Mann wochenlang auf Baltrum gewohnt hatte, davon hatte auch sie noch nichts gehört. Inga verbrachte fast eine Stunde bei ihr und musste versprechen, unbedingt wiederzukommen.

Sie schlenderte zurück in ihre Wohnung und machte es sich auf ihrem Bett gemütlich. Sie hätte als ordentlicher Kurgast eigentlich erst die Schönheiten der Insel zu erkunden gehabt oder zumindest die Kurverwaltung auf der Suche nach dem Maler aufsuchen sollen, das war ihr bewusst. Trotzdem griff sie in die Tüte mit den Büchern.

*

Tief in Gedanken versunken stand Gerdjedine Claassen in ihrem Garten. Zu viele Dinge gingen ihr durch den Kopf. Dinge, die bis gestern einigermaßen gut verschlossen in ihrem Inneren geruht hatten und durch Lenas Besuch wieder an die Oberfläche ihres Bewusstseins geraten waren. Sie hatte sich abends, als Hinnerk vor dem Fernseher saß, noch lange mit ihrer Enkelin unterhalten. Lena hatte viele Fragen gestellt, auf die Gerdje nicht immer eine Antwort gewusst hatte. Oder wissen wollte. Zum Schluss hatte sie Müdigkeit vorgetäuscht und war ins Bett gegangen, wohl ahnend, dass das nicht das letzte Gespräch dieser Art gewesen war. Immerhin hatte sie halbwegs ihre Zustimmung gegeben, die Weihnachtstage doch in Celle zu verbringen, und je länger sie darüber nachdachte, umso mehr gefiel ihr der Gedanke.

Jetzt musste sie nur noch Hinrich davon abbringen, die Pacht von ihrem Flakstand zu kündigen. Dann wäre alles in Butter.

Sie schaute sich um. Obwohl die Tage schon ein wenig an Herbst erinnerten und viele Blumen bereits ihre bunten Köpfe verloren hatten, sah ihr Garten noch immer sehr einladend aus. Die Liegewiese mit Tischen und Stühlen, Sonnenschirmen und hölzernen Liegen hatte schon so manchen Gast vergessen lassen, dass man während eines Inselurlaubs eigentlich die Zeit am Strand verbringen sollte. Einen großen Teil des Gartens nahmen Stauden ein. Der leuchtend gelbe Sonnenhut und einige verschiedenfarbige Dahliensorten wechselten sich ab mit der blauen Herbstaster, die in ihrem Garten besonders gut gedieh.

Oft hatten Gäste ihr Pflanzenableger von zu Hause mitgebracht, und Gerdje hatte alles daran gesetzt, dass sie bei ihr auf dem kargen Sandboden eine Heimat fanden. Sie hatte viele Fachbücher gelesen und sich in den Jahren zu einer Gartenexpertin entwickelt. Was ihr manchmal fehlte, war der Austausch mit Gleichgesinnten.

Lena und sie wollten sich an einem der folgenden Abende noch mal über das Thema Computer unterhalten. Es konnte doch nicht sein, dass sie zu alt oder zu blöd war, um mit diesem Ding umzugehen. Sie könnte – wie hatte Lena das genannt? – einem Forum beitreten und sich mit der ganzen Welt unterhalten. Energisch nahm sie ihre Harke auf.

*

Ein kalter Wind empfing Walter Bertelsmann, als er vor die Tür des kleinen Hotels trat. Tief zog er die frische Brise in seine Nase. Jetzt nichts wie raus mit der Staffelei zum Strand. An Motiven würde es ihm nicht mangeln. Die Dünen, die aufgewühlte See: eine willkommene Herausforderung. Aus diesem Grund war er hier.

Vor dem Nachbarhaus sah er Hiemke Evers, die Frau des Gemeindevorstehers, und winkte ihr zu. Sie winkte zurück und rief: »Herr Bertelsmann, kommen Sie man eben zu einem Koppke Tee rein, so kalt als das ist.«

Das ließ er sich nicht zweimal sagen, Motive hin oder her. Zwar war seit dem Frühstück in der gemütlich warmen Küche bei Küpers kaum eine Stunde vergangen, doch die Tasse Tee mit den dazugehörigen Geschichten bei Familie Evers war ihm in dieser Woche seit seiner Ankunft zur lieben Gewohnheit geworden. Er lief den schmalen Pfad zu dem Insulanerhaus mit dem heruntergezogenen Dach hoch. Fast musste er sich bücken, um nicht mit dem Kopf an den Türrahmen zu stoßen.

Vom Herd, der mit Torf beheizt wurde, klang das gemütliche Bullern des Wasserkessels. Hiemke Evers hatte bereits die Teetassen auf den schweren Eichentisch gestellt, als Bertelsmann in die niedrige Küche trat. »Eilt, mach deine Pfeife aus, der Herr Maler kommt.«

Eilt Honken Evers saß mit der langstieligen Meerschaumpfeife am Küchentisch. »Moder, das stört den Mann bestimmt nicht, habe ich nicht recht, Herr Bertelsmann?«

Walter Bertelsmann schüttelte den Kopf. »Rauchen Sie ruhig weiter, das bin ich gewohnt. Schließlich war ich viele Jahre als reisender Tabakhändler für die Firma meines Vaters unterwegs. Aber im Gegenzug müssen Sie mir wieder ein paar Fragen beantworten, die mir auf der Seele liegen. Sie wissen doch, ich bin ein neugieriger Festländer.«

Evers nickte. »Natürlich, fragen Sie man ruhig zu.«

»Aber erst holst du mir bitte noch Wasser aus dem Brunnen, Eilt. Der Abwasch macht sich nämlich nicht von alleine, und nachher bist du wieder auf Seehundjagd verschwunden.«

»Natürlich, Hiemke, gib mir mal den Eimer. Entschuldigen Sie, Herr Bertelsmann, bin gleich wieder da.«

Ohne die Pfeife aus der Hand zu legen, griff er nach dem abgestoßenen Eimer und ging hinaus.

»Frau Evers, ich hoffe, die Frage ist nicht zu persönlich, aber ich habe mich bereits die Tage zuvor gefragt, ob Sie wohl auch Kinder haben.« Bertelsmann zeigte auf eine Zeichnung, die neben der schweren Vitrine an der Wand hing. »Sind sie das?«

Hiemke Evers nickte: »Eigentlich haben wir sieben. Aber drei sind bereits gestorben, Gott hab sie selig. Ist eben keine einfache Zeit, obwohl mein Mann als Kapitän immer sein gutes Auskommen hatte. Da können wir nicht klagen. Aber Ulrich Johannes, Hiemke, Honke und der Jüngste, Eilt, sind wohlauf. Eilt werden Sie auch noch kennenlernen. Er ist seit Kurzem am Festland, will aber nächste Woche kommen, wenn es das Wetter erlaubt.«

Eilt Honken Evers trat wieder in die Küche und brachte einen Schwall kalter Luft mit herein, so dass die Petroleumlampe an ihrem Deckenhaken kräftig zu schaukeln begann. »Ziehen Sie sich man warm an, Herr Bertelsmann. Es wird ein ordentlicher Nordwest aufkommen.«

»Das macht mir nichts aus. Ich wohne zwar in Worpswede, aber ich fahre oft an die Küste. Ich finde dort wunderbare Motive. Auch an der Elbe und der Weser stehe ich viel. Das Leben auf dem Wasser und die Farben, die sich darin spiegeln, beeindrucken mich immer wieder. Aber nun zu Ihnen, Herr Evers, Ihre Frau sagte eben etwas von Seehundsjagd. Erzählen Sie doch mal.«

»Tja«, der Ortsvorsteher kratzte sich am Kopf, »da gibt's nicht viel zu erzählen. Wir jagen die Tiere, weil sie vielseitig zu verwenden sind.« Er zählte auf, wie sie Fleisch und Fell der Seehunde verwerteten. »Im Sommer wird sogar der Tran gegen den Sonnenbrand auf die Haut geschmiert, stellen Sie sich das vor. Hilft aber immer.«

»Das kann ich mir denken, wahrscheinlich wird die Sonne allein vom Geruch abgeschreckt.«

Hiemke Evers lachte. *»Na ja, in dieser Jahreszeit werden Sie sicher kein Problem damit haben. Eilt, hol doch auch noch Torf von draußen. Ich möchte nicht, dass das Feuer ausgeht.«*

»Darf ich fragen, woher Sie den Torf bekommen?«

»Er wird aus dem Emsland gebracht, auf Tjalken«, antwortete Evers. *»Noch vor einigen Jahren brachten uns Segelschiffe alle Waren, aber die Zeiten sind unwiderruflich vorbei. Jetzt haben die Schiffe Motoren.«*

»Da haben Sie recht, Herr Evers, die moderne Zeit lässt sich nicht aufhalten. Einen schönen Ring haben Sie im Ohr. Ich glaube, ich kenne die besondere Bedeutung. Sie waren doch Schiffer, nicht wahr?«

Evers nickte. *»Ich bin jahrelang als Kapitän mit meinem eigenen Schiff übers Meer gefahren. Da ist es üblich, einen goldenen Ohrring zu tragen. Das Leben an Bord ist nicht ungefährlich, und Schiffe können aus vielerlei Gründen untergehen. Wenn man dann als ›Drinkeldoder‹, also als abgesoffener Seemann, irgendwo an einer Küste angespült wird, kann wenigstens ein ordentliches Begräbnis von diesem Ring bezahlt werden. Darauf hoffen die Seeleute wenigstens. Tja, jetzt bin ich sesshaft geworden, aber der Ring gehört zu mir wie mein Leben, und ich werde wohl mit ihm begraben werden.«*

Hiemke Evers schaute ihren Mann mit ruhigen Augen an. *»Da wird wohl noch eine ganze Zeit über hingehen, Eilt, da bin ich mir sicher.«*

Walter Bertelsmann trank den letzten Schluck aus seiner Teetasse. *»Ich könnte Ihnen noch lange zuhören, aber jetzt zieht es mich ans Wasser. Die Arbeit wartet. Einen schönen Tag wünsche ich Ihnen.«* Er stand auf, *zog seinen dicken Mantel an und schob sich eine grob gestrickte Pudelmütze über die Ohren. Den breitkrempigen Künstlerhut, ohne den er am Festland selten draußen anzutreffen war, hatte er sicherheitshalber in seinem Zimmer im* Hotel Küper *gelassen. Die Gefahr, dass er fortgeweht wurde, war zu groß.*

*

Ein heftiges Klopfen an der Tür ließ Inga hochschrecken.
»Inga, bist du da? Es ist Kuchenzeit!«
Lena! Hatte sie doch tatsächlich verschlafen – an einem so wunderschönen Spätsommersonnentag. »Komm rein, die Tür ist offen.«
Langsam öffnete sich die Tür einen Spalt, und Lenas Kopf erschien. »Hast du mich etwa vergessen? Glaub' bloß nicht, dass ich alleine losziehe.«
Inga schüttelte den Kopf. »Nee, bin nur über meiner Lektüre eingeschlafen. Tut mir leid. Gib mir zwei Minuten.« Sie stand auf, ging ins Badezimmer, und versuchte, ihre kurzen braunen Haare mit etwas Gel in Form zu bringen.
Schon auf dem Weg zum *Kluntje* stellten die beiden fest, dass sie sich eine Menge zu erzählen hatten. Inga sprach von ihrem Lieblingsthema, ihrer Suche nach Walter Bertelsmann, und Lena erzählte, dass sie eine Ausbildung zur Erzieherin begonnen hatte und von ihren Urlauben als Kind bei den Großeltern auf der Insel. Zum Schluss berichtete sie von den Schwierigkeiten mit ihrem Großvater, die das familiäre Zusammensein offenbar erheblich belasteten. »Ich weiß nicht, wie Oma das die ganzen Jahre ausgehalten hat«, sagte sie schon zum dritten Mal. »Du musst sie unbedingt kennenlernen. Du kannst nachher gleich mitkommen.«

»Wird das deiner Großmutter denn recht sein, wenn ich da einfach auftauche?«

»Natürlich«, erwiderte Lena. »Du wirst dich blendend mit ihr verstehen.«

Die beiden fanden auf der Terrasse des Cafés gerade noch zwei Plätze und ließen sich große hausgemachte Tortenstücke und ostfriesischen Tee schmecken.

»Mann, ist das romantisch hier. Echt klasse.« Inga schaute sich begeistert um.

»Du solltest erst mal einen Blick nach drinnen werfen. Dort ist alles so eingerichtet, wie es früher in dem einen oder anderen Insulanerhaus ausgesehen haben mag.«

Inga nickte und vertiefte sich wieder in ihre Torte mit Rumrosinen und Sahne. Die beiden merkten kaum, wie die Zeit verflog.

»Es ist tatsächlich schon sechs Uhr«, sagte Lena mit einem ungläubigen Blick auf ihre Armbanduhr. »Und jetzt ruft das Abendessen bei meinen Großeltern. Dabei bekomme ich keinen Bissen mehr runter. Aber es nützt nichts. Ich hab Oma versprochen, um sieben zu Hause zu sein. Damit Opa nicht mit dem Essen warten muss, das stell dir mal vor! Aber was macht man nicht alles um des lieben Friedens willen. Und ich will dir vorm Essen meine Oma vorstellen. Also los.«

Sie bezahlten, liefen zurück, am Friedhof vorbei und dann rechts ab Richtung Aussichtsdüne.

»Oma, wo steckst du?« Inga und Lena standen ratlos im Flur der Claassens. Schon zweimal hatte Lena gerufen und keine Antwort erhalten. »Wir setzen uns ins Wohnzimmer. Sie wird bestimmt gleich kommen. Ist sicher im Garten.«

»Ach nein, Lena, das Kennenlernen können wir besser auf ein anderes Mal verschieben. Deine Oma ist bestimmt sehr beschäftigt.« Inga fühlte sich unwohl, wie ein Eindringling. Außerdem hatte sie keine Lust, auf Lenas Großvater zu treffen. Was sie von Lena über ihn gehört hatte, machte ihn durch und durch unsympathisch.

»Papperlapapp, hier gehst du rein.« Energisch schob Lena Inga ins Wohnzimmer.

»Lena, nun lass ...« Inga blieb der Satz im Halse stecken. Dieser Himmel ... Vorsichtig ging sie Schritt für Schritt näher an das große Ölgemälde heran, das über dem geschwungenen Sofa hing. Das konnte doch nicht wahr sein. Sie kniete sich auf die Polster und schaute auf die Widmung. Und da war er, der Namenszug. Walter Bertelsmann.

»Lena«, flüsterte sie. »Hier hängt der Mann meiner Träume.«

»Brad Pitt? Kann ich mir nicht vorstellen. So was hat Oma nicht.«

»Mensch, Lena, sei doch mal ernst. Hier, Walter Bertelsmann. Der Maler, nach dem ich suche.«

»Meinst du wirklich? Das hat der Mann gemalt, von dem du mir den halben Nachmittag erzählt hast?« Lena betrachtete neugierig den Namenszug. »Tatsächlich. Ist mir nie aufgefallen ...«

»Was gibt es denn da so Interessantes zu sehen?«

Die beiden Frauen zuckten zusammen. Gerdje Claassen stand in der Wohnzimmertür und schaute sie mit verkniffenem Gesicht an.

»Oma, darf ich dir Inga Tarmstedt vorstellen? Hab dir schon von ihr erzählt.«

»Guten Abend, Frau Claassen.« Inga verschluckte sich fast an ihrer Spucke, so aufgeregt war sie. »Ich suche auf der Insel nach Bildern von Walter Bertelsmann. Er ist ein Worpsweder Maler und war 1905 auf der Insel. Und hier bei Ihnen hängt tatsächlich eines seiner Werke. Darf ich fragen, woher Sie das haben? Wissen Sie zufällig, wo noch weitere …?«

Unwillig schüttelte Gerdje den Kopf. »Ich habe das Bild auf dem Flohmarkt gekauft. Ganz billig. Und echt ist der bestimmt nicht. Und die, von denen ich es habe, haben gesagt …«

»Aber Oma, guck doch. Der Namenszug. Er ist ganz deutlich zu erkennen.« Lena zeigte mit dem Finger unten rechts auf das Bild.

»Ja und? Was soll das schon bedeuten? Kann jeder geschrieben haben. Ist trotzdem weder echt noch wertvoll. Ein Bild mit Himmel, See und Schiffen, weiter nichts, das kannst du mir ruhig glauben.« Gerdjes Stimme war laut geworden.

»Aber Oma, Inga hat echt Ahnung von so was. Das könnte 'ne Menge Kohle wert sein.«

»Nein, Lena, und jetzt hört auf mit dem Quatsch. Gleich gibt es Abendbrot. Ich habe keine Zeit mehr.« Lenas Oma drehte sich um, verschwand im Flur und ließ zwei völlig verblüffte junge Frauen im Wohnzimmer zurück.

»Entschuldige bitte, aber in deiner Familie scheint wohl nicht nur der Opa eine kleine Macke zu haben, oder?« Inga ging ebenfalls zur Tür, während sich Lena mit hängendem Kopf auf das Sofa rutschen ließ.

»Ich hab keine Ahnung, was das sollte«, murmelte sie. »So kenne ich meine Oma nicht. Aber glaub mir, ich finde raus, was dahintersteckt.«

»Denn man viel Glück. Ich werde diese gastliche Stätte erst mal verlassen und einen Spaziergang machen. Habe den Strand heute noch gar nicht gesehen. Bis dann.«

»Lena, nun warte doch mal. Es tut mir leid. Ich weiß auch nicht, was in sie gefahren ist.«

Inga drehte sich um. »Du hast recht, du kannst nichts dafür. Was meinst du, sollen wir uns nachher auf ein Bier treffen?«

Lena nickte erfreut. »Ich hole dich um acht Uhr ab. Dann können wir den Frust ertränken.«

Langsam schlenderte Inga über die Straße. Das war kein schöner Abschluss dieses Nachmittages dachte sie traurig. Selbst wenn Lenas Oma recht hatte mit der Billigfälschung vom Flohmarkt, warum hatte sie dann so unbeherrscht reagiert?

Sie war so nah dran gewesen. Ein echter Bertelsmann, da war sie sich sicher. Aber warum nur, um alles in der Welt, hatte Lenas Oma es abgestritten?

Ob sie morgen wohl Einblick in den alten Prospekt bekommen würde? Sie hoffte es sehr.

Samstag

Es war schon recht warm an diesem Morgen, als Okko Nammen sein Fahrrad mit der Dreiradwippe durch den tiefen Strandsand schob. Da, wo der Badestrand aufhörte, würde er wie üblich auf seinen Freund Hinrich treffen, der meistens schon ein wenig eher seine Runde begann. Wohl um als Erster die besten Stücke, die über Nacht angeschwemmt worden waren, in seine Wippe laden zu können. Okko war das egal. Er nahm sowieso immer nur wenig mit nach Hause. Seine Frau hätte ihm sonst auch was erzählt. Sie war eben nicht wie Gerdje, die alles hinnahm, was ihren Mann betraf.

Ein letztes Zelt tauchte hinter dem Hundestrand auf, geschmückt mit Wimpeln und gemütlich eingerichtet. Seit Jahren wurde es schon immer von dem gleichen Gast bewohnt. Jeder kannte ihn, selbst die Möwen begrüßten ihn fröhlich keckernd, wenn er nach dreimonatiger Abwesenheit wieder seinen angestammten Platz einnahm.

Okko schaute über den Strand. In der Ferne sah er schon Hinrichs Wippe stehen. Nur den dazugehörigen Besitzer, den sah er nicht. Lediglich eine Art Bündel oder etwas Aufgeworfenes meinte er hinter der Wippe ausmachen zu können. Genaues konnte er aus der Entfernung allerdings nicht erkennen. Unruhe erfasste ihn. Er beschleunigte seine Schritte, schob sein Rad zügiger als sonst durch den nassen Sand. Hier an der Wasserkante war der Sand fester, das Laufen leichter. Er rief »Hinrich«, und noch einmal »Hinrich«, aber es kam keine Antwort.

Dann hatte er die Stelle erreicht, an der sie sich normalerweise trafen. Er warf das Fahrrad zur Seite und lief die letzten Meter. Sein Atem stockte, denn das Bündel, das er hinter der bereits voll beladenen Wippe ausgemacht hatte, war Hinrich. Sein Freund. Er lag bewegungslos auf dem Rücken, seine Augen waren weit geöffnet, aber der Blick ging ins Leere. Seine langen, schütteren grauen Haare, die sonst immer akkurat um seinen längst kahlen Schädel gekämmt waren, rahmten den Kopf nun wie ein Strahlenkranz ein. Der blaue Troyer war durchnässt und mit Salzkristallen und Sandkörnern gespickt. Sein rechtes Bein lag angewinkelt unter dem linken. Okko ließ sich neben ihm auf die Knie fallen. Er hatte Angst. Angst vor dem, was ihn vielleicht erwartete. Er zögerte kurz, doch dann ergriff er die Schulter seines Freundes und schüttelte sie. »Hinnerk, was ist denn los? Sag doch was.«

Doch er erhielt keine Antwort. Ganz dicht beugte er sich über das blasse Gesicht seines Freundes und meinte zu spüren, dass er atmete. Wenigstens das.

Okko richtete sich auf und blickte zurück zum Strand mit den Körben. Sie waren weit weg und nur als winzige Streichholzschachteln zu erkennen. Und kein Mensch in der Nähe. Nicht einmal direkt am Spülsaum, wo sonst zahllose Urlauber auf der Suche nach Bernstein spazieren gingen, war irgendjemand zu sehen. Nur ganz in der Ferne sah er ein paar Leute, die zügig am Wasser entlang in östliche Richtung unterwegs waren.

Das Handy hatte er nie in der Tasche, wenn er seine morgendliche Tour machte. Seine Olga hatte oft gesagt: »Nimm es besser mit, wer weiß, was passiert. Könnte auch sein, dass ich dich mal erreichen muss.« Genau aus diesem Grund hatte er es nie dabei!

Es nützte nichts, er musste los, selbst wenn es hieß, Hinrich alleine am Strand liegen zu lassen. Je länger er wartete, desto schlimmer würde dessen Zustand vermutlich werden. Sein Fahrrad ließ er zurück, denn bis zum DLRG-Turm, wo er sich Hilfe erhoffte, konnte er durch den tiefen Sand nicht fahren oder eine Wippe bugsieren.

Er lief los, doch schon nach kurzer Zeit fiel es ihm schwer, den schnellen Schritt beizubehalten. Lag es am Untergrund oder daran, dass er nicht mehr zu den Jüngsten gehörte? Seitenstiche trieben ihm Schweißperlen auf die Stirn.

›Vielleicht hat Herr Jäger ein Handy mit‹, dachte Okko, und bog von der Wasserkante zu den Randdünen ab, hinüber zu dem wimpelgeschmückten Zelt. Er hatte Glück. Der Mann hatte bereits seine morgendliche Urlaubsposition eingenommen. Er saß mit ausgebreiteter *Bild*-Zeitung im Strandkorb. Ein Tetrapack Milch, ein Porzellanbecher mit Baltrummotiv und ein Käsebrötchen standen und lagen in einer Plastikschale neben ihm auf dem Sitz. Atemlos erzählte Okko, was passiert war. »Haben Sie ein Telefon dabei? Dann rufen Sie die Ärztin, bitte. Ich muss Hinrich helfen.«

»Welche Nummer hat die denn?«

Okko stutzte. »Äh, neun eins vier ... also ... neun vier acht eins ... – keine Ahnung, ehrlich gesagt. Aber wir müssen doch was tun, verdammt noch mal.« Er sah, wie der Mann wählte und das Telefon ans Ohr hielt. Okko schaute ihn fragend an.

»Die Nummer vom Rettungsdienst. Hundertzwölf«, flüsterte der.

Nach kurzer Zeit war die Verbindung hergestellt und der Mitarbeiter in der Leitstelle versprach rasche Hilfe.

»Ich muss jetzt unbedingt wieder zurück zu meinem Freund«, sagte Okko. »Würden Sie wohl zum Turm gehen und den Leuten dort Bescheid sagen? Eventuell können die schon was tun.«

Klaus Jäger nickte. »Ich gehe sofort los. Komme dann zu Ihnen. Verfehlen kann ich Sie nicht, oder?«

Okko schüttelte den Kopf. »Nein, immer geradeaus, direkt am Wasser.«

Als er Hinrich wieder erreicht hatte, war er völlig ausgepumpt. Sein Herz klopfte bis unter die Schädeldecke. Hinrich lag noch genauso da, wie er ihn verlassen hatte.

Er setzte sich neben ihn in den Sand. Dann tat er etwas, was er sein ganzes Leben noch nicht getan hatte. Er nahm Hinrichs Hand und streichelte ganz vorsichtig darüber. »Warte nur. Geht jetzt ganz schnell«, murmelte er. »Gleich ist Hilfe da. Bis dahin musst du durchhalten. Wer soll denn sonst mit mir an den Strand gehen? Wieso bist du umgekippt?« Und mit einem Seufzer: »Warum bin ich nicht rechtzeitig hier gewesen? Dann hätte ich dir helfen können.«

Ein Gedanke schlich sich in Okko Nammens Kopf. Konnte er wirklich nicht helfen? Wie war das mit der Wiederbelebung? Erst neulich hatte er im Fernsehen einen Bericht gesehen, und da hatten sie gesagt, es wäre besser, etwas zu machen, auch wenn es vielleicht verkehrt sei, als gar nichts zu tun. ›Wer weiß, wann die Ärztin kommt‹, dachte er. ›Ist immerhin eine ganz schöne Ecke bis an die Wasserkante.‹ Er kniete sich neben seinen alten Freund und überlegte. Wie war das um alles in der Welt? Fünfmal auf die Brust drücken und zehnmal beatmen? War das die richtige Zahl? Vor vielen Jahren hatte er einen Erste-Hilfe-Kurs mitgemacht. Bei der Feuerwehr. Aber davon war nicht viel übrig geblieben.

»Hinnerk«, sagte er, wohl wissend, dass sein Freund ihn vermutlich gar nicht hören konnte. »Ich muss dir jetzt deinen Pullover hochschieben. Sonst geht das nicht mit dem Drücken. Tut mir leid. Und ich muss dich beatmen. Solltest du zwischendurch wach werden, versteh das bloß nicht falsch, und nimm mir das bitte nicht übel. Ich will dir nur helfen«, versuchte er sich Mut zuzusprechen.

Plötzlich jedoch hatte er Zweifel. Machte man das mit der Wiederbelebung nicht nur dann, wenn jemand gar nicht mehr atmete? Atmete Hinnerk denn wirklich noch? Nicht, dass er ihm mit seiner Hilfe womöglich erst recht Schaden zufügte. Er stöhnte auf, als ihm die Folgen in rasender Schnelligkeit durch den Kopf gingen. Das Gesicht seiner Frau mit diesem unglaublich hochmütigen Ausdruck, wenn sie die verfluchte linke Augenbraue hochzog. Die Nachbarn, wie sie sich abwandten, wenn er auftauchte, und über ihn tuschelten. Womöglich drohte ihm sogar Gefängnis.

Aber die im Fernsehen hatten gesagt, lieber zu viel als gar nichts tun. Also dann. Mit zitternden Händen löste er den ausgefransten Ledergürtel, der die alte Cordhose über Hinnerks kräftigem Bauch zusammenhielt und schob den Pullover nach oben.

Er hörte erst erleichtert auf, als aus der Ferne das Martinshorn des Feuerwehrlandrovers ertönte. Gleichzeitig sah er das kleine Boot der Rettungsschwimmer, besetzt mit drei Leuten in orangenfarbigen T-Shirts, in schneller Fahrt durch die seichte Brandung schießen.

*

Langsam machte sich Enttäuschung in Inga breit. Der Mitarbeiter der Kurverwaltung hatte sie mit großen Augen angeschaut, als sie ihm von ihrer Suche berichtet hatte, und ihr geraten, sich an den Heimatverein zu wenden. Ein Rat, den sie nicht zum ersten Mal gehört, der sie bis jetzt aber noch keinen Schritt weitergebracht hatte. Allerdings hatte er angeboten, ihre Geschichte im Gemeinderundschreiben zu veröffentlichen. »So erreichen Sie fast alle Insulaner. Schreiben Sie mir auf, was Ihnen wichtig ist, und ich sorge dafür, dass es in die nächste Ausgabe mit reinkommt.« Sie hatte begeistert zugestimmt und sich noch einmal auf den Weg ins Heimatmuseum gemacht. Frühmorgens bereits hatte sie einen Anruf von Heidi Molshagen erhalten, und sie hatten sich zum Gespräch verabredet.

Als Inga das Museum betrat, drückte sie sich selbst fest die Daumen. Sie erhoffte sich viel von der Begegnung mit der Vorsitzenden des Vereins.

Eine schlanke Frau kam mit energischen Schritten die Holztreppe herunter, die in die oberen Ausstellungsräume führte. »Sie sind Frau Tarmstedt?«, fragte sie Inga freundlich.

Inga nickte. »Guten Tag, Frau Molshagen, ich freue mich sehr, dass Sie sich Zeit für mich genommen haben.« Inga spürte die Sympathie, die diese Frau ausstrahlte, fast körperlich.

»Kein Problem, Frau Tarmstedt. Die Hauptsaison ist vorbei, da kann man schon ein Stündchen erübrigen. Außerdem ist alles eine Frage der Organisation, ich hatte sowieso noch etwas im Museum zu erledigen. Was genau kann ich denn für Sie tun?«

Inga erzählte der Leiterin des Heimatvereins, dass sie aus Worpswede kam und auf welche Geschichte sie dort gestoßen war. »Schauen Sie mal, diese Bilder von Bertelsmann habe ich aus dem Internet heruntergeladen. Sie könnten gut auf Baltrum entstanden sein. Und in der Biografie hier steht, dass der Mann auf Baltrum gewesen ist.«

»Na so was, da haben wir einen echten Worpsweder

hier gehabt, und keiner weiß etwas davon. Zumindest ich nicht«, sagte Heidi Molshagen verblüfft, nachdem sie sich die Bilder mit großem Interesse angesehen hatte.

»Dann wissen Sie auch nicht, wo er damals auf Baltrum gewohnt hat und wo eines der Bilder hängen könnte, die er hier gemalt hat?«

Frau Molshagen schüttelte bedauernd den Kopf. »Tut mir leid. Aber wir haben in der nächsten Woche Vorstandssitzung. Da werde ich ganz gewiss einmal herumfragen. Sind Sie dann noch hier?«

»Keine Ahnung.« Inga überlegte, ob sie von ihrer Entdeckung in Frau Claassens Wohnzimmer erzählen sollte. Warum eigentlich nicht? Nur wurde sie das Gefühl nicht los, damit Lena in den Rücken zu fallen. Doch dann gewann ihre Neugier die Oberhand. »Sie kennen nicht zufällig Frau Claassen aus dem Ostdorf?«

Frau Molshagen lachte. »Hier kennt so ziemlich jeder jeden, aber Gerdje ist meine beste Freundin. Warum fragen Sie?«

»Ja, das ist so ... Ich habe mich mit Lena angefreundet, Frau Claassens Enkelin. Als ich gestern ihre Oma kennenlernen sollte, haben wir im Wohnzimmer gewartet. Und ich bin ganz sicher, dass dort ein Bertelsmann hängt.«

Heidi Molshagen überlegte. »Das Bild? Das hängt da schon seit ewigen Zeiten. Ich hab mich allerdings nie besonders dafür interessiert. Es gehörte eben einfach immer dazu, wenn Sie verstehen, was ich meine. Ich bin mehr ein Freund der Expressionisten, wissen Sie. Wenn dort ein Bild von Paul Klee hängen würde, dann wüsste ich das gewiss. Denn der Mann war nachweisbar auch auf Baltrum und hat gemalt.«

»Also, Frau Claassen kam rein, wir haben sie wegen des Bildes gefragt, und sie wurde total sauer. Sie sagt, sie hat es auf dem Flohmarkt am Festland gekauft. Richtig laut wurde sie.«

Frau Molshagen schaute Inga ernst an. »So kenne ich Gerdje gar nicht. Was ist ihr denn nur über die Leber gelaufen? Soll ich sie mal fragen?«

Inga zuckte mit den Schultern. »Ich weiß nicht. Ich will eigentlich nicht, dass noch mehr Knatsch zwischen Lena und ihrer Oma entsteht.«

»Ach was, wenn die Knatsch haben, geht es doch meistens um Hinrich. Und Gerdje ist eine Seele von Mensch.«

»Den Eindruck hatte ich gestern ganz und gar nicht. Lassen Sie man, Frau Molshagen. Vielleicht ergibt sich für mich in den nächsten Tagen mal die Gelegenheit, in Ruhe mit ihr zu sprechen.«

Heidi Molshagen nickte. »Na gut, ich werde mich weiter umhören. Sie wohnen im *Haus Seegras*, richtig? Ich melde mich bei Ihnen. Ach ja, und wegen des Prospektes sage ich Ihnen Bescheid. Der gehört nämlich nicht dem Heimatverein, sondern ist eine Leihgabe. Und den Besitzer kann ich erst morgen erreichen. Der ist ans Festland gefahren. Und nachfragen muss ich einfach. Schätze aber, dass das kein Problem sein dürfte.«

Inga bedankte sich. Als sie aus dem Museum trat, hörte sie das Brummen eines Hubschraubers fast genau über sich. Sie folgte ihm mit ihren Blicken und sah die Maschine in nördliche Richtung zum Strand abdrehen.

Es war spät geworden am Abend zuvor und Inga schwankte zwischen dem Wunsch, alle Häuser auf der Insel nach Bertelsmann abzusuchen oder sich auf einem Handtuch an den Strand zu legen und sich die Sonne auf den Bauch scheinen zu lassen. Das Wetter bot Letzteres an und fast hatte sie sich auch schon dafür entschieden, als sie die Treppe zu ihrer Wohnung hinaufstieg.

Gerade als sie die Tür aufschließen wollte, hörte sie die aufgeregte Stimme ihrer Vermieterin. »Frau Tarmstedt, haben Sie schon gehört? Sie kennen doch Lena Schirrmacher?«

Inga nickte.

»Stellen Sie sich vor, Lenas Opa ist vorhin am Strand zusammengeklappt. Sein Freund Okko Nammen, mit dem er jeden Tag zum Strandjen unterwegs war, hat ihn gefunden. Neben seiner Wippe lag er. Ich bin gerade auf dem Weg zu Olga Nammen. Mal sehen, was ihr Mann zu erzählen hat. Sozusagen aus erster Hand.«

Inga sah, dass ihre Wirtin bereits eine Jacke übergezogen hatte. »Und, wo ist Lenas Opa jetzt?«, fragte sie.

»Im Krankenhaus. Ist gleich weggekommen. Hoffentlich überlebt er. Na ja, ist eigentlich nicht Ihr Bier. Machen Sie sich man trotzdem ein paar schöne Tage. Das Wetter dazu ist da.«

Die Haustür schlug hinter Frau Meyer zu, ehe Inga eine Chance gehabt hätte, zu erzählen, dass sie den Hubschrauber gerade gesehen hatte. Wo hatte ihre Wirtin in so kurzer Zeit die Geschichte erfahren? Inselfunk, dachte sie, muss schneller sein als der Schall.

Was sollte sie denn jetzt machen? Gar nichts? So tun, als wäre nichts passiert, und dem Rat ihrer Wirtin folgen? Das ginge doch überhaupt nicht. Rübergehen zu Lena und ihrer Oma? Das konnte als aufdringlich angesehen werden. Was also sollte sie machen? Wen sollte sie um Rat fragen? Fynn? Der würde bloß wieder sagen: ›Komm nach Hause, Mädel! Denk an dein Stipendium!‹ Wenn er wenigstens sagen würde: ›Denk an mich!‹ Aber das würde dem Macho nicht im Traum einfallen.

Inga setzte sich auf ihr Bett und fing an zu grübeln. Ihr Inselaufenthalt war wirklich nicht sehr erfolgreich gewesen bis jetzt, außer, dass sie Lena kennengelernt hatte. Keiner kannte ihren Maler, Lenas Oma wollte ihn aus unerfindlichen Gründen nicht kennen. Jetzt war auch noch Lenas Opa krank. Das hieß natürlich, dass ihrer neuen Freundin die Urlaubsstimmung gründlich vermiest war.

Und die vier Jungs, mit denen sie am ersten Abend etwas getrunken hatte, machten nicht den Eindruck einer unbeschwerten Surfertruppe. So wie die miteinander umgingen ... Das hatte nichts mit freundschaftlichem Rumgeflachse zu tun, überlegte sie.

Die Lust auf Strand war ihr vergangen. Sie beschloss, Lena Hilfe anzubieten. Sie würde schon merken, wenn sie nicht willkommen war.

Beim Überqueren der Straße sah sie einen Jogger mit gleichmäßig langen Schritten auf sich zukommen. Als er nur noch ein paar Meter von ihr entfernt war, erkannte sie ihn. Leonard. Er bremste seinen Lauf, trat aber zügig auf der Stelle weiter. »Na, wie geht's dir? Du warst ja gestern gar nicht im *Kiek*. Wir haben dich richtig vermisst«, sagte er und schnappte zwischendurch immer wieder heftig nach Luft.

»Ich war mit einer Bekannten unterwegs. Da will ich jetzt gerade rüber. Ich habe gehört, dass ihr Opa ins Krankenhaus gekommen ist. Ist wohl am Strand zusammengeklappt.«

»Aber Genaueres weißt du nicht, oder?« Leonard schaute sie aufmerksam an.

»Nein, keine Ahnung. Warum willst das wissen?« fragte Inga erstaunt.

»Ach nur so, ist überhaupt nicht wichtig.« Leonard schüttelte den Kopf. »Wie man halt fragt, wenn man was erzählt bekommt.«

»Ihr müsstet von der Geschichte eigentlich auch schon gehört haben, als alte Strandjer.«

»Als was?« Leonard schaute sie irritiert an.

»Strandjen tut man, wenn man am Strand entlangläuft und angetriebene Dinge sucht. Na, klingelt's? Wundert mich direkt, dass ihr nicht vor Ort wart, als es passiert ist.« Inga lächelte. »So oft, wie ihr am Strand seid. Vielleicht hättet ihr dann sogar noch Erste Hilfe leisten müssen.«

»Eigentlich waren wir gar nicht oft am Strand«, erwiderte Leonard. »Nicht mal den Surfkurs haben wir bis jetzt geschafft. Bis bald.« Er nahm wieder Tempo auf und spurtete auf die Aussichtsdüne.

Das wäre nichts für mich, dachte sie, ich gehe lieber spazieren. Sie öffnete die Gartenpforte zu Claassens Grundstück. Ihr fiel auf, dass es die einzige Pforte weit und breit war. Die anderen Grundstücke waren nur mit den üblichen weißen Holzzäunen versehen und die Wege zu den Häusern frei zugänglich.

Haustüren auf Baltrum waren fast immer offen, das hatte sie bereits gelernt. So hielt sie sich nicht lange mit Klopfen auf, ging hinein und rief nach Lena. Doch sie erhielt keine Antwort. Auch die Küche war verwaist, aber als sie im Flur, der zum Wohnzimmer führte, noch einmal rief, hörte sie ein leises: »Wer ist da?«

»Ich bin's, Inga. Darf ich reinkommen?«

»Warte, ich komme raus.«

Lena schlüpfte durch die halboffene Wohnzimmertür, nahm Inga am Arm und schob sie in die Küche. »Mann, ist das gut, dass du da bist. Ich weiß mir bald nicht mehr zu helfen. Ich mach uns erst mal einen Tee.« Lena griff nach der Teedose und der Kanne mit dem Rosenmuster.

Inga setzte sich auf die Eckbank und sagte: »Nun erzähl mal, was passiert ist. Aber nur, wenn du magst.«

Schnell hatten die beiden eine dampfende Tasse vor sich stehen und Lena begann: »Also, eigentlich war es ein ganz normaler Morgen. Oma und ich haben die Gäste versorgt. Dann ist Oma in den Garten gegangen und anschließend hat sie dem Opa die Stulle für sein zweites Frühstück geschmiert. Ich stattdessen habe gefaulenzt, was mir nach dem gestrigen Abend richtig gutgetan hat, wie du dir vorstellen kannst.« Lena lächelte. Es war ganz schön spät gewesen, als Inga und sie nach einigen Bieren den Weg zurück ins Ostdorf angetreten hatten.

»Opa ist irgendwann wie üblich zum Strand gegangen. Dann kam der Anruf von der Ärztin. Kannst du dir vorstellen, wie aufgeregt ich war? Wie sollte ich das bloß Oma beibringen? Aber Dr. Neubert hat gesagt, dass sie vorbeikommen würde, um nach Oma zu schauen und Bericht zu erstatten. Da war ich wieder etwas beruhigt. Ich bin also zu Oma und habe ihr erzählt, dass Opa bewusstlos war und ins Krankenhaus geflogen worden ist.«

»Und, was hat sie gesagt?«, fragte Inga besorgt.

»Gesagt? Geschrien hat sie, gewinselt, geweint. ›Nein, oh nein‹, hat sie geschrien, immer wieder, und komisches Zeug geredet, das ich überhaupt nicht verstanden habe. Dann ist sie in den Garten gelaufen und wieder zurück, und wieder hin und wieder zurück, wie 'ne Blöde. Entschuldige den Ausdruck, aber es war wirklich fürchterlich. Gott sei Dank kam dann die Ärztin. Wir haben Oma sozusagen eingefangen, so doof das klingt, und die Ärztin hat ihr eine Spritze gegeben. Ja, und seitdem liegt die Oma auf dem Sofa und sagt nichts mehr. Muss wohl 'ne ordentliche Dröhnung gewesen sein.«

Lena begann zu weinen. »Du musst dir das Häuflein Elend mal angucken, das da liegt. Ich hätte nie gedacht, dass ich Oma mal so fertig sehen würde. Muss die Liebe zu ihrem Hinrich wohl doch größer sein als der Ärger über ihn.«

»Und was hat die Ärztin sonst noch gesagt?«

»Ich soll bei ihr bleiben und mich sofort melden, wenn was ist. Sie wollte bald wiederkommen.« Lenas Worte gingen jetzt in lautem Schluchzen unter. »Was soll ich denn nur machen? Ich muss jetzt wieder zu ihr und außerdem dringend meine Eltern anrufen. Schaust du nachher noch mal vorbei?«

Inga nickte. »Ich gebe dir meine Handynummer. Dann kannst du mich jederzeit erreichen.«

*

Leonard ließ sich auf die Bank oben auf der Aussichtsdüne fallen. Er war fix und fertig. Große Schweißflecken breiteten sich auf seinem T-Shirt aus. Während des Gesprächs war ihm klar geworden, dass Inga genau über die Truppe Bescheid wusste.

Schon am Abend im *Kiek rin*, als sie zum Abschied so was wie ›grüßt eure Muttis‹ und ›viel Spaß bei der Bernsteinsuche‹ gesagt hatte, war sein ungutes Gefühl im Magen stärker geworden. Aber was sie eben von sich gegeben hatte, zeigte eindeutig, dass es irgendeine Verbindung gab, die er nur noch nicht einsortieren konnte. ›Strandjen heißt angetriebene Dinge einsammeln.‹ Das waren ihre Worte gewesen. Was genau hatte sie also gesehen, und wie würde sie damit umgehen? Hätten er und die anderen Jungs in null Komma nix die Bullen an den Hacken? Er merkte, wie die Angst hoch kroch. Er hasste Situationen, die er nicht beeinflussen konnte. Dabei hatte er gehofft, dass er beim Joggen Frust abbauen konnte.

Wenn bloß dieses blöde Malheur draußen auf dem

Boot nicht passiert wäre! Leonard stöhnte auf, und ein junges Pärchen, das ebenfalls den Weg auf die hohe Düne genommen hatte, schaute ihn erstaunt an. Leonard erhob sich und machte sich mit weichen Knien langsam an den Abstieg.

Warum hatten sie nur nicht die große Fähre genommen wie andere Leute auch? Aber nein, Karsten musste ja mit seinem neuen Bekannten rumprahlen, den er erst kurz vorher in Neßmersiel kennengelernt hatte. Nur weil der ein Boot hatte. Er würde sie mitnehmen, hatte der Mann angeboten. Und man könne gleich noch einen kleinen Ausflug vor die Insel machen. Karsten hatte natürlich sofort begeistert zugestimmt.

Was hätten sie tun sollen? Er hatte schließlich das Sagen. Also waren sie mit an Bord gegangen. Karsten vorneweg, wie ein Feldmarschall. Den Karton mit den Haschischplatten unter den Arm geklemmt. Und dann hatte er das teure Zeug einfach auf dem Achterdeck stehen lassen, anstatt es ordentlich in der Kajüte zu verstauen. Leonard hatte noch versucht einzugreifen, aber Karsten hatte mit der Bierflasche in der Hand abgewinkt und nur gemeint, er solle sich nicht so anstellen.

So reichte ein einziges übermütiges Wendemanöver, und der *Rote Libanese*, den sie auf der Insel verticken sollten, ging außenbords. Genau nördlich von dieser Insel. Und sie hatten es noch nicht einmal sofort bemerkt.

Als Leonard den roten Weg erreicht hatte, der ihn wieder zum Westdorf führen würde, war er den Tränen nah. Er fühlte sich völlig leer und geschafft vom Laufen und von der Erinnerung daran, wie der Boss am Telefon ausgerastet war, als Karsten ihm kleinlaut erzählt hatte, was passiert war. Die Stimme aus dem Hörer war im ganzen Raum zu hören gewesen.

Jetzt hatten sie den Salat. Drei Tage hatte ihnen der Boss gegeben.

Wie konnte sich ein erwachsener Mensch nur selber ›Boss‹ nennen? Aber wehe, man redete ihn mit ›Edgar‹ an, dann war der Teufel los.

Drei Tage, um die Sache ins Lot zu bringen. Dann wartete bereits Langeoog auf sie. Der Boss hatte sogar gedroht, Siggi rüberzuschicken. Ausgerechnet Siggi.

Und diese Inga hatten sie auch noch am Hals. Aber nicht mehr lange, das schwor sich Leonard.

*

Inga war auf dem Weg ins alte Ostdorf. Dort, so hatte Lena ihr gesagt, gäbe es einen Laden mit Muscheln, Schmuck und Bildern eines heimischen Künstlers. Sie hegte die kleine Hoffnung, dass dort vielleicht auch Bilder des Worpsweders an der Wand hängen könnten. Immerhin, es war einen Versuch wert. Sie folgte dem schmalen, mit roten Klinkersteinen gepflasterten Pfad, der über die hohe Düne führte, und fand an deren Fuß ein Insulanerhaus mit blauen Fenstern und einem tief heruntergezogenen Dach. *Nautilus* stand über der Eingangstür, vor der zwei Frauen in eine lebhafte Unterhaltung vertieft waren. Als Inga näher kam, senkte eine der beiden ihre Stimme etwas. Trotzdem bekam sie den Inhalt des Gespräches mit.

»Hast du gehört, dass der alte Claassen am Strand umgekippt ist?«

Die andere Frau stellte ihre Einkaufstasche ab und verschränkte die Arme vor ihrem Bauch. »Nein, erzähl. Hab nur den Hubschrauber gehört, der ist ja im Tiefflug direkt über unsere Köpfe. Angst und bange konnte einem werden. Die nehmen überhaupt keine Rücksicht auf unsereinen. So, den Claassen hat's erwischt?«

»Ja, und wenn der Okko Nammen nicht gekommen wäre, mit dem geht er doch immer strandjen, nich', wer weiß, was dann noch passiert wäre.«

»Das hab ich immer schon gesagt, wenn's den mal umhaut, dann sicher am Strand. Zu Hause war der doch nur zum Essen, wie man so hört. Wird seine Frau aber auch wohl nicht böse drum sein. Der war schließlich ein richtiges Ekel. Gerdjedine hat es bestimmt nicht leicht gehabt mit dem.«

Inga blieb stehen und zupfte wie gedankenverloren an einem Grasbüschel herum, in der Hoffnung, dass die beiden keine Notiz von ihr nehmen würden. Sie hatte Glück.

»Also, noch soll er leben. Brauchst also keinen Nachruf zu halten. Aber recht hast du. Auch mit Okko soll der sich manchmal ganz schön in der Wolle gehabt haben. Wegen dem Strandgut, weißt du? Richtig gefetzt haben die sich. Okko ist da nämlich schnell bei der Sache, denk nur mal an die Prügelei vor dem *Seehund* vor ein paar Jahren. Und alles bloß wegen diesen blöden angespülten Baumstämmen und dem anderen nutzlosen Kram. Dafür schieben die nun jeden Tag, den Gott kommen lässt, ihre Wippen zum Strand, sammeln alles ein und stapeln das seewasserdurchtränkte Zeug zu Hause auf. Und der Haufen hinterm Haus wird größer und größer. Idealer Nährboden für Ratten. Ich kann es nicht begreifen. Aber ich wohne ja erst seit zehn Jahren hier. Wahrscheinlich braucht es weitere zehn Jahre, um die Insulaner zu begreifen.« Inga hörte ein hämisches Lachen.

»Nur gut, dass mein Mann andere Hobbys hat. Dem würde ich schön den Marsch blasen, das kannst du mir glauben. Das würde der mit mir nicht machen.« Die andere Frau fiel in das Lachen ein.

»Muss wohl in den Genen liegen. Was man seit Generationen betreibt, wird eben nicht so schnell aufgegeben, sogar wenn es gar keinen Sinn mehr macht. Vielleicht sehen wir den tieferen Sinn aber nur nicht. Na ja, jeder wie er's verdient, sage ich immer. Manchmal dauert es eben etwas länger, aber irgendwann trifft der Hammer auch die Richtigen, nicht wahr? So, macht denn dieser Laden bald mal auf? Ich hab nicht ewig Zeit.« Sie klopfte kräftig an die Eingangstür des kleinen Ladens. »Wir können uns auch keine Mittagspause erlauben.«

Inga wandte sich ab. Was für ein hässliches Gespräch. Ihr war die Lust auf den Einkauf vergangen. Sie ging nach Hause, legte sich aufs Bett und machte die Augen zu. Immer wieder gingen ihr die Ereignisse der letzten zwei Tage durch den Kopf.

Am späten Nachmittag würde sie noch einmal zu Lena rübergehen. Jetzt musste sie erst einmal etwas essen. Kurz überlegte sie, in ein Lokal zu gehen, aber sie entschloss sich stattdessen, eine Dose Würstchen zu öffnen, die sie am Tag zuvor gekauft hatte.

Als sie sich zur Besteckschublade hinunterbeugte, hörte sie einen Sirenenton, der schnell an Lautstärke zunahm. Sie ging zum Fenster und sah den Krankenwagen mit hoher Geschwindigkeit die Straße heraufkommen und vor Claassens Haus halten. Eine Frau mit Arzttasche und zwei Männer mit einer Trage stiegen aus und liefen ins Haus.

Sie sah Lena in der Tür stehen und hatte den Eindruck, dass sie von Verzweiflung geschüttelt wurde. Was war denn jetzt schon wieder passiert? Lenas Oma? Oder brauchte einer der Gäste dringend ärztliche Hilfe?

Inga hielt es nicht mehr in ihrer Wohnung. Sie lief über die Straße zu Claassens. Im Flur stieß sie fast mit

Lena zusammen, die gerade versuchte, eine schwere Kommode zur Seite zu ziehen.

»Lena, was um alles in der Welt machst du da?«

»Ich muss Platz schaffen. Ich glaube, Oma muss gleich ins Krankenhaus. Mit der Trage, und die passt hier nicht durch.« Lena liefen unaufhörlich dicke Tränen über die Wangen.

»Nun hör erst mal, was die Ärztin sagt«, versuchte Inga sie zu beruhigen. »Geh hinein zu deiner Oma, da wirst du sicher nötiger gebraucht. Die Kommode können die beiden Männer wegräumen, wenn es wirklich sein muss.«

»Aber bitte warte hier. Ich will gleich nicht alleine sein. Setz dich in den Garten. Ich komme, wenn alles vorbei ist.«

Inga nickte und Lena verschwand im Wohnzimmer.

Dann will ich mal sehen, ob ich in Omas Heiligtum ein lauschiges Plätzchen finde, dachte Inga. Sie lief den Kiesweg entlang und fand sich bald in einer ganz anderen Welt. Still war es hier, als ob die Eibenhecke den allerletzten Rest von Lautstärke auf der an sich schon ruhigen Insel filterte. Die Liegestühle standen verlassen da. Die wenigen Gäste der Claassens nutzten sicher das schöne Badewetter.

Gleich links von der Liegewiese sah sie Rosenstauden, dicht an dicht, die Blätter in einem satten Grün. Einige späte Blüten verrieten die Farbenvielfalt, die hier im Sommer herrschen musste. Inmitten der Rosen saß an einem kleinen Teich ein Drache aus Terrakotta, so als wäre Nessie soeben aus den Fluten des Lochs aufgetaucht.

Getrennt durch einen niedrigen Holzzaun schloss sich der Gemüsegarten an. Viel stand nicht mehr auf dem Feld, nur der Grünkohl, die ›Palme des Nordens‹, wartete auf die Ernte nach dem ersten Frost. In ein paar Schalen an einer windgeschützten Stelle am Fuße der Hecke wuchsen Kräuterbüsche. Sie schickten Inga einen kräftigen Gruß in die Nase. Es roch nach Maggi. Wie hieß das Kraut denn nur? Dann fiel es ihr ein: Liebstöckel. So hatte ihre Mutter es genannt.

Auf der anderen Seite, direkt hinter der Liegewiese, sah sie eine große Vielfalt von Büschen und Sträuchern, dazwischen Figuren aus Stein und Metall. Ein Springbrunnen aus Granit mit einem geöffneten Löwenmaul wartete darauf, erweckt zu werden. Zwischen den Büschen wanden sich schmale, von Strandkieseln bedeckte Wege. Inga wünschte sich wieder einmal, sie würde all die Namen der verschiedenen Pflanzen kennen, die dort so überreichlich wuchsen. Immer wieder hatte sie sich vorgenommen, mit einem Bestimmungsbuch durch die Natur zu ziehen, um etwas für ihre Bildung in dieser Hinsicht zu tun, aber es war bei dem Gedanken geblieben. So konnte sie kaum etwas in diesem Gartenabschnitt namentlich zuordnen. Aber eines wusste sie ganz gewiss: Es war wunderschön hier.

Sie lief weiter. Am Ende des Kiesweges bot die eindrucksvolle hohe Aussichtsdüne dem hinteren Teil des Gartens Wetterschutz. Zu ihrem Erstaunen sah Inga am Fuße der Düne eine bunt bemalte Tür. Neugierig rüttelte sie an der Klinke. Abgeschlossen. Das hätte sie sich denken können. Ein wenig enttäuscht ging sie zurück zur Liegewiese und machte es sich auf einer der Liegestühle bequem.

In einer Ecke steckten längliche rosa-violette Blüten ihre Köpfe durch die ansonsten von keinerlei artfremden Pflanzen durchsetzte Rasendecke. Wie schön, dass wenigstens die bleiben durften, freute Inga sich.

Sie lehnte sich zurück und ließ einen Sonnenstrahl, der sich seinen Weg zwischen den Ästen eines alten Apfelbaumes und der Eibenhecke gesucht hatte, ihre Augenlider kitzeln.

Welch eine heile Welt, schoss es ihr durch den Kopf. Hier sitze ich nun, lasse mir die Sonne auf den Pelz brennen, kein Lüftchen rührt sich, und alles könnte so schön sein. Aber sobald ich diesen geschützten Raum verlasse, wird mich die Wirklichkeit des Tages einholen. Wieder spielte sie mit dem Gedanken, abzureisen. Aber sie konnte Lena jetzt nicht im Stich lassen, so jung ihre Freundschaft auch war.

Nach einiger Zeit hörte sie den Krankenwagen wegfahren, und schon bald setzte das Brummen der Rotoren ein, das am späten Vormittag schon einmal die Ankunft des Rettungshubschraubers angekündigt hatte. Lena wird ihre Oma sicher zum Flugplatz begleiten, dachte Inga. Ich werde einfach hier sitzen bleiben, bis sie wiederkommt. Was haben die Insulaner wohl früher gemacht, als es noch keine Hubschrauber gab?

*

Seinen Skizzenblock unter dem Arm, lief Walter Bertelsmann einen schmalen Sandweg entlang zum Strand. Im Sommer, so hatte Evers ihm erzählt, lagen auf den Wegen Holzbohlen, um den wenigen Gästen das Laufen zu erleichtern. Jetzt traf er kaum einen Menschen. Bis auf den Lehrer. Er hatte sich als Wilhelm Vogel vorgestellt und war ihm bereits zweimal über den Weg gelaufen, als er sich am späten Nachmittag gegen das Ostende von Norderney schauend an die Palisadenwand gesetzt hatte, um den Sonnenuntergang zu betrachten. Im Sommer standen hier die Badezellen, links für die Damen, rechts für die Herren, so hatte er gelesen. *Nun war Winter und vom fröhlichen Badeleben keine Spur. Nur der unverstellte Blick auf die Kräfte und die Vielfalt der Natur. Er war jedes Mal fasziniert, mit welcher Schnelligkeit sich die Farben des Himmels mit dem Niedergehen der Sonne änderten. Auch Vogel, mit dem er ins Gespräch gekommen war, war die Freude an diesem Schauspiel anzusehen. »Ich muss, wenn ich über diesen kleinen Sandhügel mitten im Meer nachdenke, immer an ein altes Märchen denken«, hatte ihm der Lehrer erzählt. »Sehen Sie, die Insel erinnert mich an Dornröschen. So schön liegt sie da und wartet nur darauf, wachgeküsst zu werden.« Er hat Visionen, dachte Bertelsmann, er wird bestimmt viel für diese Insel schaffen können, wenn man ihn lässt.*

Am Tag zuvor war er im Ostdorf gewesen. Kurz vor dem Friedhof war ihm ein Gebäude aufgefallen, dessen Südseite von zwei großen Holztoren eingenommen wurde. Ein Mann in den Fünfzigern hatte davor gestanden, im Gespräch mit einem Jungen, der sich zum Schutz vor der Kälte in eine dicke wollene Jacke eingehüllt hatte. Freundlich grüßte Bertelsmann hinüber und wunderte sich, als der Mann rief: »Sind Sie der Maler? Küper hat mir erzählt, dass er einen unter seinem Dach aufgenommen hat.«

Bertelsmann nickte. »Das bin ich, und mit wem habe ich es zu tun?«

»Edde Peters, Altschiffer und Vormann bei der Deutschen Gesellschaft zur Rettung Schiffbrüchiger. Und das hier ist mein Sohn Peter. Er will unbedingt auch Rettungsmann werden. Er weiß, wie schwierig die Arbeit ist. Hat mich schon oft genug rausfahren sehen mit meinen Männern. Aber ich werde ihn nicht davon abhalten können. Wie ist es, Herr Maler, können Sie mal ein Bild

von unserem Boot machen? Ich meine, so wie es hier vor dem Schuppen steht?«

»Darüber lässt sich reden, Herr Peters. Sagen Sie mal, wie bekommen Sie das Boot denn ins Wasser im Notfall?«

»Tja, das ist oft nicht so einfach. Ich brauche zwei Pferdegespanne, aber manchmal sind gar nicht so viele Pferde auf der Insel, und wenn, dann müssen sie erst eingefangen werden. Und bis wir das Boot über die Hellerwiesen bis zur Wasserkante gezogen haben, da kann schon mal eine oder auch zwei Stunden vergehen. Dann müssen wir bis zur Unglücksstelle rudern. Das kann je nach Seegang, Wetterverhältnissen und Tageszeit noch einmal bis zu zwei Stunden in Anspruch nehmen. Die Besatzung, das sind normalerweise zehn Mann und ich. Aber es ist nicht lange her, da haben wir einige Plätze mit Frauen besetzen müssen. Die Männer der Insel sind im Sommer fast alle an Bord großer Schiffe auf den sieben Weltmeeren unterwegs und kommen erst im Herbst wieder. Hat Ihnen unser Ortsvorsteher bestimmt schon von erzählt. Aber was nützt es. Wenn ein Schiff in Seenot gerät, fragt kein Mensch, ob er von einer Frauen- oder einer Männerhand aus dem Wasser gezogen wird, habe ich nicht recht?«

»Das ist richtig, die Gesellschaft zur Rettung Schiffbrüchiger ist schon ein Segen hier an der Küste. Ich selbst bin auch Segler. Schon seit vielen Jahren«, erklärte Bertelsmann.

Edde Peters lachte. »Sie sind doch noch ein junger Mann. So weit kann das mit den vielen Jahren noch nicht her sein.«

»Nun ja, ich bin achtundzwanzig«, antwortete Bertelsmann. »Aber immerhin bin ich schon auf der Hamme und der Weser bis in die Nordsee gesegelt. Für mich gibt es nichts Größeres. Abgesehen vom Malen natürlich.«

»Wenn Sie Lust haben, mehr zu erfahren, kommen Sie man ruhig mit rein. Peter und ich wollten gerade die Rettungsraketen und Korkjacken überprüfen. Ist zwar nicht geheizt drinnen, aber wärmer als draußen im Ostwind ist es allemal.«

So hatte der Mann aus Worpswede an diesem Nachmittag noch vieles über das Leben der Insulaner in Erfahrung gebracht.

Sage mir noch einer, Friesen seien stur und wortkarg, schmunzelte er, als er wieder auf dem Weg ins Westdorf war.

*

»Jetzt ist sie auch weg. Stell dir das mal vor. Oma und Opa, beide im Krankenhaus. Gestern war alles in schönster Ordnung, und ich habe mich auf ein paar nette Urlaubstage bei ihnen gefreut, und nun so was.«

»Lena, nun setz dich erst einmal hin.« Inga stand auf und schob einen der Liegestühle heran. »Und sag mir, was passiert ist.«

»Da gibt es nicht mehr viel zu erzählen. Die Sache mit Opa kennst du. Was Neues weiß ich noch nicht. Aber weil Omas Zustand sich nicht besserte, hat Dr. Neubert entschieden, dass sie ins Krankenhaus müsse. Ich habe also zwei Koffer gepackt, einen für die Oma und noch einen für Opa. Der hatte doch gar nichts mit, weil er direkt vom Strand aus weggekommen ist.« Der Liegestuhl gab ein protestierendes Geräusch von sich, als Lena sich darauf fallen ließ.

»Hat die Ärztin denn was über deine Oma gesagt?«, fragte Inga besorgt.

»Sie sprach von einem schweren Schockzustand, der lebensbedrohlich sein könnte.«

›Arme Lena‹, dachte Inga. »Hat deine Oma mit dir oder der Ärztin gesprochen, als sie auf die Trage gehoben wurde? Hat sie gefragt, was mit ihr geschieht?«

»Nein, sie hat alles mit sich machen lassen, als ginge sie das gar nichts an. Jetzt muss ich Mama anrufen. Sie ist auf dem Weg zum Krankenhaus, aber sie weiß nur, dass Opa dort liegt. Ich muss ihr sagen, dass Oma inzwischen ebenfalls da ist. Vielleicht können sie Oma und Opa ins gleiche Zimmer legen. Dann muss Mama nicht immer durchs ganze Haus laufen, wenn sie sie besuchen will.« Lenas Gesicht verriet nicht, ob ein leichtes Grinsen oder das verzweifelte Weinen der letzten Minuten die Oberhand behalten würde.

Plötzlich richtete sich Lena auf. »Sie hat doch was gesagt. Kurz bevor die Männer sie in den Krankenwagen hoben. Da hat Oma was geflüstert.«

»Ja, was denn? Nun mach es nicht so spannend.« Neugierig beugte sich Inga herüber.

»Genau habe ich es nicht verstanden, aber es klang wie ›Herbst‹ und – und ja, und dann hat sie noch gemurmelt: ›Die fünf ans Licht‹.«

»Was soll das denn heißen? Dass der Herbst vor der Tür steht, wissen wir, aber ›die fünf ans Licht‹? Hast du eine Ahnung, was sie damit gemeint haben könnte?«

Lena schüttelte ratlos den Kopf. »Da müssen wir bestimmt noch jede Menge Brainstorming betreiben, wenn wir dahinterkommen wollen. War wahrscheinlich sowieso nur dummes Zeug, so weggetreten, wie die war.«

»Spätestens wenn deine Oma wieder Kontakt zur Außenwelt aufnimmt, können wir sie fragen.«

»Bis dahin wird es sicher noch eine Weile dauern. Sie ist wahrscheinlich gerade erst einmal im Krankenhaus angekommen.« Lena schaute auf ihre Armbanduhr. »Ich mache uns einen Kaffee, wenn du möchtest. Auf einen Spaziergang habe ich jetzt keinen Bock. Wir wären doch nur bessere Auskunftsbüros für die Insulaner. Wenn Leuten wie meinen Großeltern so was passiert, nehmen eben alle Anteil.«

Inga dachte an das Gespräch, das sie vor dem *Nautilus* belauscht hatte. Das war eben so. Jeder würde fragen, verständnisvoll nicken und sich dann seine eigenen Gedanken zum Geschehen machen. Und ein paar wenige hatten nichts Besseres zu tun, als eben diese eigenen Gedanken ungefiltert von gesundem Menschenverstand wieder jedem zu Gehör zu bringen. Der Nächste würde wieder verständnisvoll nicken, weitere Gedanken hinzufügen, alles ordentlich mischen, und es würde nicht lange dauern, dann wäre die Insel überschwemmt mit Puzzleteilen von Wahrheit, Fantasie und Lüge. So lange, bis eine neue Geschichte die alte ablöste, und die Fantasie neue Nahrung fand. Wie überall.

*

Heidi Molshagen befestigte das letzte Bild an der großen Schautafel auf dem Dachboden des Heimatvereins. In ein paar Tagen sollte die Ausstellung *Kleidungsstücke im Wandel der Jahrhunderte* der Öffentlichkeit zugänglich gemacht werden. Die Mitglieder hatten seit über einem Jahr Exponate aus der Zeit von der ersten bekannten Besiedelung der Insel bis zur Gegenwart zusammengetragen. Wobei die Sache mit der Gegenwart zugegebenermaßen der einfachste Teil der Arbeit war.

Sie war heilfroh, dass sie seit einigen Jahren das Obergeschoss des alten Bummerts für wechselnde Ausstellungen nutzen konnten. Genau wie damals, als sie in jahrelanger Arbeit das heruntergekommene Haus in ein schmuckes Museum verwandelt hatten, hatte die

Arbeit daran auf den Schultern einiger Weniger gelastet. Aber das Ergebnis konnte sich sehen lassen. Hier hat die Geschichte Baltrums eine würdige Heimat gefunden, dachte sie, als sie die steile Holztreppe hinunterstieg.

»Ist richtig was los draußen«, empfing sie Sven Nolting. »Schon der zweite Hubi heute.«

»Sind eben viele ältere Gäste hier. Da kann das schon mal sein, dass der eine oder andere das raue Nordseeklima unterschätzt.« Heidi bückte sich und holte eine Jacke hervor, die sie morgens vorsichtshalber von zu Hause mitgenommen hatte. »Ich gehe jetzt. Ich habe meine Arbeit oben für heute beendet. Mach's gut und vor allem reichlich Umsatz. Wir können's gebrauchen.«

Als sie unterhalb der Aussichtsdüne ins Ostdorf abbog, sah sie schon von Weitem Wolfgang Meyers massige Gestalt auf der Straße stehen. Aha, unser Inselbildhauer macht gerade ein Päuschen, dachte sie und wollte gerade auf ihr Grundstück einbiegen, als er ihr mit heftigen Armbewegungen bedeutete, stehen zu bleiben. »Heidi, halt an. Hast du schon was Neues gehört?«

Erstaunt bremste sie und stieg vom Rad. »Was soll ich Neues gehört haben? Hilf mir auf die Sprünge.«

»Ja, hast du denn noch gar nicht von Gerdje und Hinnerk gehört? Beide im Krankenhaus. Stell dir das mal vor.« Wolfgang Meyers tiefe Bassstimme war immer lauter geworden.

Fassungslos schaute sie ihren Nachbarn an. Er machte nicht den Eindruck, als wollte er sie zum Narren halten. Auch war er im Gegensatz zu manch anderem Insulaner nicht dafür bekannt, Ereignisse aus reiner Sensationslust übertrieben ausgeschmückt wiederzugeben.

»Erzähl, was du weißt.« Heidi lehnte ihr Fahrrad an den Zaun.

Sie hörte sich an, was Wolfgang Meyer zu berichten wusste. Dann sagte sie entschlossen: »Ich muss sofort zu Lena. Sie ist doch jetzt ganz allein. Außerdem muss sich jemand um die Gäste kümmern. Frühstück und so. Danke, dass du mir Bescheid gesagt hast. Mein Gott, was für ein Unglück.«

»Wenn du Hilfe brauchst, melde dich. Ich komme gern und Maria bestimmt auch.«

»Lena? Lena, bist du da?« Heidis Klopfen an der Haustür war ohne Erfolg geblieben, so war sie den Stimmen gefolgt, die aus Gerdjedines Garten zu hören waren.

»Wir sind hier, Tante Heidi. Auf der Liegewiese.«

Als sie sich zur Öffnung in der Hecke wandte, kam Lena ihr bereits entgegen.

»Ich habe gerade eben erfahren, dass deine Oma auch weg ist und möchte dir Hilfe anbieten. Aber ich will nicht aufdringlich sein. Wahrscheinlich kommst du genauso gut alleine ...«

»Nun komm erst einmal rein und setz dich hin. Inga kennst du ja schon. Sie hat mir eben von eurem Treffen heute Mittag erzählt.«

»Ja, und dann bin ich gleich im Museum geblieben und habe deswegen gar nichts von alledem mitbekommen.«

Lena erzählte kurz, was sich in den Stunden zuvor ereignet hatte, und vergaß auch nicht, Heidi nach den seltsamen Worten zu fragen, die ihre Oma kurz vor ihrer Abreise gesagt hatte. »Du bist ihre beste Freundin. Hat sie dir denn niemals irgendwelche Geheimnisse anvertraut oder so was?«

»Natürlich haben wir über viele Dinge gesprochen. Aber zu dem, was du eben sagtest, fällt mir nichts ein.

Außerdem kannst du bitte das ›Tante‹ endlich mal weglassen. Die Zeiten sind doch vorbei, oder?«

»Okay, Heidi.« Lena lächelte. Sie wollte noch etwas hinzufügen, als ihre Nachbarn, Maria und Wolfgang Meyer, sich durch lautes Rufen bemerkbar machten.

»Hier wird's ja richtig voll heute«, flüsterte Lena Inga zu. »So viele Insulaner hat dieser Garten seit Menschengedenken nicht gesehen.« Laut aber rief sie: »Kommt rein. Wir sind hier gleich hinter der Hecke!«

»Wir wollen gar nicht lange stören«, sagte Maria Meyer, »sondern dir nur sagen, wenn du Schwierigkeiten hast, deine Gäste zu versorgen, wir nehmen die dann wohl auf. Ich würde denen auch Frühstück machen. Natürlich wollen wir Heidi nicht vorgreifen. So als beste Freundin.« Maria hatte wohl den verkniffenen Ausdruck in Heidi Molshagens Gesicht bemerkt.

Genau zu diesem Zeitpunkt war es mit Lenas wiedergewonnener Selbstbeherrschung vorbei. Hemmungslos fing sie erneut an zu weinen.

Inga sprang auf und nahm Lena in den Arm. »Komm, es ist doch gut, wenn alle helfen wollen«, flüsterte sie.

Sonntag

›Frauen sind doch seltsame Geschöpfe‹, dachte Fynn, als er die drei verwaschenen T-Shirts in seine abgewetzte Reisetasche warf, die zusammen mit den Jeans den Gesamtbestand seiner Sommerbekleidung bildeten. ›Ich könnte ausrasten. Da lernt man mal ein Mädel kennen, gut aussehend und auch noch künstlerisch begabt, und dann meint die doch tatsächlich, sie müsse auf einen Maler-Insel-Selbstfindungstrip gehen. Dabei war es so schön gemütlich mit uns. Sie war immer da, wenn ich sie brauchte. Ich als Künstler. Sie sozusagen als Muse. Mit Kunstverstand. Und der nötigen Einsicht, dass ein Künstler manchmal seine Ruhe bitter nötig hat. Und jetzt ist sie weg.

Muss ich Socken mitnehmen? Blödsinn. Fahre schließlich nicht zum Opernball.‹

Sie hatte so komisch geklungen am Telefon. Ob sie Probleme hatte? Quatsch, die doch nicht mit ihrem sonnigen Gemüt. Konnte auch nicht besonders aufregend sein, hinter einem toten Maler herzusuchen.

Eine dunkelblaue Unterhose, bedruckt mit Moorhühnern, und eine schwarze, auf der Homer Simpson sein Unwesen trieb, erreichten im hohen Bogen die Tasche.

›Oder hat sie sich einen anderen Kerl gesucht? Einen lebenden, also real existierenden? Kann ich mir nicht vorstellen. Oder doch? In der kurzen Zeit? Weiß man's? Attraktiv ist sie. Diese Surfertypen mit ihren braungebrannten Luxuskörpern machen doch vor nichts Halt.‹

Er schaute an seiner weißen, schmalen Brust herunter.

›Künstler haben eben zum Lotterleben keine Zeit. Wenn Heinrich Vogeler damals den ganzen Tag faul in die Sonne gelegen hätte, dann stünde der *Barkenhoff* heute bestimmt nicht hier. Ich muss mich halt um die wichtigen Dinge des Lebens kümmern. Daraus schöpfe ich Kraft. Dafür werde ich bewundert. Nicht dafür, dass ich auf einem Bügelbrett sitze und auf eine Welle warte.‹

Er stellte fest, dass der Reißverschluss seiner Lieblingsjeans immer noch klemmte.

›Aber irgendwas ist anders mit ihr. Nicht, dass es mir Kopfschmerzen bereitet. Schließlich sind wir nicht füreinander verantwortlich. Aber wissen würde ich schon gern, ob alles in Ordnung ist, da auf dieser kleinen Insel mitten in der Nordsee.‹

Sein Rasierschaum war fast leer und entsprach damit der vorhandenen Menge seines Deos.

›Jetzt werde ich mich also in mein Auto setzen und auf den Weg nach – wie heißt dieses blöde Kaff noch, wo das Schiff abfährt – ach, ja, Messnersiel, machen, nur weil sie so komisch am Telefon war? Blöd müsste ich sein.‹

Er griff nach einer Fleecejacke, die ihr bisheriges Leben in Worpswede an einem Haken neben der Eingangstür gefristet hatte.

›Hoffentlich sind die Straßen frei. Wahrscheinlich rücken jetzt gerade alle Opas mit Hut samt ihren Ehefrauen zum Besuch der Worpsweder Kunsthalle an, vor allem um sich anschließend den Bauch im *Café Verrückt* mit Pflaumenkuchen vollzuschlagen. Aber bitte mit Sahne. Jedes Wochenende das gleiche Spiel. Alle auf der Suche nach unseren großen Künstlern. Ein Bus jagt den nächsten.‹

Er schaute auf die Uhr. Erst in fünf Stunden fuhr das Schiff. Da konnte er sich vorher noch gemütlich eine Tasse Kaffee genehmigen.

›Was sie wohl sagt, wenn ich da auftauche? Hoffentlich ist sie nicht sauer, weil sie denkt, ich würde hinter ihr herspionieren. Oder noch schlimmer – vielleicht denkt sie, ich habe mir Sorgen gemacht, oder noch viel schlimmer, ich hätte mich in sie verliebt und Sehnsucht nach ihr? Was mache ich bloß? So was ist mir noch nie passiert. Einer Frau hinterherfahren. Lächerlich. Ich glaub, ich bleibe hier.‹

Er stellte die Tasse mit dem Kaffeerest auf die Spüle, warf einen Blick auf sein zerwühltes Bett und machte sich auf den Weg zur Nordseeküste.

*

Heidi Molshagen füllte Wasser in den Eimer, nahm Putzlappen und Kehrblech und ging in den Aufenthaltsraum, um die letzten Spuren des Frühstücks zu beseitigen. Aus dem Flur hörte sie das Telefon klingeln. Es hatte alles gut geklappt an diesem Morgen. Sie hatte mit Lena das Frühstück für die Gäste zubereitet. So hatten sie es am Nachmittag vorher abgesprochen. Inga sollte ausschlafen und am frühen Vormittag dazustoßen. Gleich würden sie in den Zimmern Ordnung schaffen, danach wollte Heidi sich um die eigenen Gäste kümmern.

Gerade als sie den letzten Tisch wieder mit einer Decke versehen hatte, glaubte sie einen erstickten Schrei zu hören.

»Lena?« Beunruhigt lief sie in die Küche. »Lena, was gibt's? War deine Mutter am Telefon? Wie geht es Gerdje und Hinnerk?«

»Opa ist tot.« Lena sackte mit versteinertem Gesicht auf die Küchenbank.

»Oh, nein, das kann doch nicht wahr sein.« Heidi schaute Lena fassungslos an. »Und was haben die Ärzte gesagt? Herzinfarkt?«

Lena nickte. »Mama hat gesagt, dass Großvater gegen neun Uhr gestorben ist. Die Ärzte gehen von einem Herzinfarkt aus, haben aber noch andere Möglichkeiten offen gelassen. Sie wollte jetzt erst mal mit Oma reden. Und Papa und meinem Bruder Jan Bescheid sagen.« Ihr liefen die Tränen über die Wangen.

Heidi setzte sich neben Lena und streichelte ihre Hand. »Und nun?«

»Und nun, und nun? Wie soll ich das denn wissen, ›und nun‹?! Sag du mir doch, was nun passiert. Ich begrabe hier nämlich selten Großväter«, brach es aus Lena heraus.

»Entschuldigung, das war dumm von mir.« Heidi ärgerte sich über ihre unüberlegte Reaktion. »Ich mach erst mal einen Tee. Gleich kommt Inga, und dann sehen wir weiter. Deine Mutter wird sich bestimmt bald wieder melden.«

Jetzt war alles anders. Sie konnte Lena nicht mit den Entscheidungen allein lassen, die nun zu treffen waren. Für die Beerdigung waren viele Telefonate und Gänge ins Rathaus zu erledigen. Lenas Mutter war weiterhin im Krankenhaus eingespannt, solange es Gerdje nicht besser ging. Vielleicht würde Lenas Onkel Enno kommen und Lena unterstützen. Enno lebte schon lange am Festland. Soweit Heidi wusste, war er im Streit mit seinem Vater auseinandergegangen und in den letzten Jahren so gut wie gar nicht mehr auf der Insel gewesen. Jetzt war es für eine Versöhnung zu spät. Aber er käme wohl trotzdem, seiner Mutter zuliebe. Die musste allerdings erst in die Realität zurückgeholt werden. Wenn das nicht schon längst passiert war. Heidi hatte ganz vergessen, Lena zu fragen. Sie traute sich kaum, die junge Frau anzusprechen. Stille machte sich in der Küche breit.

›Lange halte ich das nicht mehr aus‹, dachte Heidi. Sie stand auf, stellte die Kanne mit dem aufgebrühten Tee auf den Tisch. »Nun trink erst einmal. Das wird dir guttun.«

Von der Eingangstür war vorsichtiges Klopfen zu hören, und gleich darauf steckte Inga ihren Kopf in die Küche.

»Opa ist tot«, sagte Lena. »Wenn du gehen willst, dann geh ruhig. Ich kann das total verstehen, wenn du davon nichts wissen willst. Schließlich wolltest du hier Urlaub machen, nicht deine Zeit in einem Trauerhaus verbringen. Echt, verstehe ich wirklich, wenn …« Der Rest des Satzes ging in Weinen unter.

»Setzen Sie sich erst mal, Inga, und trinken Sie eine Tasse Tee mit.« Heidi Molshagen holte eine weitere Teetasse aus dem Schrank.

Inga setzte sich neben Lena auf die Bank und legte ihren Arm um sie. »Ich haue jetzt nicht ab, das brauchst du nicht zu denken. Sag mir nur, was ich tun kann.«

Lena zuckte mit den Schultern. »Gar nichts. Reicht schon, dass du da bist.«

Heidi war froh, dass Lena eine Freundin gefunden zu haben schien, die sich wirklich Gedanken um sie machte. »Aber mir fällt etwas ein. Würden Sie wohl für uns in den *Insel-Markt* fahren und etwas einkaufen? Wir haben weder Wurst noch Käse für das Gästefrühstück morgen. Gerdjes Kühlschrank ist leer.«

Inga nickte. »Ich trinke nur eben meinen Tee aus, dann schnappe ich mir ein Fahrrad.«

»Bleiben Sie man ganz in Ruhe sitzen. Der Tag wird bestimmt noch Unruhe genug bringen. Zumindest für Lena und mich.« Der Kluntje knisterte, als Heidi die kleinen Tassen mit der Ostfriesenrose wieder mit Tee füllte.

Lena nahm einen Schluck und schaute Heidi ratlos an. »Was machen wir denn bloß, wenn sich das mit Opas Tod rumgesprochen hat? Kommen dann alle zum Beileidsbesuch, oder wie läuft das hier ab?«

»Ein paar Insulaner werden wohl kommen, aber jeder weiß, dass deine Oma nicht hier ist, also wird sich das wohl in Grenzen halten«, erklärte Heidi. »Ich würde vorschlagen, du telefonierst noch einmal mit deiner Mutter, und ich überlege, was als Nächstes zu tun ist.«

Lena stiegen wieder Tränen in die Augen. »Danke«, sagte sie leise und vergrub ihren Kopf in den Händen.

*

Inga ging zum *Haus Seegras* und nahm sich eines der Räder aus dem Ständer. Von ihren Vermietern war weit und breit nichts zu sehen, was ihr im Moment ganz gelegen kam.

Wieder zeigte sich das Wetter von seiner besten Seite. Ein bisschen Sehnsucht nach unbeschwertem Urlaub, Strand und Plantschen in den Wellen kam auf, ganz zu schweigen ihr Wunsch, endlich mehr über Walter Bertelsmann zu erfahren. Aber zurzeit waren andere Dinge wichtiger. Und dazu gehörte der Einkauf im *Insel-Markt*.

Die Verkäuferin der Fleischtheke versuchte gerade mit einem energischen Schwenk ihres verlängerten Rückens, die Tür des Kühlraumes zu schließen, als Inga ihre Tasche vor der Auslage abstellte.

»Was kann ich für Sie tun?« fragte die junge Frau in dem blau-weiß-rot gestreiften Kittel freundlich.

»Geben Sie mir doch bitte Schinken, Salami, mittelalten Gouda und Edamer. Von jedem zehn Scheiben. Und – Ihr Namensschild macht sich gerade selbständig.«

»Oh.« Erschrocken griff die Verkäuferin nach dem

Schild, auf dem Inga den Namen ›Melanie Bader‹ gelesen hatte, und befestigte es wieder. »Das wäre dann schon das dritte, das sich auf unheimliche Weise verflüchtigt hätte. Meine Chefin wird es Ihnen danken.«

Während Melanie Bader mit ihrer Bestellung beschäftigt war, lief Inga durch den Laden und packte noch weitere Lebensmittel in ihren Korb. Dann nahm sie die Tüte mit Aufschnitt und Käse entgegen und ging zur Kasse.

Draußen vor der Tür stockte ihr der Atem. Wo war ihr Fahrrad? Sie hatte es erst fünf Minuten zuvor in den Ständer gestellt. Jetzt war es weg. Auch kein anderes Rad stand mehr dort. Was sollte sie tun? Nach Hause laufen? Es blieb ihr wohl nichts anderes übrig. Inga war wütend. Da stand sie nun mit ihrer Plastiktüte und ihrem Korb, und das Rad war weg. Nein, so einfach wollte sie es dem Dieb nicht machen. Sie drehte um und lief wieder zur Wursttheke.

»Hallo, können Sie bitte dies alles in die Kühlung stellen? Mir haben sie gerade mein Fahrrad geklaut. Ich muss jetzt erst einmal zur Polizei. Äh ... – wo ist die hier eigentlich?«

Melanie Bader nahm ihr die Einkäufe wieder ab und ging mit zum Ausgang. »Sie müssen zwischen dem Eispavillon und *Charly* den kleinen Weg nehmen. Dann sehen Sie es schon. Auf der linken Seite.«

»Danke. Bis später.«

Kurz darauf stand Inga vor dem Gebäude, das durch ein kleines Schild als Polizeistation ausgewiesen wurde. Sie klopfte und wurde von einer freundlichen Stimme hereingerufen.

»Michael Röder, was kann ich für Sie tun?«

»Mein Fahrrad ist gerade geklaut worden«, sagte sie atemlos.

»Dann nehmen Sie Platz und erzählen mir die ganze Geschichte. Vielleicht fangen Sie erstmal damit an, wie Sie heißen und wo Sie hier wohnen.«

Inga berichtete ihm, was passiert war.

»Können Sie mir das Fahrrad beschreiben?«

Ratlos schaute Inga den Polizisten an. »Nee. War ja nicht meins. Das gehört Meyers, wo ich wohne. Warten Sie ... doch ... silbern, oder so – nein, weiß ich wirklich nicht genau.«

»Na gut, ich werde gleich dort anrufen und mir die Beschreibung und Rahmennummer, falls vorhanden, geben lassen. Dann sehen wir weiter.« Michael Röder stand auf. »Verbleiben wir wie folgt: Wenn hier was auftaucht, melde ich mich, und wenn das Rad bei Ihnen auftaucht, melden Sie sich bitte. Sicherheitshalber sollten Sie den Diebstahl noch beim Fundbüro im Rathaus bekannt geben.«

Als Inga wieder im Ostdorf angekommen war, blieb sie wie vom Donner gerührt stehen. Da stand ihr geklaut geglaubtes Fahrrad still und beschaulich an der Hauswand!

»Ja, da kucken Sie wohl?« Frau Meyer stand lachend in der Tür und rieb sich die Hände. »Toll, was hier alles passiert, nicht? Da stehe ich in der Tür, ganz genau wie jetzt, weil ich auf Wolfgang gewartet habe, und da fährt so'n junger Stöppke von vielleicht zehn Jahren mit *meinem* Fahrrad hier vorbei. Da bin ich aber hinterher, das können Sie mir glauben. Da vorne in der Kurve habe ich ihn zu fassen gekriegt. Dessen Tag ist seitdem gelaufen, das ist mal sicher. Jetzt wollte ich nur noch auf Sie warten, weil ich aus dem Küchenfenster gesehen habe, dass Sie das Rad vorhin mitgenommen hatten. Die kriegt bestimmt einen schönen Schreck, wenn die merkt, dass das Rad weg ist, habe ich mir gedacht.«

Frau Meyer zuckte bedauernd mit den Schultern. »Was will man machen, so ist es in der Welt heutzutage. Nichts ist mehr sicher. Selbst auf Baltrum nicht. Obwohl, ich muss sagen, eigentlich leben wir hier wirklich noch in einer heilen Welt. Es passiert kaum was, kein Einbruch zumindest, meine ich. Na, kommen Sie rein. Ist ja alles gut gegangen. Aber als kleiner Tipp: Schließen Sie das Fahrrad besser ab, wenn Sie es irgendwo abstellen.«

In diesem Moment musste Maria Meyer Luft holen, und Inga nutzte die Chance, ihrer Wirtin zu erzählen, dass sie Anzeige erstattet hatte.

»Dann wollen wir gleich bei Michael anrufen, dass er die Suche abblasen kann. Sagen Sie mal, gibt es eigentlich was Neues bei Claassens, haben Sie schon was gehört?«

Inga wusste, dass sie um die Wahrheit nicht herumkäme. »Vor einer knappen Stunde hat Lena die Nachricht bekommen, dass Herr Claassen gestorben ist. Aber mehr weiß ich wirklich nicht.«

Frau Meyer schlug die rechte Hand vor ihren Mund und ließ sich auf einen der Rattanstühle in der Diele fallen. »Das gibt es nicht«, murmelte sie. »So lange habe ich Hinnerk gekannt, und nun dieses. Nein, das hat er nicht verdient. Aber auf der anderen Seite …« Sie schaute Inga mit großen Augen an. »Einen schöneren Tod könnte man ihm eigentlich nicht wünschen als da draußen am Strand. War immerhin sein Lieblingsplatz.«

Inga wusste nicht, was sie darauf antworten sollte. »Ich muss jetzt wieder rüber und den Aufschnitt hinbringen.«

So schnell ließ Frau Meyer sie jedoch nicht ziehen. »Bitte, Frau Tarmstedt, sagen Sie Lena, falls sie Hilfe braucht, ganz ehrlich, sie muss nur was sagen, Wolfgang und ich kommen sofort. Wir sind schon so lange Nachbarn. Da ist das selbstverständlich.«

»Natürlich werde ich Lena das erzählen«, versprach Inga. »Ich denke, sie wird sicher noch persönlich mit Ihnen sprechen wollen, aber im Moment ... Glücklicherweise ist Frau Molshagen da und hilft, wo sie nur kann.«

*

Als Oberkommissar Michael Röder den Hörer abgenommen hatte, stellte er fest, dass der Anrufer ein alter Freund von ihm war. »Mensch, Dirk, was kann ich für dich tun? Willst du uns besuchen?«

»Hör zu, Michael«, bat Dirk Hansen, der Chefarzt im Krankenhaus Sanderbusch war. »Ich wollte dich vorab informieren. Ich weiß zwar noch nicht, ob an der Sache was dran ist, aber ich habe so ein seltsames Gefühl. Gestern ist der Hinrich Claassen bei uns eingeliefert worden, nachdem er am Strand bewusstlos aufgefunden worden war. Hast du wahrscheinlich von gehört, oder? Und heute Morgen ist er gestorben. Herzinfarkt. So weit, so gut. Mir kam nur komisch vor, dass er auf der Brust und komischerweise auch auf dem Rücken Hämatome aufwies. Ich kann mir das nicht ganz erklären. Da dachte ich, ich rufe dich mal an, und höre, ob du was Näheres über die Sache weißt.«

»Ich habe gehört, dass er neben seiner Wippe gelegen hat«, sagte Röder. »Kann sein, dass er beim Sturz drüber gefallen ist. Ich werde mal mit Okko Nammen sprechen. Der hat ihn gefunden.«

»Alles klar. Ich habe übrigens deine Kollegen in Aurich benachrichtigt, nachdem der diensthabende Arzt auf der Intensivstation ›Todesursache unbekannt‹ in den Leichenschauschein geschrieben hatte. Vordergründig ist der alte Claassen natürlich an einem Herzinfarkt gestorben, aber wie gesagt ... Er liegt jetzt erst mal bis auf weiteres sicher verwahrt in der Kühlkammer. Könnte ja sein, dass eine Obduktion angeordnet wird. Also dann. Mach's gut. Denk dran, wenn ihr mal an Land seid, meldet euch bitte. Dann können wir einen Zug durch die Gemeinde machen. Viele Grüße an deine Frau.«

»Werde ich Sandra ausrichten. Danke für deinen Anruf.« Nachdenklich legte Röder den Hörer auf. Ein Gespräch mit dem alten Nammen würde nicht schaden, er wünschte sich nur, dass er Olga dabei nicht über den Weg liefe. Die hatte bisher noch jedem Gesprächspartner den letzten Nerv geraubt. Er würde sein Glück am Nachmittag versuchen. Im Moment war Okko bestimmt wieder am Strand.

Jetzt hieß es erst einmal mit Dr. Neubert Kontakt aufnehmen. Er schaute auf die Uhr. In einer halben Stunde würde auch Broer Voss auftauchen, der seit drei Wochen als Hilfssheriff auf der Insel war.

Gestern Nacht war es in einer Kneipe zu einem unliebsamen Zwischenfall gekommen, dessen Bearbeitung sich noch lange hingezogen hatte. Ein Streit zwischen einigen jungen Leuten, der sich nach Aussage des Wirtes immer weiter hochgeschaukelt hatte, hatte sein ganzes Deeskalationsgeschick gefordert. Die Gäste des Lokals hatten währenddessen ihre Arbeit mit Interesse verfolgt und fachkundige Kommentare losgelassen. Am liebsten hätten alle wohl den großen Showdown mit Verhaftung und allem Drum und Dran erlebt. Aber damit konnte er ihnen leider nicht dienen. Weit nach Mitternacht hatten sie den Einsatz beendet und waren schlafen gegangen. Broer Voss in das Bett in seiner Dienstwohnung. Michael Röder hatte sich an seine Sandra gekuschelt, ohne sie aufzuwecken. Das hatten sie in den langen Dienstjahren zur Perfektion gebracht.

Wieder klingelte das Telefon. Das ist ja wie im Tauben-

schlag hier, wunderte er sich, und das in der Nachsaison.
»Polizei Baltrum, Röder.«
»Ja, Maria Meyer ist hier. Ich wollte nur sagen, das mit der Anzeige kannst du vergessen, Michael. Das Rad ist wieder da. Habe es in Selbstjustiz zurückerobert. Ein zehnjähriger Schnöttkopp hatte sich das Rad unter den Nagel gerissen und fuhr damit ausgerechnet an unserem Haus vorbei. Schön blöd, nicht? Aber wie sollte er das auch wissen. Pech gehabt.«
»Moooment ...« Röder versuchte verzweifelt, Maria Meyers Ausführungen zu unterbrechen. »Also war es ein Gästekind?«
»Klar, dem war der Weg zum Ostdorf zu Fuß einfach zu lang, schätze ich mal.«
»Hast du wenigstens den Namen des Jungen?«
»Nein, habe ich nicht. Ist auch okay so. Schlimmer als mein Anschiss kann auch keine Einzelhaft sein. Also vergessen wir's. Ach, hast du schon gehört, dass der alte Claassen tot ist?«
»Ja, Maria habe ich. Gerade eben. Da steht uns in ein paar Tagen wieder eine Beerdigung ins Haus.«
»Und Gerdjedine noch im Krankenhaus, herrje, was ein Elend. Na, denn, bis die Tage.«
Michael Röder hatte das Gefühl, er müsste den Hörer zweimal auflegen, um ganz sicher zu gehen, dass die Verbindung wirklich unterbrochen war. Dieser Redestrom konnte sich einfach nicht beim ersten Mal gänzlich auflösen.

*

Als Inga mit dem Aufschnitt in die Küche kam, hatten Lena und Heidi Molshagen gerade die Reinigung der Gästezimmer beendet. Sie stellten die Eimer mit dem

Zubehör hinter den bunt geblümten Vorhang, der das Regal mit den Toilettenpapiervorräten, Kunststoffschüsseln in allen Formen und Größen, Einmachgläsern, Staubtüchern und anderen wichtigen Dingen des täglichen Lebens verbarg.

»Ob die Pastorin wohl schon mit ihrem Sonntagsdienst durch ist? Wir müssen sie noch anrufen, wegen der Beerdigung.« Ratlos schaute Lena Heidi an. »Aber Mama wusste noch nicht, wann Opa überhaupt rübergebracht wird. Sollen wir sie trotzdem anrufen?«

Heidi überlegte kurz. »Heute Nachmittag ist sicher früh genug. Am besten so rechtzeitig, dass um fünf Uhr noch geläutet werden kann.«

Neugierig fragte Inga: »Was soll das heißen, geläutet?«

»Wenn ein Insulaner stirbt, wird traditionell die Totenglocke geläutet. Egal, ob er am Festland oder auf der Insel gestorben ist. Quasi ein letzter Gruß für den Verstorbenen und ein Ruf an die Lebenden, dass jemand aus ihrer Mitte gegangen ist. Natürlich nur, wenn die Angehörigen damit einverstanden sind«, erklärte Heidi und wandte sich dann an Lena. »Ist es dir recht, wenn ich jetzt mal ein paar Insulaner anklingele und sie vom Tod deines Opas unterrichte? Nachbarn und Leute, die eurer Familie nahe gestanden haben? Wir müssen das natürlich nicht machen, wenn du nicht willst, aber es ist hier seit langer Zeit so Sitte.«

Lena zögerte kaum merklich, sagte dann aber: »Wenn das so ist, fände ich das sehr nett von dir. Du kennst die Menschen und Umstände viel besser als ich. Außerdem liegt mir so etwas, glaube ich, gar nicht.«

Heidi stand auf. »Ich werde erst einmal meinem Mann alles erzählen und dann von zu Hause aus telefonieren. Nach dem Mittagessen komme ich wieder, wenn ich soll.

Vielleicht hast du bis dahin Näheres von deiner Familie gehört. Wäre nett, wenn dein Onkel Enno sich melden würde. Deine Mutter hat ihn doch angerufen?«

»Hat sie. Aber er ist in Urlaub. In der Dominikanischen Republik. Sie hatte keine Ahnung, wie sie ihn und seine Frau dort erreichen könnte. Sie will aber alles versuchen. Beziehungsweise Papa will das übernehmen, damit Mama sich um Oma kümmern kann«, erklärte Lena.

»Und dein Bruder?«, hakte Heidi noch einmal nach.

»Der muss doch ganz aus München kommen. Außerdem will er morgen seine Diplomarbeit abgeben. Das kann dauern.«

*

Sein Gefühl sagte ihm übermächtig: ›Junge, du machst einen großen Fehler.‹ Zum ersten Mal war dieses Gefühl kurz hinter Worpswede aufgetreten. Quasi bereits am Ortsausgangsschild. Es verstärkte sich auf der Fähre, die ihn von Farge nach Berne über die Weser brachte. Es wurde schlimmer, als er in Oldenburg auf die Autobahn fuhr und in Hesel rechts nach Aurich abbog. Von da an verfolgte ihn das Gefühl der Unsinnigkeit seines Tuns eigentlich die ganze Zeit.

›Ich muss nicht mehr ganz bei Trost sein, dass ich hinter einer Frau herfahre. Durch die halbe Republik. Stundenlang. Dabei hätte ich meinen Stipendiumsort ebenso wenig verlassen dürfen wie sie. Aber noch bin ich nicht angekommen. Kann immer noch wenden und so tun, als wäre nichts gewesen. Hab einfach nur 'ne Ausflugsfahrt gemacht und bin wieder da. Fertig.‹

Sein Handy machte sich bemerkbar. Ungeduldig wuselte er mit der rechten Hand auf dem Beifahrersitz rum. Die Anfangstakte der *Ouvertüre 1812* von Tschaikowsky sagten ihm zwar, dass es dort liegen musste, finden konnte er es jedoch nicht.

›Ist bestimmt wieder Muttis Sonntagsanruf aus Dänemark. Habe ihr schon so oft gesagt, dass das zu teuer ist. Oder doch Inga? Wo ist das blöde Telefon? Scheiße, aufgelegt. Bestimmt will sie mir beichten, dass sie einen neuen Freund hat. Wieso eigentlich neuen? Bin ich denn der alte? Was bin ich denn? Ein Mitbewohner, der ab und zu ihr Bett teilt. Mehr nicht. Oder?‹

Kurz vor Westerholt war er drauf und dran, wieder umzukehren. Vor dem Kreisel fiel sein Blick auf einen Imbissstand.

›Muss ich mir jetzt in Windeseile eine Frikadelle mit Kartoffelsalat reinschieben. Alles wegen Inga und ihrer dusseligen Idee, nach diesem Maler zu suchen. Noch eine Stunde, dann fährt das Schiff. Hätte sie sich nicht einen anderen Ort aussuchen können? Bremerhaven oder Osterholz-Scharmbeck? Die hätte ich locker ohne Hungerattacke erreichen können. Hin und wieder zurück. Ich wäre einfach zum Ristorante an der Findorffstraße gefahren und alles wäre geritzt gewesen. Stattdessen Frikadelle mit Kartoffelsalat in einem gottverlassenen Nest und die Abfahrtszeit der Fähre im Nacken. Wird sicher so ein alter Seelenverkäufer sein.‹

Rechts sah er das Wasser und links eine Schlange von Menschen, die sich vor einem Häuschen aufgereiht hatte. *Garagenbetriebe* stand auf einem Schild, das über der hölzernen Veranda angebracht war. Was machten die Leute dort alle? Er schlich sich seitlich an den Wartenden vorbei etwas näher an den Schalter.

›Ich gebe doch denen meinen Schlüssel nicht. Nicht von meinem Auto. Meiner heißgeliebten Duckyduck. Noch nie hat ein anderer dieses Auto gefahren. Was sage ich: Auto?! Kultobjekt! Das soll ich denen in die Finger geben? Von mir aus können die die Mercedesse und Be-Em-Wes der anderen gegen die Wand fahren, aber nicht und auf gar keinen Fall meine Ente. Damit wäre der Fall klar. Das Schicksal hat entschieden. Ich fahre zurück. Tschüss und *good-bye*, unbekannte Insel, *ciao*, Inga, *au revoir, mon amour*. Tut mir leid.‹

Nachdem er widerwillig der ebenso höflichen wie dringenden Bitte eines Besatzungsmitgliedes der *Baltrum I* gefolgt war und seine zerschlissene Tasche in den Container zu den Gepäckstücken anderer Reisender gestellt hatte, setzte er sich aufs Oberdeck der Fähre und schloss die Augen.

*

›Das war's dann wohl‹, dachte Michael Röder, als er trotz aller Mühen keinen Meter mehr vorwärts kam. Er stieg von seinem altersschwachen Dienstrad und besah sich den Schaden. Kette ab. Auch das noch. Er hatte sie zwar ab und zu geölt, aber nie nachgezogen. So würde ihm der Versuch, das Rad wieder fahrtüchtig zu machen, wohl nur schmutzige Hände einbringen. Und das konnte er im Moment nicht gebrauchen. Er war auf dem Weg zu Dr. Neubert und hoffte, dort erste Informationen zu dem Unglück am Strand zu bekommen.

Er hatte Broer Voss von der Sache erzählt, und der hatte ihn darin bestärkt, unverbindlich bei der Ärztin und Okko Nammen Erkundigungen einzuziehen. Sollten die Kollegen vom Festland dann tatsächlich einen offiziellen Fall draus machen, hätte er wenigstens diese Informationen bereits vorliegen. Ansonsten wäre es lediglich Zeitaufwand, nicht mehr.

Sein Rad schiebend schlug er erst einmal den Rückweg

zur Dienststelle ein, in der Hoffnung, dass Sandra ihm ihr Fahrrad leihen würde. Er wusste genau, dass sie das nicht gerne tat. Sie behauptete immer, dass man so schnell gar nicht gucken könne, wie Männer es schafften, Fahrräder zu zerlegen. Dummerweise wurde sie von vielen Inselfrauen darin bestärkt, was er sich nun überhaupt nicht erklären konnte. Er hatte doch noch nie, oder …?

»Moin, Michael. Fahrrad kaputt?« Lachend überholten ihn die Damen der Bauchtanzgruppe, die die letzten warmen Strahlen des Jahres nutzen wollten, am Strand ihr wichtigstes Körperteil in die Sonne zu halten. »Solltest dir man ein Dienstauto anschaffen. Sieht ja grottenpeinlich aus, wenn der Herr über Gesetz und Ordnung auf dieser Insel mit einem Rosthaufen unterwegs ist.«

»Lästert ihr man«, rief er ihnen hinterher, »aber wehe, wenn ihr mich mal braucht …«

Seine Worte gingen in ihrem schallenden Gelächter unter, und auch zu Hause ließ der Respekt vor seiner Amtsperson zu wünschen übrig. Sandra schlug vor, er solle den Sonntagnachmittag nutzen und nicht nur dieses eine, sondern auch die anderen drei Räder reparieren, die kaputt im Keller standen. »Dann hast du im Falle dringender Ermittlungen wie heute immer Ersatz, mein Lieber«, sagte sie süffisant. »Ein Desaster wie eben kann dann gar nicht mehr passieren. Du wolltest die Reparaturen doch schon lange erledigt haben. Also, wo ist das Problem?«

Das einzige Problem, das ihm dazu einfiel, war so übermächtig, dass es alle anderen meilenweit hinter sich ließ: Er hatte keine Lust. Er hasste es, Fahrräder zu reparieren.

»Nimm du mein Rad, und ich bastele ein wenig an den defekten rum«, ließ sich plötzlich sein Kollege vernehmen.

Michael Röder hätte ihm um den Hals fallen können, verkniff es sich aber, nicht zuletzt wegen Sandras Anwesenheit. So knautschte er nur ein schwer verständliches »Wenn du meinst« heraus, schnappte sich das Rad von Broer Voss und verschwand.

Er klingelte und hatte Glück. Dr. Neubert war in ihrer Praxis. Sie hatte Dienst an diesem Wochenende und gerade einem kleinen Mädchen beide Knie verbunden. Das Kind war mit seinem Roller die Schräge zum Cobigolfplatz heruntergefahren und böse gestürzt. Nachdem sie die Kleine mit einer Handvoll Gummibärchen in die Obhut der Mutter gegeben hatte, wandte sie sich Michael Röder zu.

»Komm mit ins Untersuchungszimmer, da sind wir ungestört.« Sie ging voran und der Polizist folgte ihr.

»Es geht um die Sache von gestern. Um den alten Claassen. Da hätte ich ein paar Fragen.«

Sie nickte. » Setz dich und schieß los!«

Er erzählte ihr von der Vermutung ihres Kollegen aus Sanderbusch, und dass der bereits die Kripo eingeschaltet hatte.

»Ich denke, dann wird er mich gleich noch anrufen«, vermutete die Ärztin. »Ich kann dir nur sagen, was ich gesehen habe. Es war ein echt kurioses Bild. Er lag da mit bloßem Oberkörper am Strand, den Troyer bis unters Kinn hochgeschoben, und neben ihm kniete sein Freund Nammen und bemühte sich verzweifelt, ihm wieder Leben einzuhauchen. Man konnte förmlich spüren, wie unangenehm ihm die körperliche Nähe zu dem Mann war, der da im Sand lag. Nammen war fix und fertig. Sowohl physisch als auch psychisch. Er war, glaube ich, heilfroh, als wir aus dem Auto stiegen.« Dr.

Neubert lächelte. »Wir hatten den Landrover von der Feuerwehr genommen. Das war auch gut so. Der feuchte Sand an der Wasserkante war zwar ziemlich fest, aber Maik hatte ordentlich zu kämpfen, den Wagen in der Spur zu halten. Wir haben dann alles Erforderliche in die Wege geleitet, den Hubschrauber angefordert, wie das eben ist bei solchen Einsätzen. Ach ja: Die von der DLRG waren auch ganz zügig am Einsatzort. Brauchten aber nicht mehr einzugreifen.«

»Hast du denn irgendetwas von den Hämatomen gesehen, die Dr. Hansen erwähnte?«

»Ja, aber so wie Okko auf dem alten Mann rumgefuhrwerkt hat, haben mich die roten Flecken auf Brust und Rücken nicht sonderlich verwundert. Ich habe nur gedacht, gut, dass wir da sind, sonst stirbt der arme Hinrich zu guter Letzt noch an den Schlägen, die ihm sein bester Freund aus reiner Hilfsbereitschaft verpasst.«

»Immerhin, Okko hat wenigstens etwas getan, auch wenn er sich umsonst bemüht hat. Der Mann ist tot. Bin gespannt, wie die Geschichte weitergeht. Ich meine, was meine Vorgesetzten dazu sagen werden.« Michael Röder stand auf und bedankte sich bei der Ärztin. »Jetzt werde ich mir Okkos Version anhören und dann mit meinem Chef Kontakt aufnehmen. Bis dann, tschüss.«

Draußen schaute er auf die Uhr. Gleich eins. Hoffentlich störte er Nammen nicht beim Mittagsschlaf. Vielleicht sollte er dieser Gefahr lieber aus dem Wege gehen und darauf hoffen, dass seine Frau nichts gegen eine Tasse Kaffee einzuwenden hätte. Auch Broer Voss würde er großzügig dazu einladen. Weil der sich so selbstlos bereit erklärt hatte, sich um den dienstlichen Fuhrpark zu kümmern.

*

»Lieber Hans am Ende,

so kann ich nur jedem Künstler raten, einmal eine Insel wie diese hier zu besuchen. Gerade im Winter ist der tiefe Eindruck, den die Natur in unseren Seelen hinterlässt, von unschätzbarem Wert. Fast habe ich ein wenig Angst, dass ich es kaum schaffen werde, das, was ich fühle, mit Farben auf die Leinwand zu bringen. Und wenn es mir gelingen sollte, hätte ich Sorge, dass mir keiner der Kollegen Glauben schenken würde. So beeindruckt bin ich von der tausendfachen Art, wie die Wellen an den Strand schlagen, wie geschwind sich Wolken und das Himmelsblau verändern, und vom Wogen des Strandhafers in den Dünen. Noch drei Wochen habe ich hier, und ich weiß, ich werde jeden Tag mit meiner ganzen Seele in mich aufnehmen.

Ihr Walter Bertelsmann«

So endete der Brief, den der Künstler in der Mitte seines Aufenthaltes nach Worpswede schickte.

Er klebte den Umschlag zu, zog seine dicke Jacke an und ging zur Poststation. Es war nur ein kurzer Weg, an dem kleinen Inselkirchlein vorbei, in dem Pastor Tergau am Morgen seine Predigt gehalten hatte, vorbei an dem hölzernen Gestell mit der Inselglocke, die die Insulaner sonntags zum Gottesdienst rief, und vorbei an den paar Häusern, die, mit ihren der Wetterseite zugewandten heruntergezogenen Dächern, auf in vielen Jahrzehnten vom Wind so fest wie Zement zusammengedrückten Dünen erbaut worden waren. Dazwischen sah er immer wieder Gärten, zum Schutz vor Wind und Wetter tiefer angelegt, in denen die Insulaner im Sommer Kartoffeln und Gemüse anbauten.

»Tja, da werden Sie im Moment nicht viel Genießbares finden«, hörte er eine Stimme neben sich. Er drehte sich um und erkannte Cassen Eilts, den Besitzer des Hotels Zur Post. Sie waren einander nach dem Gottesdienst von Eilt Honken Evers vorgestellt worden.

Bertelsmann lächelte. »Ich werde ja netterweise von Familie Küper versorgt. Damit hat's also keine Not.«

»Hat Sie Ihnen denn auch schon Trockenfisch serviert? Das ist eine Spezialität hier. Was sage ich, Notwendigkeit eher.«

»Nein, in den Genuss bin ich noch nicht gekommen.«

»Dann lade ich Sie ein. Wie wäre es mit übermorgen? So gegen ein Uhr. Aber nur, wenn mein Hotelierskollege mir das nicht übelnimmt. Aber das wird wohl in Ordnung gehen.«

»Ich werde mal die Lage sondieren«, lächelte Bertelsmann. »Sonst melde ich mich. Aber halt, erst müssen Sie mir verraten, was sich hinter dieser Spezialität verbirgt. Das Gericht ist mir aus Worpswede nicht bekannt.«

Cassen Eilts lachte. »Ein wenig kann ich Ihnen schon erzählen. Wir fangen in der wärmeren Jahreszeit Schollen hier im Watt, und um sie für die kalte Jahreszeit haltbar zu machen, werden sie an der Wäscheleine getrocknet, dann in eine Tonne gepackt und mit Stroh bedeckt. Wenn uns dann nach einer guten Fischmahlzeit ist, legt meine Frau ein paar von den Schollen in einen Topf, der halb mit Kartoffeln gefüllt ist. Das Ganze muss lange und gut durchziehen. Wie es allerdings schmeckt, dass müssen Sie schon selber herausfinden.«

Walter Bertelsmann nickte. »Ich werde mich überraschen lassen.« Er tippte an seinen breitkrempigen Hut, den er zur Feier des Sonntages aufgesetzt hatte, und bog ab, um seinen Lieblingsplatz hinter der Palisadenwand *aufzusuchen. Freundliche Menschen, ja, es sind wirklich freundliche Menschen hier, dachte er, als er den Gleisen folgte, auf denen an Werktagen ein Arbeitszug alles Notwendige für den Buhnenbau zum Westkopf der Insel transportierte.*

*

Es war bereits die dritte Kanne Tee, die Heidi an diesem frühen Nachmittag in der Küche der Claassens auf den Tisch stellte. Sie hatte alle Nachbarn angerufen, die Pastorin und den Totengräber. Auch der Leiter des Ordnungsamtes, Harald Obermeier, wusste inzwischen Bescheid. Zwar war Sonntag, aber in diesem besonderen Fall hatte sie sich erlaubt, ihn zu Hause anzurufen.

Lena saß mit geschlossenen Augen am Küchentisch und stützte ihren Kopf mit den Händen ab. Gerade waren Buses gegangen, deren Ferienhaus hundert Meter weiter die Straße hinunter lag. »Wann, hast du gesagt, kommt die Pastorin?« Lena hatte vor Müdigkeit eine ganz kleine Stimme.

»Um drei Uhr, aber wenn es dir zu viel wird, können wir das sicher verschieben. Dafür hat sie bestimmt Verständnis.« Heidi schaute Lena mitfühlend an.

»Nein, das ist schon in Ordnung. Muss ja sein. Warum Mama nur nicht anruft? Sie hatte sich schon längst wieder melden wollen. Auf dem Handy ist sie nicht zu erreichen. Wir müssen doch wissen, was los ist. Aber in der Klinik machen die wahrscheinlich heute auch Sonntag und die Hälfte der Ärzte ist auf dem Golfplatz.« Ungeduldig schlug Lena mit der flachen Hand auf den Küchentisch. »Wahrscheinlich erreicht sie gar keinen, der ihr irgendeine Auskunft geben kann.«

»Das kann ich mir nicht vorstellen. In einer so großen

Klinik wird bestimmt ein verantwortlicher Ansprechpartner zu erreichen sein«, wandte Heidi ein.

»Okay. Ist schon gut. Es ist nur so schwer zu warten. Ich möchte hören, wie es Oma geht, verstehst du?«

Heidi brachte es kaum über sich, Lena ins Gesicht zu sehen, so viel Schmerz stand darin. In diesem Moment klingelte das Telefon.

»Hallo Lena, hier ist Mama.« Lena stellte das Gerät auf Mithören. Fassungslos hörten die beiden Frauen zu, wie Lenas Mutter von einem Verdacht der Ärzte in Bezug auf unerklärliche Hämatome berichtete, und dass sie die Polizei eingeschaltet hatten.

»Dann ist Opa am Strand umgebracht worden?« Lena schrie fast in den Hörer.

»Nein, Quatsch, das hat keiner gesagt. Sie wollen nur sichergehen, daher die Obduktion. Was sollten wir denn machen? Nein sagen? Das macht uns irgendwie verdächtig, oder nicht?«, hörte Heidi die Stimme von Lenas Mutter.

»Wieso das denn schon wieder? Ihr wart doch gar nicht hier. Ich verstehe jetzt gar nichts mehr«, flüsterte Lena.

»Lena, beruhige dich. Für uns ist das alles genauso verwirrend. Jedenfalls haben wir gleich einen Termin mit dem Arzt von der Neurologie. Dann werden wir sehen, wie es Oma geht, und ob wir ihr von Opas Tod erzählen können.«

»Wisst ihr denn schon, wann Opa nach Baltrum gebracht wird?«

»Nein, das hängt von der Entscheidung der Polizei ab. Ich sage euch sofort Bescheid, wenn es Neuigkeiten gibt. Papa und ich haben uns hier ein Hotelzimmer genommen.«

»Alles klar, Mama, bis bald.« Lena legte auf.

Eine Obduktion! Heidi war schockiert. Hinnerk tot.

Gerdje im Krankenhaus, und sie saß hier mit der Enkelin, der gerade die Welt über dem Kopf zusammenbrach.

Und ich, dachte Heidi, ich wünsche mir nichts sehnlicher, als jetzt am Bett meiner Freundin zu sitzen. Aber hier werde ich nötiger gebraucht. Neben all der Trauer muss der ganz normale Alltag bewältigt werden. Das ist nun mal so, wenn man mit dem Tourismus zu tun hat. Außerdem müssen wir die Beerdigung vorbereiten, die Teetafel organisieren, eine Anzeige für die Zeitung aufsetzen … Die Gedanken drohten ihr davonzufliegen, während Lena ihr wie erstarrt gegenübersaß.

*

»Ich habe es genau gesehen. Sie ist bei der Polizei rausgekommen.« Karsten saß mit Leonard, Bernd und Manfred auf der Wiese vor der Inselglocke. »Ich war gerade auf dem Weg zum *Inselwirt*. Wollte da mal die die Lage checken. Wann der auf hat und so.«

»Offen.«

Karsten schaute irritiert in Bernds Richtung. »Wie meinen?«

»Ob der *Inselwirt* offen hat, heißt das. Zustand gleich offen, Bewegung gleich auf. Aber vergiss es. Nicht wichtig.«

Karstens Gesicht war weiß geworden. Leonard sah Angst in Bernds Augen aufblitzen, als Karsten aufsprang. »Wenn du alter Klugscheißer nicht bald deine Klappe hältst, dann springe ich dir mit dem offenen Arsch ins Gesicht, da verlass dich man auf.«

Bernd hob abwehrend beide Hände über den Kopf. »Compesce mentem. Schon gut, war nicht so gemeint, reg dich wieder ab. Kann nun mal nicht anders.«

»Leute, merkt ihr nicht, dass diese Tussi langsam zu

einem Problem für uns wird?« Karsten hatte sich wieder den anderen zugewandt.

»Aber es kann doch sein, dass das alles reiner Zufall war«, sagte Manfred.

Leonard merkte, dass Manfred ihn um Zustimmung bittend ansah, doch er schüttelte den Kopf. »Ich denke, Karsten hat recht. Ich habe wegen der schon lange ein komisches Gefühl im Bauch. Und als ich sie bei der Aussichtsdüne getroffen habe, hat sie ein paar ziemlich seltsame Sprüche losgelassen. «

»Aber«, versuchte Manfred es noch einmal, »vielleicht ist der Polizist nur ein alter Bekannter von Inga. Oder jemand hat ihr Fahrrad geklaut. Ist doch möglich, oder?«

Karsten sprang auf. »Sag mal, bin ich hier im Kindergarten, oder was? Oder denkst du mit dem Schwanz? Wenn ich noch mal wiederholen darf: Leonard trifft Inga, wie sie zum Haus von dem Alten geht. Dann taucht sie bei den Bullen auf. Außerdem hat sie uns am Strand beobachtet, vergesst das nicht. Den Surfer nimmt sie uns bestimmt auch nicht ab. Hallo? Klingelt's?«

Leonard blickte Karsten fragend an. » Und – was sollen wir machen?«

»Ganz einfach, wir müssen dafür sorgen, dass wir die Tussi mit ihrem blöden Gequatsche nicht weiter an den Hacken haben.« Karsten lief geziert vor den anderen auf und ab und ahmte Ingas helle Stimme nach: »Na, was sucht ihr denn hier? Wollt ihr etwa strandjen gehen? Ich habe euch genau beobachtet.« Dann blieb er abrupt stehen. »Seht zu, dass die Alte verschwindet. Lasst euch was einfallen. Und zwar zügig.«

»Aber was denn?« Manfreds Unterlippe zitterte nervös. »Wir sind hierher geschickt worden wegen dem Job. Da hat nirgendwo gestanden, dass es solche Probleme geben wird. Nee, tut mir leid. Dafür bin ich nicht zu haben.«

»Und ob du dafür zu haben bist. Vergiss nicht, Siggi und der Boss kommen morgen mit dem ersten Schiff. Bis dahin sollten wir uns die Kuh vom Hals geschafft haben. Sonst werden die uns nämlich gar nicht mehr lieb haben. Und besonders unser kleiner Manni wird dann wieder gaaanz traurig sein.« Karsten lachte dröhnend. »So, Jungs, auf geht's. Mit frischem Mut, haha. Ich gehe 'ne Runde an der Matratze horchen, Bernd und Leonard zum Strand und du, Manfred, machst dir Gedanken. Und jetzt – Ausführung. Heute Abend um sechs treffen wir uns im *Strandcafé* zur Lagebesprechung.«

*

Und du, Manfred, machst dir Gedanken. Haha ... Und worüber sollte er wohl nachdenken?

Klar wollte er beim Boss gut dastehen, aber sinnlos den Strand rauf und runter zu laufen, um das Zeug zu finden, machte die Sache nicht besser. Und die Idee, diese Inga aus dem Weg zu räumen, wollte ihm auch nicht einleuchten. Was war denn schon dabei, wenn sie ein paar Jungs am Strand beobachtete? Nichts!

Allerdings war ihm eines klar: Was Karsten sich in den Kopf setzte, sollte man ernst nehmen, selbst wenn es noch so blöd war. Er war er der Liebling vom Boss und hatte das Sagen in der Truppe. Und Leonard schien ebenfalls zu denken, dass von dieser Inga eine Gefahr ausginge.

Ziellos schlenderte Manfred durch die aufgeheizten Dorfstraßen. Wie konnte er die Sache mit dem Boss wieder gerade biegen? Bevor der Siggi auf ihn ansetzte? Das letzte Mal war nicht gerade positiv für ihn gelaufen. Das laute Knacken seines Nasenknochens und der darauffolgende Schmerz verfolgten ihn immer noch bis in den Schlaf.

Außerdem, wer hatte denn schließlich den Karton aufs Achterdeck gestellt statt in die Kajüte? Karsten. Der große Macker, der immer meinte, er wäre schlauer als alle anderen und immer den Chef raushängen ließ. Sogar wenn er den größten Mist selbst gebaut hatte.

Dabei hatte Bernd viel mehr in der Birne, auch wenn er mit seinen Lateinsprüchen nervte.

Hinter dem Hotel *Fresena* bog Manfred rechts ab, und bald sah er den Spielteich in der Sonne glitzern. Ein paar Kinder saßen auf dem hölzernen Steg und ließen ihre Boote schwimmen. Einen Moment lang wünschte er, bei ihnen zu sitzen und in diese friedliche Idylle eintauchen zu können. Er lief weiter, ließ den Friedhof links liegen und stoppte erst, als er das Haus des Niedersächsischen Turnerbundes vor sich auftauchen sah. Erschöpft wischte er sich den Schweiß von der Stirn. ›Hätte ich bloß meine kurze Hose angezogen‹, dachte er, ›aber dann hätten mich die anderen wieder ausgelacht.‹

Warum war er nicht selbständiger? Warum war ihm so wichtig, was die anderen dachten? Er würde es ihnen schon zeigen, wozu er in der Lage war. Er würde aussteigen, genau das würde er tun! Den Bullen alles erzählen, und dann vermutlich in den Knast gehen. Aber egal. Da hatte er wenigstens seine Ruhe. Kein Druck vom Boss und Karsten, Siggi und den anderen!

Er würde jetzt einfach eine Strandrunde drehen wie ein stinknormaler Kurgast. Und dann beim Inselbullen Station machen.

Hinter dem NTB–Heim folgte er dem Pfad durch die Dünen zum Strand. Kurz vor der Schutzhütte bog er in ein kleines Dünental ab und steckte sich eine Zigarette an. Stille war um ihn herum. Nur ein paar Elstern unterhielten sich lauthals. Er setzte sich in das trockene Gras, inhalierte tief und träumte von einer Zeit ohne Angst und Sich-beweisen-Müssen.

Als er die Kippe ausdrückte, hörte er auf dem Weg neben der Düne Schritte. Er reckte den Kopf ein wenig in die Höhe, gerade so viel, dass er den Weg überblicken, selber aber nicht gesehen werden konnte.

Da lief doch tatsächlich Inga! Sollte ihm das Schicksal diese Frau auf dem Silbertablett serviert haben?

Quatsch. Er war auf dem Weg zur Polizei. Klar Schiff machen.

Auf der anderen Seite – wenn er diese Chance nutzte, würde auch mit dem Boss alles ins Reine kommen. Sein Boss wäre stolz auf ihn. Und Siggi auch.

Und das war es doch, was Karsten von ihm wollte, oder? Das Problem, und das war in diesem Falle Inga, sollte aus dem Weg geräumt werden, hatte er gesagt.

Sie durfte ihn nicht erkennen, das war klar. Trotzdem musste er nah genug an sie rankommen. Keine leichte Sache. Vorsichtig stand er auf und sah hinter Inga her, die in den Randdünen verschwand. Jeden Strauch als Schutz nutzend, folgte er ihr und sah, wie sie es sich in dem warmen Sand gemütlich machte.

Das war der Hammer. Kein Mensch weit und breit, und sie lag dort arglos herum.

Meter für Meter und Strauch für Strauch schob er sich an Inga heran. Jetzt musste er nur noch eine freie Sandfläche überwinden.

*

Am späten Nachmittag wollte Inga noch einmal bei Lena vorbeischauen, im Moment war Heidi Molshagen dort.

Inga hatte Mineralwasser, Kekse und Äpfel in ihren Rucksack gepackt, und war in die Dünen gelaufen, die direkt hinter dem Garten ihrer Ferienunterkunft begannen. Je weiter sie sich vom Dorf entfernte, desto karger wurde der Bewuchs der Dünen. Erst war sie wie über einen grünen Teppich gelaufen, immer wieder gesäumt von einer Vielzahl verschiedener Sträucher, später hatten große, dem Wind schutzlos ausgesetzte Sandflächen das Bild der hohen Dünen bestimmt, die den Strand begrenzten. Nur hin und wieder versuchten ein paar vom Wind gebogene Sanddornsträucher, in dem trockenen Boden Halt zu finden. Die Sonne leuchtete von einem wolkenlosen Himmel auf sie herab. Inga zog ihre Schuhe aus, merkte jedoch schnell, dass das ein großer Fehler war. Sie hatte fast umgehend das Gefühl, auf einer heißen Herdplatte zu laufen. Inga ließ sich in den Sand plumpsen, nahm einen Apfel heraus und biss begierig hinein.

Sie konnte immer noch nicht glauben, was in den drei Tagen ihres Inselaufenthaltes alles passiert war. Angefangen damit, dass sie Lena auf dem Schiff kennengelernt hatte. Was wäre gewesen, wenn sie nicht draußen, sondern im Salon der Fähre gesessen hätte? Oder die Abendfähre genommen hätte? Wie anders wäre ihre Spurensuche nach dem Bild wohl verlaufen? Wieder wanderten ihre Gedanken zu Lenas Oma. Warum war sie so kurz angebunden gewesen, als die Rede auf das Bild gekommen war? Hätte nicht jeder andere vorsichtig interessiert gefragt, ob nicht vielleicht an der eigenen Wohnzimmerwand unwissentlich ein größeres Schätzchen hing? Warum war die Frau nur so abweisend gewesen?

Sie nahm ihr Badehandtuch aus dem Rucksack und schaute sich um. Kein Mensch weit und breit – der perfekte Ort, sich nahtlose Bräune zuzulegen. Sie zog ihr T-Shirt über den Kopf, streifte das Bikini-Oberteil ab, legte sich zurück und fiel auf der Stelle in einen unruhigen Schlaf.

Gerade als ihr die Juroren des Worpsweder Kunstvereins mit einem huldvollen Lächeln den diesjährigen Preis für die Stipendiaten überreichen wollten, wurden sie durch eine kräftige Stimme gestört. »Junge Frau, Sie befinden sich auf Abwegen.«

Abwegen? Sie war gerade auf dem Weg zur Bühne gewesen, um ihren Preis entgegenzunehmen! Inga blinzelte verschlafen in die Sonne und sah im Gegenlicht eine Gestalt in Khaki. »Wer sind Sie, was wollen Sie?«, stotterte sie.

»Birger Steenfeld. Ich bin Nationalparkranger, neu hier auf der Insel und auf der Suche nach Falschliegern.« Er lachte. »Sie liegen hier in der Ruhezone des Wattenmeernationalparks, und das ist verboten.«

»Aber ich ruhe doch, wie man sieht. Warum dürfen die Tiere denn hier ruhen und ich nicht?« murmelte sie noch immer verschlafen.

»Also, in der Ruhezone III, in der sie jetzt liegen, dürfen tatsächlich nur Tiere ruhen, das ist in der Nationalparkverordnung so festgelegt. Aber in der Ruhezone I, wo die Strandkörbe stehen, dürfen selbst Sie liegen. Allerdings bin ich mir nicht sicher, ob Sie sich nicht besser vorher etwas überziehen sollten, wenn auch nur ein ganz kleines ...«

Inga fuhr hoch. Sie schaute an sich herunter und war im selben Moment hellwach. Wo war nur ihr verdammtes Bikinioberteil? »Sagen Sie mal, schämen Sie sich nicht, wildfremde nackte Frauen anzusprechen?« schrie sie den Mann in Khaki an.

»Nö«, erwiderte Birger Steenfeld gelassen. »Die meisten, die hier in den Randdünen liegen, haben nichts an, habe ich mir von meinem Vorgänger sagen lassen. Wenn mich das stören würde, wäre ich hier fehl am Platze.« Er bückte sich und warf ihr das Bikinioberteil auf den Bauch. »Und wenn ich ganz ehrlich sein soll ...« Er grinste sie fröhlich an. »Ein Beruf, der einem ganz legitim so nette Ausblicke schenkt ...«

Ehe Inga reagieren konnte – und das hätte wohl noch eine ganze Weile gedauert, da sie ihr Bikinioberteil immer noch wie versteinert mit beiden Händen festhielt – hatte der Ranger sich umgedreht und war laut pfeifend hinter der nächsten Düne verschwunden.

*

Manfred hatte gerade aufstehen wollte und sich rasch wieder geduckt, weil er eben noch rechtzeitig merkte, dass er nicht mehr allein mit Inga in den Dünen war. Ein junger Mann in grün-grauer Uniform war vom Weg abgebogen.

Er sprach Inga an. Ein paar Wortfetzen wehten zu Manfred herüber, und er hatte das Gefühl, dass sie nicht gerade erbaut war über die Störung. Der Mann hob etwas auf und ließ es lachend auf Ingas Bauch fallen. Dann verließ er fröhlich pfeifend das Dünental. Mit wütenden Bewegungen warf Inga sich ihr T-Shirt über, packte ihre Tasche und folgte dem hölzernen Steg zum Strand.

»Schöner Mist«, stöhnte Manfred, »das war's dann mit der idealen Gelegenheit ...« Dennoch ging er ihr nach, vorsichtig Deckung suchend. Er sah, wie sie mit ausgebreiteten Armen ins Wasser lief.

Genau in der Mitte des Strandes zwischen Randdünen und Wasserkante hatte ein fleißiger Gast eine tiefe Kuhle ausgehoben. Jetzt lag sie verlassen da, und Manfred erkannte sie als ideales Versteck.

Inga ließ sich Zeit im Wasser. Er wäre im warmen Sand fast eingeschlafen und schreckte hoch, als ihn eine Bewegung am Strand aufmerksam machte. Sie war herauskommen und rubbelte sich mit ihrem Badehandtuch ab. Dann ging sie nach Westen zu den Strandkörben.

Manfred gab ihr einen guten Vorsprung. Noch hatte er nicht aufgegeben. Er zog seine Schuhe aus, in der Hoffnung, sich barfuß im Sand besser fortbewegen zu können. Als er auf den gezackten Rand einer großen, grauen Muschel trat, wusste er, dass er einen Fehler gemacht hatte. Er ließ sich mit wütendem Schnauben fallen und schaute sich seine Fußsohle an. Ein breiter Schnitt, aus dem es kräftig blutete, zog sich quer über den Ballen.

Schlagartig setzte Schmerz ein, als er versuchte, die Wundränder von Sand zu befreien. Keine leichte Aufgabe, denn nach seiner Pause in der Strandburg war eigentlich alles an ihm von Sand überzogen, Haare, T-Shirt, Arme, Beine und Hände.

Inga war inzwischen aus seinem Blickfeld verschwunden. Er konnte sie nicht einmal als winzige Figur am Horizont ausmachen. Hilflos überlegte er eine ganze Weile, wie er mit seiner Wunde am Fuß umgehen sollte, und entschloss sich schließlich, Socken und Schuhe wieder anzuziehen. Er hatte keine Lust, seine Füße einer weiteren Gefahr auszusetzen. Sein Blick fiel auf die Muschel, die scheinbar harmlos neben ihm lag. Eine pazifische Auster. Bernd hatte ihnen den Namen genannt, als sie bei der Päckchensuche am Strand auf einige von deren Artgenossen gestoßen waren. Den lateinischen Namen hatte Bernd natürlich auch gewusst.

Und nicht damit hinterm Berg gehalten. Der Angeber. Hatte erzählt, dass irgendwann mal junge Austern aus einer Zuchtanlage aus irgendeinem Fluss in Holland in die offene Nordsee ausgebüxt waren und jetzt schon die Gebiete um die ostfriesischen Inseln eroberten. Weiter hatte Manfred nicht mehr zugehört. Was interessierten ihn diese blöden Viecher, wenn er nicht gerade drauf trat?

Manfred nahm die Auster und wunderte sich beim Werfen, wie schwer sie war. Sie rollte einige Meter weiter aus. ›Soll sich der nächste Blödmann die Füße dran aufschneiden‹, dachte er wütend und stand auf. Es tat höllisch weh beim Laufen, und er erwartete jeden Moment, Blut aus seinem Schuh schwappen zu sehen. Die Wanderung durch den weichen Sand erschien ihm endlos, und als er den Steg erreicht hatte, der den mit Strandkörben besetzten Teil des Strandes teilte, fühlte er sich wie ein Forscher, der nach Tagen der Einsamkeit wieder auf menschliche Besiedelung stieß. Er atmete auf. Endlich fester Boden unter seinen zerschundenen Füßen. Jetzt nichts wie ab in die Ferienwohnung, Wunde säubern und ein Pflaster drauf. Dann würde er die Beine hochlegen, und alle anderen konnten ihn gernhaben.

Er humpelte den Bohlenweg entlang und hatte das Gefühl, dass die Gäste in den Strandkörben links und rechts des Weges ihm neugierig hinterherschauten.

Geradeaus oder links? Er entschied sich für links, um dann an der Mehrzweckhalle vorbei den Weg in den Ort zu nehmen. Seine Wunde brannte heftig. Wenn er doch nur schon zu Hause wäre!

»Hallo, Manfred. Was ist denn mit dir passiert?«

Irritiert hob er den Kopf, als er seinen Namen rufen hörte. Inga. Das hatte ihm gerade noch gefehlt. Seine ganze schöne Ich-mache-sie-fertig-Aktion war so was von in die Hose gegangen, und jetzt saß die blöde Kuh hier fröhlich im Strandkorb.

»Bist du gar nicht mit Suchen beschäftigt?« Sie lachte ihn ausgelassen an. »Scheint doch eure Lieblingstätigkeit hier zu sein.«

Manfred schluckte. »Nee, war spazieren. Mach's gut, Tschüss.« Er drehte sich um und versuchte, die Schmerzen in seinem Fuß zu ignorieren. Er hatte keine Lust, sich auch noch fragen zu lassen, warum er humpelte.

*

Michael Röder saß an seinem Schreibtisch in dem kleinen Dienstbüro und fasste schriftlich zusammen, was Okko Nammen ihm berichtet hatte. Viel war es nicht gewesen, Auffälliges schon gar nicht. Hörte sich an, als ob die Hämatome tatsächlich von Okkos verzweifelten Versuchen stammten, seinen Freund ins Leben zurückzuholen.

Broer Voss, der auf dem Hof noch immer mit der Reparatur diverser Fahrräder beschäftigt war, hatte nur den Kopf geschüttelt, als Röder ihm das Ergebnis seiner Befragung mitgeteilt hatte. »Wo rohe Kräfte sinnlos walten ...«

Nun hieß es abwarten, ob eine Obduktion angeordnet wurde. Erst dann konnte er den Fall, der eigentlich gar keiner war, beiseite legen. Oder auch nicht. Er schaute auf die Uhr. Halb vier. Noch drei Stunden bis zum Abendessen. Dabei machte sich sein Magen trotz des ausgedehnten Kaffeetrinkens mit Sandra und seinem Kollegen schon leicht bemerkbar.

Da gibt es nur zwei Möglichkeiten, überlegte er. Entweder gebe ich meinem Magen nach, dann gehe ich

›auf Streife‹ mal kurz im *Strandcafé* vorbei. Oder ich schnappe mir Sandra und wir gehen schwimmen. Es ist ruhig heute, Broer ist da, so kann ich mal weg.

Er beschloss, seinen Hunger mit dem sportlichen Gegenprogramm zu überlisten. Gerade, als er aufstehen wollte, klopfte es. Gleichzeitig öffnete sich die Tür. »Michael, bist du da?« Arndt Kleemann, sein Kollege vom 1. Fachdezernat für Brand- und Todesermittlungen in Aurich, schob seinen kräftigen Körper in den Raum. Hinter ihm tauchte mit strahlendem Lachen Wiebke Hassler auf.

»Was macht ihr denn hier?«, fragte der Inselpolizist verblüfft. »Kommst du wegen des alten Claassen? Wusste gar nicht, dass die Kollegen vom Festland so schnell sind.«

»Nein, wir sind auf Hochzeitsreise«, antwortete Kleemann. »Denn die dir bekannte Wiebke Hassler heißt jetzt Wiebke Kleemann und ist mir seit etwa …«, er überlegte, »seit etwa sechs Stunden angetraut. Toll, nicht?«

»Wie geht das denn? Das musst du … also, das müsst ihr mir – nein: uns, ich meine Sandra und mir – jetzt ganz dringend genauer erzählen.« Das Schicksal hat entschieden, dachte Michael und führte seine Gäste ins Wohnzimmer der Dienstwohnung. Gegen Schwimmen und für Kaffee. »Sandra, schau mal, wen ich hier mitgebracht habe«, rief er vergnügt.

Sandra steckte ihren Kopf durch die Küchentür. »Was gibt's für hohen Besuch?«

»Darf ich vorstellen, das Ehepaar Kleemann, ja du hast richtig gehört«, sagte Michael Röder mit der Andeutung einer Verbeugung.

Sandra lachte und versuchte vergeblich, sich eine widerspenstige Locke aus dem Gesicht zu pusten. »Herzlichen Glückwunsch. Kommt rein und setzt euch, ich setze schnell einen Kaffee an. Dann könnt ihr in Ruhe erzählen, wie das alles passieren konnte.«

»Wir halten euch nicht lange auf«, sagte Wiebke Kleemann, nachdem es sich alle vier am großen Tisch gemütlich gemacht hatten. »Aber zumindest wollten wir ›Guten Tag‹ sagen und von unserem Glück berichten. Wie ihr wisst, haben Arndt und ich uns bei seinem letzten Einsatz hier kennengelernt, und als ich dann kurz darauf die Insel verlassen habe und zurück nach Aurich gegangen bin, haben wir uns öfter getroffen. Und – jetzt sind wir wieder hier.« Sie lachte.

»Wir haben heute Morgen in Aurich geheiratet«, erklärte Arndt Kleemann stolz, »und sind dann gleich nach Neßmersiel gefahren, um die Fähre zu erwischen. Jetzt machen wir drei Tage Urlaub hier, also eigentlich Überstunden abbummeln, und am nächsten Wochenende wird an Land mit der Familie gefeiert.«

Seine Frau bekräftigte: »Mit Betonung auf *Urlaub*! Nix mit altem Claassen – dass das klar ist! Ich hab meinen Mann ...« Wiebke lachte. »An den Ausdruck muss ich mich tatsächlich erst gewöhnen ... also, ich hab Arndt in letzter Zeit viel zu selten gesehen. Ein Wunder, dass ich ihn bei der Trauung überhaupt wiedererkannt habe!«

Arndt Kleemann nickte. »Ich habe wirklich eine arbeitsreiche Zeit hinter mir. Aber jetzt ist erst mal für drei Tag Ruhe angesagt. Aber dann erzähl doch mal, was ist denn mit dem alten ... wie sagtest du, Claassen?«

In Wiebke Kleemanns Augen funkelte Protest. »Mein lieber Mann, erwähntest du nicht eben das Wort Hochzeitsreise? Weißt du eigentlich, was das heißt? Das heißt Sommer, Sonne, Strand und so weiter. Wenn auch nicht vier Wochen Malediven, so doch wenigstens drei Tage ungestörte Zeit auf Baltrum.«

Arndt Kleemann lachte. »Du hast recht. Ich frage nicht weiter. Es sei denn, du willst mit Sandra Frauengespräche am Strand führen und uns Männer mit unserem Schicksal allein lassen.«

Spontan nickten die beiden Frauen. »Zwei Stunden, nicht mehr und nicht weniger«, sagte Sandra. »Dann sind wir wieder da. Verstanden? Den Tisch abräumen könnt ihr auch derweil.«

Michael Röder wartete, bis die Frauen gegangen waren, dann erzählte er Arndt Kleemann, was mit dem alten Mann passiert war. »Also, du siehst«, endete er, »wir müssen die Obduktion abwarten.«

»Weißt du schon, wann die durchgeführt wird?«, fragte Kleemann interessiert.

»Keine Ahnung. Ich hatte einfach nur das Gefühl, dass Hansen, also der Arzt in Sanderbusch, etwas beunruhigt war. Aber du weißt, wie lange das dauern kann. Heute ist immerhin Sonntag.« Michael Röder horchte auf. »Ich glaube, mein Telefon im Büro klingelt. Komme gleich wieder.« Er lief in sein Dienstzimmer, doch als er das Gespräch annehmen wollte, hatte das Klingeln bereits aufgehört. Na, dann eben nicht, dachte er, ging wieder zurück und erntete ein freundliches Nicken, als er Arndt Kleemann eine Flasche Bier anbot.

*

Inga föhnte sich hastig die Haare und zog frische Sachen an. Sie wollte Lena und Heidi nicht warten lassen, obwohl beide ihr versichert hatten, dass es völlig in Ordnung sei, das schöne Wetter auszunutzen. »Sie müssen hier nicht auch noch in der Küche rumsitzen«, hatte Heidi bestimmend gesagt. »Gehen Sie man in die Sonne.«

Wie klein ist doch die Welt, sprich diese Insel, schoss

es ihr durch den Kopf. So viele Gäste hier, und doch treffe ich immer wieder einen von diesen Jungs. Manfred schien vorhin allerdings nicht besonders guter Laune gewesen zu sein. Er hatte gehumpelt, vielleicht war er deswegen so grummelig gewesen. Hatte fast unheimlich ausgesehen. Wie der Glöckner von Notre-Dame. Nur ohne Buckel. Wahrscheinlich lag es an seinem unebenmäßigen Gesicht. Er sollte sich wirklich mal die Nase richten lassen.

Eine echte Herausforderung für einen Künstler wie mich, stellte sie belustigt fest. Apropos Künstler, sie durfte nicht vergessen, Heidi nach dem Prospekt zu fragen, den sie im Museum gesehen hatte. Und zweitens sollte sie vielleicht Fynn anrufen, überlegte sie. Nur mal so fragen, wie es ihm ging und was es Neues in Worpswede gab. Und später würde sie eigentlich ganz gern das Nationalparkhaus besuchen. Musste doch interessant sein, die Fauna und Flora der Insel fachkundig erklärt zu bekommen. Ob Birger in dem Haus wohl Führungen machte? Hatte der überhaupt was mit dem Nationalparkhaus zu tun? Verwirrt stellte sie fest, dass plötzlich zwei Männer in ihren Gedanken herumwirbelten.

Als sie die Gartenpforte der Claassens öffnete, stand Heidi Molshagen gähnend vor der Haustür. »Entschuldige«, sagte sie, »aber es war ein echt anstrengender Tag heute. Lena ist ganz geschafft. Die Nachbarn waren alle da, die Pastorin, und na ja, die Gäste wollten auch versorgt sein. Lena hat ein paarmal mit ihren Eltern telefoniert. Stell dir vor, ihr Opa soll obduziert werden.«

Inga erschrak. »Warum das denn?«

Heidi zuckte mit den Schultern. »Keine Ahnung. Irgendwas soll den Ärzten komisch vorgekommen sein. Hämatome oder so. Aber komm erst mal rein.« Inga folgte ihr in die Küche, wurde aber auf halber Strecke beinahe von ihr ausgebremst, als Heidi Molshagen abrupt stehen blieb und sagte: »Jetzt habe ich Sie einfach geduzt ... Wenn Sie mögen, ich heiße Heidi.«

»Gerne«, nickte Inga. »Ich heiße Inga, aber das wissen Sie, äh ...das weißt du ja schon.«

Als Inga in die Küche trat, erschrak sie beim Anblick ihrer Freundin. Tiefe schwarze Schatten hatten sich unter Lenas Augen gebildet. Sie zitterte trotz der dicken Strickjacke, die sie übergezogen hatte. Ihre flammend roten Haare bildeten einen fast unangenehmen Kontrast zu ihrem blassen Gesicht.

Auch Inga fröstelte, nach der Wärme des Sommertages draußen, in der düsteren Schlichtheit von Oma Gerdjes Küche. »Heidi hat mir schon alles erzählt. Kann ich noch irgendetwas für dich tun?«

Lena schüttelte den Kopf. »Setz dich einfach hin und erzähle mir was Nettes. Was zur Ablenkung.«

»Da hätte ich tatsächlich was zu erzählen«, sagte Inga lächelnd und berichtete von ihrem Zusammenstoß mit dem Nationalpark-Ranger in den Dünen. »Er heißt Birger und sieht verdammt gut aus, das muss man ihm lassen.« Inga redete inzwischen mit Händen und Füßen. »Dann hat er mein Bikinioberteil mit spitzen Fingern aufgehoben, mir mit so einem ganz frechen Blick auf den Bauch geworfen und ist laut pfeifend abgehauen.« Sie schaffte es tatsächlich, ein Lächeln auf die Gesichter der beiden Frauen zu zaubern. Dass der Typ ausgerechnet *Eine Insel mit zwei Bergen* gepfiffen hatte, verschwieg sie aber dann doch.

»Na, da hast du ja einen richtig netten Mann kennengelernt, Inga«, sagte Heidi gerade, als die Küchentür aufschlug.

Eine Männerstimme, in der hörbar Verärgerung mitklang, sagte laut: »Da komme ich wohl gerade richtig.«

»Fynn! Was machst du denn hier?« Inga fielen fast die Augen aus dem Kopf. »Ich denke, du bist in, bist in …?«

»Nein, ich bin hier und nicht in Worpswede! War aber wohl ein *fejl* … ähm … ein Fehler, hier herzukommen. Du scheinst dich hier auch ohne mich prächtig zu amüsieren. Wie hieß der nette junge Mann? Birger? Du weißt, zwei sind einer zu viel. Dann gehe ich eben wieder.« Fynn machte auf dem Absatz kehrt.

Inga sprang auf. »Fynn, das ist doch nur ein Missverständnis!«, rief sie hinter ihm her. »Nun setz dich zu uns. Ich möchte dir Lena und Heidi vorstellen. Wie hast du mich überhaupt gefunden?«

Er stockte und drehte sich noch einmal um. »Du hast mir am Telefon erzählt, wo du wohnst. Da bin ich hin, und die Frau Meyer hat gesagt, dass du wahrscheinlich hier bist. Ja, und wie ich da in der Küchentür stehe und dich überraschen will, erfahre ich gleich alle *nyheder*. Und was schließe ich messerscharf daraus? Es war wohl wirklich ein Missverständnis. Es war ein Missverständnis, dass ich hier hergekommen bin. Grüß meinen Nachfolger.«

Den letzten Satz bekamen die drei Frauen nur noch aus der Ferne mit. Dann hörten sie das Schlagen der Haustür.

»Mensch, war der sauer«, sagte Heidi. »Entweder du bist seine große Liebe, oder er ist ein Macho, wie er im Buche steht. Dann lass ihn lieber ziehen. Hast du eh nur Ärger mit.«

Inga war wie betäubt. Was bildete dieser Kerl sich eigentlich ein? Was wollte der überhaupt hier? Ausgerechnet Fynn, der ihr wegen ihrer Abwesenheit in Worpswede so die Leviten gelesen hatte? Was sollte sie mit dem bekloppten Typen anfangen? Hatte der überhaupt ein Zimmer? Ach quatsch, das war nun wirklich nicht ihre Sorge, solange er sie in Ruhe ließ.

Eine Weile saßen sie schweigend beisammen, dann stand Heidi mit einem Ruck auf. »So, Kinder, ich kümmere mich jetzt wieder um meinen Mann. Nachher schaue ich noch mal vorbei. Und, Inga, wegen des Prospekts: Es hat geklappt, Herr Nolting darf ihn dir aus der Vitrine holen. Kannst gleich morgen zu ihm ins Heimatmuseum gehen. Ich bin sicher, das Heft wird dir das Baltrum von damals näherbringen – die Zeit, als dein Lieblingsmaler auf der Insel war.«

Montag

Oberkommissar Broer Voss schreckte hoch und tastete auf dem Nachttisch nach dem Telefon. Vielleicht sollte ich erst einmal das Licht anmachen, dachte er. Das könnte helfen. Aber schließlich wies ihm das nicht enden wollende Klingeln doch noch den richtigen Weg. Verschlafen meldete er sich: »Polizeistation Baltrum, Voss am Apparat.« Was er dann allerdings hörte, weckte ihn schnell und gründlich. »Ein toter Mann unterhalb der Strandmauer? Wo genau? – Der Übergang bei Küper, alles klar. Wir kommen sofort.«

Vor vielen Jahren hatte er sich angewöhnt, seine Dienstkleidung griffbereit über einen Stuhl neben sein Bett zu legen. Das hatte ihm schon so manches aufwändige Suchen nach Socken, Hemd und Hose erspart. Schnell zog er sich an, lief ums Haus und weckte Michael Röder. Kurze Zeit später waren sie mit ihren Rädern unterwegs.

»Wer hat eigentlich angerufen?«, fragte Michael verwundert seinen Kollegen.

»Keine Ahnung. Namen hat er nicht genannt. Dass du nach eurem feucht-fröhlichen Abend mit Kleemanns dein Handy für alle Fälle mir gegeben hast, konnte kein Außenstehender wissen. Deshalb sollten wir vielleicht mit einem Fehlalarm rechnen, aus Jux, nur weil ihr im *Moby Dick* gesehen worden seid. So nach dem Motto: Ein Polizist muss immer im Dienst sein. Dafür würde auch sprechen, dass die Person nicht die 110 angerufen hat. Ich habe übrigens den Kollegen von der Leitstelle Bescheid gegeben.«

Er schaute auf die Uhr. Fünf Uhr früh, wer war denn

da schon auf der Strandmauer unterwegs? Im Dunkeln? Und wie entdeckte man im Dunkeln einen Menschen, der unterhalb der Mauer auf den Steinen lag? Das war mehr als seltsam. »Hast du eigentlich die Taschenlampe eingesteckt?«, wandte er sich an Michael, der auf dem frisch reparierten Fahrrad direkt hinter ihm die Anhöhe zur Mauer hochstrampelte.

Michael Röder nickte. »Eine für mich und eine für dich. Wenn wir schon zu nachtschlafender Zeit nach rumliegenden Kurgästen suchen müssen, dann wenigstens vernünftig. Vielleicht haben wir es auch mit jemandem zu tun, der in nicht gerade ungefährlicher Position seinen Rausch ausschläft. Also los.«

Sie stellten ihre Räder ab und schalteten die Taschenlampen ein. Vorsichtig näherten sie sich der Schräge und ließen den Lichtstrahl über die Basaltsteine gleiten.

»Mensch Michael, da liegt tatsächlich jemand. Ich muss da runter. Was ein Glück, das wir ablaufend Wasser haben. Ruf den Rettungsdienst an. Ich gehe da vorne lang.« Broer Voss deutete einige Meter weiter, wo die Mauer in einem flachen Winkel zum Strand auslief. Dann machte er sich auf den Weg, sorgsam tastend, damit er auf den unebenen Steinen nicht umknickte.

Im gleichen Moment, als Broer Voss sich neben den Mann kniete, war ihm klar, dass der tot war. Broer leuchtete ihm ins Gesicht. Der Kopf war seltsam verrenkt, als ob er gar nicht zum restlichen Körper passen wollte. Die Kleidung des Mannes war völlig durchnässt. Mindestens eine Flut muss über ihn hinweggegangen sein, überlegte er. Also liegt er hier seit mindestens vier Stunden. Kann natürlich angetrieben worden sein. Das würde unter Umständen seine Kopfhaltung erklären. Genickbruch beim Aufschlag auf die Basaltsteine. Alles möglich. Nur Spuren zu finden, die die letzten Stunden des jungen Mannes hätten dokumentieren können, war unmöglich. Da hatte das Wasser ganze Arbeit geleistet.

»Der Rettungsdienst ist unterwegs«, holte ihn Michaels Stimme aus seinen Überlegungen. »Ein paar Jungs von der Feuerwehr haben wir auch mobil gemacht, zum Ausleuchten der Unglücksstelle. Sicher ist sicher. Auch wenn in einer Stunde die Sonne aufgeht.«

Broer Voss meinte bereits einen hellen Streifen im Osten ausmachen zu können.

Inzwischen war auch der Inselpolizist am Fuß der Mauer angekommen und bückte sich, um den Toten genauer in Augenschein zu nehmen. »Das ist kein Insulaner«, sagte er. »Das Gesicht habe ich noch nie gesehen. Bin gespannt, ob er Papiere dabeihat. Aber ehrlich gesagt, kann der wer weiß woher kommen. Mag sein, dass er von Bord eines der Schiffe gefallen ist, die täglich zu Dutzenden auf der Hochseelinie unterwegs sind, allerdings sieht es nicht nach Arbeitsklamotten aus, was der am Leibe trägt. Eher wie Urlauber- oder Bootsfahreroutfit.« Röder richtete sich auf. »Ich gehe mal wieder nach oben, um den Rettungskräften den Weg zu weisen.«

Broer Voss nickte. Der Mann hatte relativ kurzes, blondes Haar und unter dem klatschnassen roten T-Shirt und der ebenso klatschnassen Jeans eine sportliche Figur. Er trug dunkle Socken, die in weißen, abgelaufenen Turnschuhen steckten. Seiner Einschätzung nach war der Tote etwa Mitte zwanzig.

Vorsichtig fühlte er in den Taschen der Jeans nach etwas, das ihn eventuell identifizieren konnte, aber er hatte kein Glück. Na, da werden sich die Kollegen in Aurich drum kümmern müssen, dachte er, und im gleichen Moment fiel ihm Arndt Kleemann ein. Ob sie ihm Bescheid sagen sollten? Okay, der hatte Urlaub, und seine Frau würde das bestimmt nicht sonderlich prickelnd finden, aber wahrscheinlich würde es sich sowieso nicht vermeiden lassen, dass Kleemann davon erfuhr.

Aus der Ferne hörten sie Motorengeräusch, und kurz danach erhellten Autoscheinwerfer kurz die Strandmauer. Bald darauf sahen sie Dr. Neubert und den Rettungsassistenten Maik Bernhardt auf sich zukommen. Auch die Feuerwehr war eingetroffen und leuchtete das Gebiet aus.

»Tja, liebe Leute, da kann ich wirklich nichts mehr machen.« Dr. Ellen Neubert schüttelte den Kopf. »Da gibt's nur eines: ab nach Aurich zur Obduktion.«

»Die werden sich am Festland langsam wundern«, sagte Broer Voss. »Erst der alte Claassen von Baltrum, der obduziert werden soll, jetzt noch der unbekannte Tote. Hoffentlich wird hier nicht das alte Sprichwort ›dreimal ist Ostfriesenrecht‹ wahr.« Er schaute nach oben zu seinem Kollegen, der auf der Strandmauer stand. »Michael, willst du hier bleiben und die Abwicklung übernehmen? Dann würde ich auf die Wache fahren, und die erforderlichen Telefonate führen.« Als Röder zustimmend den Arm hob, ging Broer zu seinem Fahrrad zurück und fuhr zur Dienststelle. Die meisten Häuser lagen noch still da, aber hin und wieder zeigte Licht hinter Fenstern, dass die Inselbewohner langsam den Tag begannen. Der helle Streifen am östlichen Nachthimmel hatte sich mit kräftigem Orange gefüllt und verdrängte unerbittlich die Dunkelheit.

*

Meter für Meter suchte Oberkommissar Röder die Strandmauer oberhalb des Fundortes der Leiche nach Spuren ab, aber der leichte Nordwestwind hatte die rauen Steine blank gefegt. Auch in den Grasbüscheln, die sich hier und da einen Lebensraum zwischen den Steinen erobert hatten, hatte sich nichts verfangen, was auf einen Zusammenhang mit dem Toten hindeutete. Nach einer guten halben Stunde gab er auf. Die Leiche hatten die Männer von der Feuerwehr in einen Zinksarg gelegt und mit zum Feuerwehrhaus genommen. Dort war sie bis zur Abfahrt des Schiffes gut gesichert aufgehoben.

Als Michael Röder wieder zurück zur Wache kam, erwartete ihn der Duft von Kaffee und frischen Brötchen. Wie man sich doch täuschen kann, überlegte er. Gerade habe ich noch gedacht, dass mir nach dem Anblick der Leiche für die nächsten Stunden der Appetit vergangen ist, und nun meldet sich mein Magen doch schon wieder. Er ging in die Küche, in der Sandra gerade für drei Personen den Tisch deckte.

Sie sah auf. »Broer kommt auch gleich. Er hat es Lagebesprechung genannt, aber ich würde es einfach als Frühstück bezeichnen.«

Röder drückte ihr einen Kuss auf die Wange. »Gute Idee. Wer weiß, ob wir sonst dazu gekommen wären. Bin gespannt, was Broer alles in die Wege geleitet hat.« Er erzählte Sandra, was sie an der Strandmauer vorgefunden hatten.

Es dauerte nicht lange, da stand auch Broer Voss bei ihnen in der Küche. »Ich habe mit den Festländern abgesprochen, dass die Leiche mit dem nächsten Schiff rübergebracht wird. Sie wollten eigentlich Fachleute herschicken, aber schließlich haben sie eingesehen, dass an dem Fundort nichts zu sichern ist, und dass es jetzt erst einmal darauf ankommt, den Mann zu identifizieren. Allerdings wusste unser Chef an Land auch, wo sich Kleemann gerade aufhält und sein O-Ton war: Hochzeitsreise hin oder her, der soll sich drum kümmern, wenn er schon da ist! Also sollten wir ihn ...«

Es klopfte laut. »Hallo, ist hier die Einsatzzentrale der örtlichen Polizei?« Arndt Kleemann steckte seinen Kopf grinsend durch die Tür.

»Das ging fix«, wunderte sich Michael Röder. »Solltest du um diese Uhrzeit nicht die Flitterwochen genießen?«

»Hätte ich gerne gemacht, aber mein Chef kennt da keine Gnade. Allerdings sprach er von ›nur kurz mal die Lage checken‹, oder so. Also möchte ich jetzt eine Tasse Kaffee und einen Bericht von euch, damit ich möglichst schnell zu meiner Frau zurück kann. Sonst ist meine Ehe schneller beendet, als sie begonnen hat.« Arndt Kleemann setzte sich zu seinen Kollegen an den reich gedeckten Tisch.

Sandra legte noch ein Gedeck auf und Michael Röder erzählte, was sich in den sehr frühen Morgenstunden abgespielt hatte.

»Wie kommt es, dass die Person auf deinem Handy angerufen hat, Michael? Kennen denn viele Leute deine private Nummer?«, wunderte sich Arndt Kleemann.

»Nein, Aber die Nummer der Dienststelle hier, die 410, steht sogar in der *Inselglocke*, dieser Gästezeitung, die im Sommer erscheint, und nachts hab ich dafür eine Rufumleitung auf mein Handy.«

»Es könnte dich also jeder angerufen haben. Was die Sachlage nicht gerade vereinfacht. Wo liegt der Tote jetzt?«

»In der Fahrzeughalle der Feuerwehr. Von dort bringen wir ihn zum Schiff.«, sagte Michael Röder. »Er soll noch heute in die Gerichtsmedizin. Die Kollegen werden ihn erkennungsdienstlich behandeln. Wenn sie damit nicht weiterkommen, werden sie ein Foto machen und an die Presse geben. Mehr können wir im Moment nicht tun.«

»Ich würde mir den Toten und die Stelle, an der ihr ihn gefunden habt, gern ansehen. Einfach nur, um das für mich abzuspeichern. Wer kommt mit?«, fragte Arndt Kleemann.

Michael Röder nickte. »Ich werde dir den Fundort zeigen, aber erst einmal wird gefrühstückt. Beides läuft uns nicht weg.«

»Was im Besonderen für den Mann im Zinksarg bei der Feuerwehr gilt«, nuschelte Broer Voss, der gerade herzhaft in ein Marmeladenbrötchen biss.

*

Sturmflut. Welch ein Naturschauspiel. Hatte er in den letzten vierzehn Tagen gedacht, die Insel hätte ihm bereits alles gezeigt, was sie an Farben des Himmels und des Meeres zu bieten hatte, wurde er jetzt eines Besseren belehrt. Schon von Weitem sah er die Wassermassen, die sich durch die Pfähle der Palisadenwand pressten und die Hellerwiesen überfluteten. Der Nordwestwind zerrte an seiner Kleidung, und er war heilfroh, dass er dem Rat von Herrn Küper gefolgt war, die Staffelei in der Sicherheit seines kleinen Hotelzimmers zu belassen. So hatte er nur ein paar weiße Blätter und einen Bleistift in die Tasche seiner wetterfesten Jacke gesteckt und war losgezogen, als der starke nächtliche Regen mit dem Aufgehen der Sonne nachgelassen hatte.

Er lief auf das steinerne Schutzwerk zu, das die Insel im Westen einfasste, doch schnell musste er feststellen, dass seiner Wanderung dort Grenzen gesetzt waren. Ein ums andere Mal klatschten Wellen gegen die Mauer und verwandelten sich in meterhohe Gischtfontänen, die jegliches Weiterkommen unmöglich machten. Notgedrungen kehrte er um und lief durch den Ort, um so den Strand zu erreichen. Verloren duckten sich die Insulanerhäuser im Schutze einiger Dünen. Kein Mensch war unterwegs. Auf den Sandwegen standen große Pfützen, denen er nur mit Mühe ausweichen konnte. Fast war er geneigt, einzukehren in die Wärme der Eversschen Küche, die er als äußerst anheimelnden Ort voller Geschichten zu seinem Lieblingsplatz erkoren hatte. Auch in Küpers Hotel war er freundlich aufgenommen worden, aber er empfand es immer mehr als Glücksfall, die Bekanntschaft der Familie des Inselvogts gemacht zu haben. In der Küche der Evers' fühlte er sich pudelwohl, wenn er mit einer Tasse Tee neben dem gekachelten Bullerofen saß.

Nein, er wollte weiter zum Strand, sehen, wie das Wasser Besitz ergriff vom Sand, wie die Wellen an den Randdünen nagten, und wie die Wolken wie von wilden Horden gehetzt über den blaugrauen Himmel flohen. Zwischendurch schaute immer mal wieder die Sonne hervor und beleuchtete hier ein paar Grashalme, die sich im Winde duckten, dort eine Butzenscheibe, von Salzkristallen überzogen.

Er hatte das Gefühl, dass der Wind wieder zugenommen hatte, seit er aufgebrochen war. Als er die letzte Düne vor dem Strand erreicht hatte, konnte er sich kaum noch auf den Beinen halten. Hier schlugen ihm die Böen ungebremst entgegen. Er kniete sich im Schutz einer Mulde hin und schaute. Nahm in sich auf, was die Natur ihm in so verschwenderischer Vielfalt bot.

Er sah die Farben des Himmels, ständig wechselnd vom hellsten Weiß über Blau, Orange bis zu den fast schwarzen Resten der abziehenden Regenwolken.

Sandkörner schlugen mit dem Wind gegen sein Gesicht und hinterließen ein Gefühl wie von tausend Nadelstichen auf der Haut.

Unter ihm brodelte das aufgewühlte Meer, und bei jeder neuen Welle war er sich sicher, dass sie noch höher und kräftiger war in ihrer Wucht als die vorherige.

Er dachte an die leeren Blätter in seiner Tasche und lächelte. Er hätte sie gar nicht einstecken müssen. Hier machte es der Wind unmöglich, Skizzen zu Papier zu bringen. Durchgefroren stand er auf und versuchte, den nassen Sand von Hose und Jacke zu schütteln. Vergebens.

Er lief zurück ins Dorf, und diesmal, mit dem Wind im Rücken, flog er fast, bis er das Hotel erreicht hatte. Er ging auf sein Zimmer. Es war kalt dort, aber er merkte es kaum. Legte Farben und Pinsel griffbereit und begann zu malen.

*

Seit Stunden lag Gerdjedine reglos und mit geschlossenen Augen im Bett. Irgendwann weit nach Mitternacht war sie aufgewacht, umnebelt von Gedanken, die sie nicht fassen konnte, und Bildern, die immer wieder wegwaberten, sobald sie versuchte, einzelne Szenen zu fokussieren. Doch je mehr Zeit verging, desto klarer wurde ihr Verstand. Gerade war die Schwester dagewesen, hatte ein Tablett auf den Nachttisch gestellt und die Vorhänge zur Seite gezogen.

»Guten Morgen, Frau Claassen«, hatte die junge Frau mit dem grünen Kittel fröhlich gesagt, »gleich kommt Ihre Tochter, und Ihr Schwiegersohn. Arztvisite ist auch noch. Wollen Sie sich waschen? Oder brauchen Sie Hilfe? Dann klingeln Sie einfach.« Und schon war die Schwester wieder draußen gewesen.

Gerdje hatte die Augen nicht geöffnet und ihr Frühstück nicht angerührt.

Ingrid und Florian. Beide. War sie so krank, dass sich sogar ihr Schwiegersohn freigenommen hatte, um sie zu besuchen? Was wollten die beiden? Was war der Grund dafür, dass sie gleich hier an ihrem Bett sitzen würden? Gerdje versuchte, die Wahrheit nicht an die Oberfläche kommen zu lassen. Vergeblich – sie wusste ganz genau, warum ihre Kinder aus Celle gekommen waren.

Sie hörte, wie die Tür erneut geöffnet wurde, und spürte kurz darauf eine Hand, die sich auf ihre legte. Sie wollte das nicht, traute sich aber nicht, ihre Hand unter der anderen wegzuziehen. Sich bewegen, hieße Kontakt. Erkennen. Begreifen.

Sie hörte die vertraute, etwas schrille Stimme ihrer Tochter: »Mama, hörst du mich? Wach auf.«

Und eine weitere Stimme. »Wir haben die Medikamente über die Nacht reduziert. Sie wird wahrscheinlich trotzdem noch etwas durcheinander sein. Erwarten Sie also nicht zu viel.« Sie wurde sanft an der Schulter geschüttelt. »Frau Claassen, aufwachen, Ihre Kinder sind hier. Frau Claassen.«

Sie wollte nicht, aber sie wusste, dass es jetzt an der Zeit war. Gerdjedine öffnete die Augen, schaute ihre Tochter an und erschrak. Graue Schatten lag in Ingrids Gesicht und ihre Augen waren vom Weinen gerötet. Neben ihr stand Florian, der unablässig eine Hand in der anderen knetete. Auf der anderen Seite des Bettes sah sie einen Mann im weißen Kittel. Den Arzt.

»Mama, hallo, wir sind's, Florian und ich. Und Doktor Müller. Wie geht es dir?« Ingrids Hand, die immer noch auf ihrer lag, zitterte.

Gerdje drehte ihren Kopf zur Seite. Wie es ihr ging?

Dafür gab es keine Worte, und wenn sie sie gefunden hätte, hätte sie sie nicht aussprechen können.

»Frau Claassen, können Sie mich verstehen?« Doktor Müller beugte sich dicht über sie. Sie konnte seinen Atem spüren, der nach Rosmarin und Zigaretten roch. »Frau Claassen, verstehen Sie mich?« Rosmarin, dachte sie sehnsüchtig, der wächst auch in meinem Garten. Sie merkte, wie Tränen über ihre Wangen liefen.

»Mama, wach auf. Wir sollen dich ganz tüchtig von Lena grüßen. Und von Jan. Er kommt auch noch her.«

Gerdje hörte die Verzweiflung in Ingrids Stimme. Sie musste sich der Wahrheit stellen. Musste reden. Der Druck in ihrer Brust. Unerträglich. Es musste raus.

Sie sah, wie Ingrid ratlos zuerst Florian, dann den Arzt anschaute. Dann fragte ihre Tochter leise: »Sollen wir Mama jetzt von Opa erzählen, oder nicht?

»Von Opa ... von Opa braucht ihr mir nichts zu sagen.«, sagte Gerdje ruhig. »Ich weiß, dass er tot ist. Ich habe ihn ja selber umgebracht.«

»Mama, was redest du da?« In Ingrids Gesicht hatten sich in Sekundenschnelle kleine, rote hektische Flecken gebildet. »Nun mal ganz ruhig. Du bist noch durcheinander von den Medikamenten.« Ingrids Hand klammerte sich wie ein Schraubstock um ihre.

Unwillig versuchte sie, sie abzuschütteln. »Ich bin nicht durcheinander. Ich war noch nie so klar wie in diesem Moment, und ich weiß, dass ich den größten Fehler meines Lebens gemacht habe. Und dass ich jetzt ins Gefängnis muss, ist mir auch klar, aber er hat mich doch so schrecklich geärgert. Stell dir vor«, Gerdje richtete sich auf und schaute ihre Tochter eindringlich an, »er hat die Pacht vom Flakstand bei der Gemeinde aufgekündigt. Ich habe ihn vergiftet. Herbstzeitlose.

Die wachsen in meinem Garten auf der Liegewiese und schmecken wie Bärlauch. Von den Zwiebeln habe ich etwas in sein Kräuterquarkbrot geschnitten. Das, was er immer mit zum Strand nimmt. Ich habe es nicht mehr ausgehalten. Ich wollte ihn nicht töten. Ihm nur einen Schreck einjagen. Darum habe ich nur ganz wenig genommen. Ich wollte, dass ihm schlecht wird und er Magenschmerzen bekommt, damit er nicht mehr an den Flakstand denkt. Jetzt ist es raus!« Erschöpft ließ sich Gerdje wieder in ihr Kopfkissen fallen.

»Ich glaube, ich verstehe das alles nicht«, murmelte Ingrid Schirrmacher. »Herbstzeitlose? Was kann daran denn so giftig sein?«

»Colchicin, Frau Schirrmacher. Der Wirkstoff heißt Colchicin und wirkt ähnlich wie Arsen. Schnell und gründlich. Mir ein Rätsel, warum diese Pflanze immer noch in deutschen Vorgärten wachsen darf. Bin gespannt, was die Obduktion für ein Ergebnis bringt.« Mit ernster Miene schaute der Arzt erst Schirrmachers, dann Gerdje an. »So, Frau Claassen, wenn wir schon mal so weit sind, möchte ich Ihnen … möchten wir Ihnen sagen, dass Ihr Mann tatsächlich gestern gestorben ist. Vordergründig an einem Herzinfarkt, aber was genau dahintersteckt, versuchen wir gerade herauszufinden. Mein aufrichtiges Beileid. Ich lasse sie jetzt in der Obhut Ihrer Familie, sie wird Ihnen alles Weitere erklären.« Er wandte sich zu Ingrid. »Wenn Sie irgendetwas benötigen, melden Sie sich bitte. Ich werde jetzt Kontakt mit Doktor Hansen aufnehmen. Soweit ich weiß, sind keine äußerlichen Anzeichen einer Vergiftung festgestellt worden, aber vielleicht gibt es bereits Licht in dieser mysteriösen Angelegenheit. Ich werde dann mit ihm entscheiden, welche weitergehenden Maßnahmen zu treffen sind.«

Als der Arzt das Zimmer verlassen hatte, setzte Ingrid sich zu Gerdje auf das Bett. »So, Mama, bevor ich glaube, dass du Papa auf dem Gewissen hast, erzähl mir bitte noch einmal genau, was passiert ist, und dann berichte ich dir, wie unser Wissenstand ist.«

Gerdje nickte und begann, sich alles von der Seele zu reden, was sie in den letzten Jahren bedrückt hatte. »Und nachdem mir Lena noch einmal klargemacht hat, was alles anders sein könnte, wenn Opas Wünsche nicht immer im Vordergrund stünden, und ich außerdem solche Angst um den Flakstand hatte, ja, da habe ich es getan.«

*

Wie verabredet hatte Herr Nolting Inga den Prospekt ausgehändigt, ordentlich in zwei Plastiktüten verpackt und verbunden mit der Bitte, das Heft besonders sorgfältig zu behandeln. Das hatte sie versprochen und zugesagt, dass sie das wertvolle Exponat so bald wie möglich wieder bei Heidi Molshagen abgeben würde. Jetzt saß sie mit gekreuzten Beinen auf dem Bett und war vertieft in alte Zeiten.

Angenehm lustwandelt man auch an der Wattseite ...

Inga war begeistert, wie viele interessante Details aus dem Inselleben vor hundert Jahren ihr der Prospekt vermittelte. Zwar war überwiegend die Sommerzeit in dem kleinen Heftchen beschrieben, aber auch Fauna und Flora und das damals noch recht ärmliche Leben der Inselbewohner in den Anfängen des Fremdenverkehrs wurden eindrucksvoll geschildert. Walter Bertelsmann hatte es bei seinem Besuch wohl wenig komfortabel angetroffen. Er war im tiefsten Winter auf die Insel gekommen, auf der es damals weder Strom noch Gas noch fließend Wasser gegeben hatte. Inga schauderte.

Künstler hin oder her, da war ihr der Aufenthalt in der Sommerzeit und ein Jahrhundert später lieber.

»Frau Tarmstedt, sind Sie da?« Die Stimme ihrer Hauswirtin schallte durch den Flur, und es klopfte. »Ich muss Ihnen was sagen.«

Inga stand auf und öffnete.

»Gestern war ein junger Mann hier und hat nach Ihnen gefragt.« In Frau Meyers Augen leuchtete die pure Neugier. »Der sah aber gut aus, Donnerlüttchen. War das Ihr Freund?«

Inga lächelte. »Wenn ich das man so genau wüsste, Frau Meyer. Wir sind gestern etwas unglücklich auseinander gegangen. Heute habe ich ihn noch nicht gesehen. Ich hab allerdings keine großen Anstrengungen unternommen, ihn zu suchen.«

»Na, vielleicht war die Polizei da erfolgreicher. Heute Morgen wurde nämlich ein junger Mann tot aufgefunden. Ich mein', ich will nichts gesagt haben. Mag alles reiner Zufall sein. Hat bestimmt nichts mit Ihrem ... wie hieß er noch gleich?«, fragte Frau Meyer.

Inga erschrak. »Fynn. Er ist Däne. Kommt aber aus Worpswede. Also gestern jedenfalls kam er aus ...« Inga merkte, dass ihre Ausführungen ziemlich wirr bei ihrer Wirtin ankamen. Und wie ihr flau im Magen wurde. »Danke, Frau Meyer, aber ich glaube nicht ...«

Sie atmete auf, als sich die Tür hinter ihrer Vermieterin schloss. Was sollte sie tun? Zu Lena gehen mit ihrer wahrscheinlich überflüssigen Sorge? Die hatte genug mit sich selbst zu tun. Zu Heidi? Ging auch nicht, die war bei Lena. Die Polizei anrufen? Und wenn die nun nach den näheren Umständen fragten? Dann musste sie denen von gestern Abend erzählen. Wie Fynn in der Tür gestanden und ihrem Bericht über den peinlichsten Moment seit langem zugehört hatte. Sie verbotenerweise und halbnackt in den Dünen, beobachtet und dann verscheucht von einem gewissen Ranger namens Birger. Nee, diese Geschichte würde sie nur im alleräußersten Notfall ein zweites Mal erzählen. Schließlich gab es mehr als einen jungen Mann auf der Insel. Warum sollte der Tote ausgerechnet Fynn sein?

Untätig in der Ferienwohnung zu bleiben, diese Vorstellung behagte Inga allerdings ebenfalls nicht. Also doch zu Lena. Sie wusch sich das Gesicht und rieb ein wenig Make-up unter ihre Augen, in der Hoffnung, dass man ihrem Gesicht die Aufregung der letzten Minuten nicht ansehen würde. Dann packte sie vorsichtig den Prospekt wieder ein und lief die Treppe hinunter.

Aus dem Schuppen hörte sie monotones Klopfen. Herr Meyer bei der Arbeit, mutmaßte sie, und hatte ein schlechtes Gewissen. Sie hatte ihm ein Wiederkommen fest versprochen und es durch die Geschehnisse der letzten Tage völlig vergessen. Und jetzt hatte sie den Kopf am allerwenigsten frei für seine Arbeiten.

Sie öffnete die Haustür, und ein kräftiger Wind schlug ihr entgegen. Wolkenfelder ließen die Sonne immer wieder verschwinden. Das war's dann wohl mit dem Badewetter, dachte sie traurig. Aber es gibt im Moment sowieso Wichtigeres, als schwimmen zu gehen.

Inga eilte über die Straße und sah zwei Fahrräder am Zaun der Claassens stehen. Sie blieb kurz stehen, um zu überlegen. Sie wollte auf keinen Fall stören, und offensichtlich waren schon wieder einige Insulaner auf Trauerbesuch eingetroffen.

Dann gab sie sich einen Ruck und ging hinein.

Als sie die Küche betrat, blieb ihr fast das Herz stehen. Zwei Männer, einer davon in Polizeiuniform, saßen bei Lena und Heidi am Küchentisch.

Der Uniformierte stand auf und stellte sich vor: »Oberkommissar Michael Röder. Und das ist Hauptkommissar Arndt Kleemann vom Ersten Fachkommissariat für Brand und Todesermittlungen in Aurich. Darf ich fragen, wer Sie sind?«

»Inga. Inga Tarmstedt. Ich bin Gast hier und habe mich mit Lena und Heidi, ich meine mit Frau Schirrmacher und Frau Molshagen, angefreundet. Was ist denn los hier?« Irritiert schaute Inga die Gruppe an, die sich um den Küchentisch versammelt hatte.

»Die Polizei ist wegen Opa hier«, sagte Lena leise. »Er ist umgebracht worden.«

Inga ließ sich auf den letzten freien Stuhl fallen. »Ich glaube, ich verstehe jetzt gar nichts mehr. Ich weiß nicht, ob mir das zusteht, aber dürfte ich Genaueres wissen?«

Auch Michael Röder hatte wieder am Tisch Platz genommen und sagte: »Wenn es allen recht ist, werde ich das Obduktionsergebnis noch mal kurz zusammenfassen, das wir heute Morgen aus der Gerichtsmedizin bekommen haben. Danach ist Ihr Großvater an einem Herzinfarkt gestorben, Frau Schirrmacher. Aber vor seinem Tode ist er offensichtlich geschlagen worden. Darauf deuten zahlreiche Hämatome hin, die nicht mit der tatkräftigen Hilfe seines Freundes Okko Nammen in Einklang zu bringen sind. Aus Angst vermutlich – so erklären die Ärzte – ist sein Herz dann zum Stillstand gekommen.«

Heidi stöhnte. »Warum sollte jemand denn so was machen? Ich kann das nicht glauben.«

»Wenn wir das wüssten«, sagte Arndt Kleemann leise, »dann wären wir schon ein gutes Stück weiter.«

»Aber das war noch nicht alles«, ergänzte Michael Röder. »Was ich euch jetzt sage, hat mir mein Freund Doktor

Hansen erzählt und ist nicht Gegenstand polizeilicher Ermittlungen. Versteht mich richtig: noch nicht. Also, deine Oma, Lena – ich sage einfach mal ›Lena‹ und ›du‹, wenn's okay für dich ist, wir kennen uns doch schon so lange. Deine Oma ist heute Morgen aufgewacht und behauptet steif und fest, sie habe deinem Opa umgebracht. Mit dem Gift der Herbstzeitlosen. Im Quarkbrot.«

Eine ganze Weile schwiegen alle fünf, dann fing Heidi verzweifelt an zu lachen. »Mit Quarkbrot, das ist ja zu komisch, ich halte das nicht aus. Herbstzeitlose im Quarkbrot. Und das Gerdje.« Langsam ging ihr Lachen in hemmungsloses Weinen über. »Wenn«, schluchzte sie, »wenn das nicht alles so entsetzlich traurig wäre, wäre es irrsinnig komisch.«

»Ja, es ist fast nicht zu glauben«, bekräftigte Michael Röder, »zumal bei der Obduktion keinerlei Gift nachgewiesen werden konnte. Warum sagt sie also so was? Dass Menschen Taten abstreiten, die sie begangen haben, ist unser tägliches Brot. Aber dass jemand behauptet, etwas getan zu haben, was nachweislich gar nicht passiert ist, ist schon seltsam. Es sei denn, Frau Claassen will jemanden schützen oder von etwas ablenken.«

Inga bemerkte, wie intensiv Arndt Kleemanns Blick bei den Worten seines Kollegen auf den beiden Frauen ruhte.

»Aber noch werden wir warten mit einer Befragung durch die Kollegen vom Festland«, erklärte Röder. »Wir werden uns erst einmal mit den insularen Ermittlungen beschäftigen. Hatte dein Opa Feinde, Lena?« Er zog ein kleines schwarzes Notizbuch aus der Tasche, und Inga dachte: ›Wie in einem Krimi der fünfziger Jahre. Ich wusste gar nicht, dass man heute noch so arbeitet.‹ Hatten die Jungs dieser Tage nicht alle ihr Notebook dabei?

Lena zuckte die Schultern. »Ich glaube, dazu kann dir

Heidi mehr sagen. Sie ist die beste Freundin von Oma und immer hier auf der Insel, ich bin doch nur zu Besuch.«

Heidi nickte und erzählte den Polizisten, wie sie die Ehe der Claassens über die Jahre erlebt hatte. Inga hörte gebannt zu. Einiges wusste sie schon aus Lenas Erzählungen, aber Heidis Worte schufen ein beeindruckendes Gesamtbild vom Leben des alten Insulanerpaares.

Die Polizisten folgten Heidis Erklärungen aufmerksam. »Danke für deine offenen Worte, Heidi«, sagte Michael Röder. »Wir melden uns, sobald es Neues gibt. Jetzt müssen wir los, es warten noch andere Aufgaben auf uns.« Die beiden standen auf und gingen zur Tür.

Im Rausgehen drehte sich Arndt Kleemann noch einmal um. »Das gilt natürlich auch im umgekehrten Falle. Wir sind jederzeit zu erreichen.«

Inga sprang auf. »Herr Kommissar, bitte warten Sie. Sie sagten eben, es warten noch andere Aufgaben. Was meinten Sie damit?«

Arndt Kleemann kam zurück. »Wir ... – Ach, was soll's, es weiß inzwischen sowieso fast jeder: Wir haben einen Toten gefunden. Unterhalb der Strandmauer. Warum fragen Sie?«

Inga zögerte. »Mein Freund ist gestern auf die Insel gekommen, und wir hatten einen kleinen Streit. Nun mache ich mir Sorgen. Kann ich ihn sehen, ich meine den Toten?«

Arndt Kleemann schaute sie ernst an. »Stellen Sie sich das nicht so einfach vor. Der Anblick ist nicht schön. Außerdem ist die Leiche gerade unterwegs ans Festland. Geben Sie mir doch bitte erst einmal eine möglichst genaue Beschreibung Ihres Freundes. Haben Sie vielleicht ein Bild dabei? Der Tote hatte nämlich keine Papiere bei sich.«

Inga schüttelte den Kopf. »Ein Bild habe ich nicht. Aber ich erzähle Ihnen gerne, wie er aussah.« Sie fügte eine möglichst genaue Beschreibung hinzu, und als sie Fynns blonde Haare erwähnte, horchte der Kommissar auf.

»Können Sie Farbe, Länge und Beschaffenheit näher beschreiben?«

»Sehr hell, kurz geschnitten, struppig und meistens«, sie dachte an ihr letztes Zusammensein mit Fynn in dem kleinen Häuschen am *Barkenhoff*, »irgendwelche bunten Farben drin verteilt.«

»Der Mann, den wir gefunden haben, hatte mittelblonde Haare. Allerdings waren sie nass, das lässt also keine gesicherten Schlüsse auf die tatsächliche Farbe zu.«

Inga wurde es übel. »Sie meinen also, es könnte …?«

»Gar nichts meine ich«, versuchte der Kommissar sie zu beruhigen. »Wir haben ein Bild von dem Toten auf der Wache. Wenn Sie vorbeikommen und einen Blick darauf werfen würden, könnte das für Sie und natürlich für uns sehr hilfreich sein. Natürlich kommen wir auch gerne bei Ihnen vorbei, wenn es Ihnen nicht gut geht.«

»Natürlich komme ich, es wird schon gehen«, antwortete Inga. »Wir sehen uns gleich. Je eher, desto besser.«

Michael Röder nickte. »Das ist gut. Bis später.«

Als die beiden Polizisten gegangen waren, sagte Inga: »Ich glaube, ich muss erst mal eben ganz kurz frische Luft schnappen. Kommt ihr mit in den Garten?«

Die beiden anderen stimmten zu, und sie liefen den Kiesweg hinunter auf Gerdjedines Lieblingsplatz zu.

»Wisst ihr eigentlich, wie diese Pflanze aussieht, diese Herbst…«, setzte Inga zu einer Frage an, als Lena aufschrie.

»Herbst …! Das ist das Wort, das Oma gesagt hat, bevor sie ins Krankenhaus gekommen ist! Sie wollte uns den Namen der Pflanze sagen! – Heidi, weißt du wie die aussieht?«

Ratlos schüttelte Heidi den Kopf und Lena rief: »Los, dann wir müssen unbedingt in deinem PC nachsehen. Nur so können wir feststellen, ob die wirklich hier im Garten wächst. Inga, kommst du mit?« Heidi hatte sich bereits umgedreht und war losgelaufen.

»Nein, ich muss zur Polizei.« Inga blieb stehen. War da nicht noch etwas gewesen, was Oma Gerdje gesagt hatte? ›Die Fünf ans Licht‹ oder so ähnlich? Sie würde Lena fragen, aber jetzt musste sie erst einmal zur Polizeiwache fahren und Gewissheit haben.

Am *Haus Seegras* nahm sie sich ein Fahrrad aus dem Ständer. Ich sollte eben Bescheid sagen, dachte sie, bevor Meyers die Polizei wegen Diebstahls anrufen. Sie hoffte, Wolfgang Meyer im der Laube bei der Arbeit vorzufinden und hatte Glück. Schon von weitem sah sie die massige Gestalt ihres Vermieters. Allerdings schien er nicht allein zu sein. Sie hörte fröhlichen Wortwechsel, der mit jedem Meter, den sie sich dem Arbeitsraum des Künstlers näherte, lauter wurde.

»Das wird schon wieder.« – »Frauen sind eben so.« – »Was ein Glück, dass Männer nicht so hysterisch sind.« – »Ich sag es ja, Zuckerbrot und Peitsche. Immer das richtige Rezept.«

Inga wartete, bis die beiden Männer Luft holen. »Störe ich?« Sie schaute in die Laube und erstarrte.

Auf dem alten Schemel in der Ecke des Raumes saß mit strahlendem Lachen Fynn. Vor Verblüffung bekam sie kein Wort heraus. Im Gegensatz zu Fynn, dem diebische Freude ins Gesicht geschrieben stand.

»Na, mein Schatz. Gut geschlafen? *Alene* oder *to og to*? Ich für meinen Fall habe mich jedenfalls prima ausgeruht.

Im Hotel *Dünenschlösschen* gab es noch ein Zimmer für mich. War sogar schon im hoteleigenen Pool. Toll, nicht?«

Das war der Punkt, an dem Inga ausrastete. Sie schob sich an Wolfgang Meyer vorbei und griff Fynn ins T-Shirt. »Du Arschloch, du überaus blödsinniges Arschloch«, schrie sie ihn an. »Was glaubst du eigentlich, was ich mir für Sorgen gemacht habe, seitdem ich weiß, dass man hier einen Toten gefunden hat. Ich wollte gerade zur Polizei, um dich zu identifizieren. Und du, du sitzt hier und lästerst mit dem da«, sie drehte sich wütend zu ihrem Vermieter um, »über mich! Wo ich nichts anderes im Kopf habe als …« Sie konnte nicht verhindern, dass im gleichen Moment Bernds gut geschnittenen Gesichtszüge und sein fröhliches Lachen wie ein Film an ihr vorüberzogen. Inga räusperte sich und ließ Fynns T-Shirt los. »Dein Misstrauen passt mir echt so richtig in den Kram. Ihr seid so sensibel wie ein Sofakissen. Alle beide.« Fynn wollte etwas sagen, aber sie ließ ihn gar nicht erst nicht zu Wort kommen. Ihre Wut war verraucht, doch ihr lag noch so einiges auf der Seele, was unbedingt herauswollte. »Und außerdem …«

Da legte sich eine große, fleischige Hand auf ihren Mund.

Aus ihren Worten wurde ein unverständliches Nuscheln, und Wolfgang Meyer sagte: »Nun ist es aber genug, junge Frau. Mein ehrenwerter Kollege Fynn hat von dem Toten nichts gewusst. Wie sollte er auch. Ich jedenfalls habe ihm null davon erzählt. Und gestern Abend, ja da hat er wohl was in den verkehrten Hals gekriegt. Das tut ihm jetzt ganz schrecklich leid.« Inga sah, wie Wolfgang Fynn kräftig mit der anderen Hand auf den Oberarm boxte.

Fynn zuckte zusammen, konnte sich aber ein Lächeln

nicht verkneifen. »In der Tat, ich bitte um Vergebung, *smukke* Frau. Darf ich dich zu einem Versöhnungsspaziergang in die Dünen einladen?«

Inga biss Wolfgang Meyer kräftig in den Finger, auf die Gefahr hin, dass seine Künstlerhand Schaden nehmen könnte. Schlagartig ließ er sie los.

»Okay, eine Chance hast du. Ich muss aber erst bei der Polizei anrufen, dass sich die Sache erledigt hat.« Inga hoffte sehnlichst, dass ihnen nicht ausgerechnet Birger mit der Geschichte ihres Kennenlernens über den Weg lief.

*

»Ich weiß wirklich nicht, was ihr habt«, sagte Karsten schneidend. »Ist doch alles blendend gelaufen. Sogar ein paar Päckchen haben wir noch gefunden. Ich jedenfalls brauche mir keinen Kopf darum zu machen, ob gleich der Boss mit oder ohne Siggi auf dem Schiff ist. Gut, ich muss ihm gegenüber nicht erwähnen, dass der Erfolg ganz allein auf Leonards und meinem Mist gewachsen ist. Weil wir nämlich vernünftig gesucht haben. Im Gegensatz zu Manfred, der nichts Besseres zu tun hatte, als sich den Fuß aufzuschneiden.«

»Aber das war doch nur wegen der blöden Inga«, jammerte Manfred.

Leonard konnte es nicht fassen. Wie Karsten sich die Ereignisse der letzten Tage zu seinen Gunsten zurechtgebogen hatte, war schon meisterlich. Aber eine Frage hatte ihm Karsten noch nicht beantworten können oder wollen. Nämlich die Frage nach Bernd. Er sah, wie sich der Bug der *Baltrum I* langsam um das Molenfeuer schob.

Als das Schiff angelegt hatte und die Gangway ausgefahren war, sah er, dass sein Chef nicht alleine war.

Er hatte tatsächlich Siggi mitgebracht. Karsten ging als Erster auf die beiden zu, aber noch bevor er die beiden begrüßen konnte, wurde er vom Boss rüde angeblafft.
»Wo ist das Zeug?«
»In der Ferienwohnung«, antwortete Karsten zaghaft. Er zuckte zusammen, als der Boss loslegte. »In der Ferienwohnung? Du willst mir doch nicht ernsthaft erzählen, dass du die Platten unbeaufsichtigt dort zurücklässt, wo sie jederzeit von einem dämlichen Zimmermädchen gefunden werden können? Nein, Karsten, das willst mir nicht tatsächlich sagen.«

In Siggis Gesicht sah Leonard nichts als Überheblichkeit. Ihr linkes Augenlid zuckte. Das war kein gutes Zeichen. Er hoffte, dass ihnen die Öffentlichkeit des Hafens wenigstens ein wenig Schutz bieten würde, und sagte betont freundlich: »Hallo, Siggi, schön dich zu sehen.«

»Das meinst du doch nicht wirklich, oder, mein Süßer?«

Er konnte sich ein Stöhnen kaum verkneifen. Natürlich, er hatte mit Frauen nichts am Hut, aber sehr wohl etwas für Ästhetik übrig. Leider hatte Edgar eine Tochter in die Welt gesetzt, die die letzten Sekunden ihres Opfers mit einem Anblick versüßte, der an einen Dorfköter in Breitformat erinnerte. Wenn sie ihre überschüssigen Kilos wenigstens in schicke Klamotten stecken würde, dachte Leonard angewidert. Aber die musste ihre Speckrollen ja unbedingt durch viel zu enge, bauchfreie T-Shirts betonen. Was vermutlich daran lag, dass sie ihre Pfunde für durchtrainierte Muskelmasse hielt. Was zwar nur bedingt zutraf, aber durchaus reichte, stramm zuzuschlagen, wenn ihr danach war.

Dazu kam ihre Unnachgiebigkeit. Der Boss machte keinen Hehl daraus, dass es kein Zurück mehr gab, wenn Siggi einmal entschlossen war, das Aussehen ihres

Opfers nachhaltig zu verändern. Konsequent wie ihr Vater, pflegte Edgar jedes Mal zu sagen, wenn die Rede auf seine Tochter kam. Und konsequent war sie. Daran konnte sich Leonard nur zu gut erinnern. Obwohl er das gar nicht wollte. Ein halbes Jahr war es her, dass Siggi ihn auf ihre Beischlafliste gesetzt hatte. Ausgerechnet ihn! Es hatte ihn große Mühe gekostet, sie davon zu überzeugen, dass Homosexualität nicht heilbar war. Nicht mal durch sie ...

»Gehen wir beide gleich mal irgendwohin, wo es etwas ruhiger ist?«, hörte Leonard eine leise Stimme direkt an seinem Ohr und intensiver Knoblauchgeruch umwehte seine empfindliche Nase. Leonard schaute hinüber zu seinem Boss und sah, dass der nickte. Das war's dann wohl. Adieu, du schöne Welt.

»Halt, Siggi, nicht so schnell.« Leonards Boss grinste. »Toll, nicht wahr, mein lieber Leonard, ich muss nur nicken, und schon denkst du ... – Aber eines nach dem anderen. Vorher muss ich noch ein paar Dinge wissen. Karsten, als Erstes: Wo ist Bernd? Zweitens, wo befindet sich eure Wohnung? Und wie viel habt ihr gefunden?«

Karsten zögerte. »Bernd ist gerade, also, er kommt später dazu, er ist sozusagen noch unterwegs ...«

»Eh dir gar nichts mehr einfällt«, sagte der Boss, »gehen wir jetzt dort drüben in den Kiosk und trinken ein kühles Bierchen. Und für die Dame gibt es einen Prosecco. Man ist als Arbeitgeber ja kein Unmensch. Dann werde ich euch meinen neuen Plan vorstellen, und ihr dürft zuhören. Na? Was haltet ihr davon?«

Dankbar nickten Karsten, Leonard und Manfred und atmeten erleichtert auf. »Vielleicht ist der Boss ja doch gar nicht so streng«, flüsterte Manfred Leonard ins Ohr.

Ihm entlockte das aber nur ein leichtes Stirnrunzeln.

Der Rundumschlag würde noch kommen. Garantiert.

*

»Das glaubst du doch selbst nicht, dass du in diesen Fall nur mal so reinschnupperst«, schimpfte Wiebke. »Du bist doch schon mittendrin!«

Arndt Kleemann stand im Wohnzimmer der Röders und schaute verlegen in das empörte Gesicht seiner Frau.

»Und denke nicht, ich bin sauer, weil du hier statt Hochzeitsreise in die Arbeit eingestiegen bist. Nein, ich ärgere mich, dass du mich glauben machen willst, dich ginge das alles eigentlich nichts an. Mein lieber Mann, ich habe dich in den letzten Monaten kennengelernt und weiß, dass du gar nicht anders kannst.«

Arndt Kleemann nickte schuldbewusst. »Du hast ja recht, ich muss dir nichts vormachen, außerdem hat mein Chef mich gebeten ... Ich hoffe aber wirklich, dass dieser Fall bald aufgeklärt ist.«

»Okay.« Langsam beruhigte sich seine Frau. »Du kannst von Glück sagen, dass ich hier noch viele Bekannte habe, die ich besuchen kann, mal ganz abgesehen von Sandra und Michael, nur ist der logischerweise auch mit den Todesfällen beschäftigt. Der Urlaub wird aber nachgeholt. Vorzugsweise am anderen Ende der Welt. Osterinseln, würde ich vorschlagen.«

Hinter ihr tauchte Sandra Röder auf und schwenkte eine Kanne. »Darf ich euren Versöhnungsplausch unterbrechen und eine Tasse Kaffee anbieten? Michael und Broer kommen auch sofort.«

»Okay«, sagte Wiebke Kleemann. »Lass uns in die Küche gehen und den weiteren Tag planen, dann können die Männer ihrer Lieblingsbeschäftigung nachgehen.«

»Ob das so ein toller Job ist, Tote zu sehen und Verbrechern hinterherzujagen, weiß ich nicht«, antwortete die Frau des Inselpolizisten skeptisch. »Aber unsere Männer haben sich ihren Beruf selbst ausgesucht. Also muss was dran sein. Vielleicht werden sie es irgendwann schaffen, uns zu überzeugen. Noch kann ich an der unregelmäßigen Arbeitszeit, der nicht eben üppigen Bezahlung und den Überstunden nichts Attraktives finden.«

Eine ganze Weile blieben Arndt Kleemann und seine Kollegen verblüfft und still auf dem Sofa sitzen. Dann sagte Michael Röder: »Sandra, ich glaube, dass du das jetzt nicht ernst gemeint hast, oder? Ohne uns und unsere Kollegen wäre die Welt doch ein einziges Chaos. Die Menschheit kann nur mit Gesetzen in Zaum gehalten werden. Gesetze, deren Einhaltung wir kontrollieren müssen. Und wenn Einzelne diese Regeln nicht einhalten, müssen sie bestraft werden. So einfach ist das.«

»Ja, so einfach ist das«, bekräftigte Arndt Kleemann, und Broer Voss nickte. »Was uns wieder zum Grund unserer Zusammenkunft führt«, wandte Kleemann sich seinen Kollegen zu.

»Wink mit dem Zaunpfahl nennt man das, glaube ich, in Fachkreisen«, ließ sich Wiebke Kleemann vernehmen. »Wir haben verstanden. Komm, Sandra, wir gehen zum Strand …«

»Ob der Tod des alten Claassen etwas mit der Leiche an der Strandmauer zu tun hat?«, überlegte Broer Voss laut. »Ich kann allerdings im Moment überhaupt noch keinen Zusammenhang entdecken.«

»Keine Ahnung«, sagte Kleemann, »aber es ist schon seltsam, dass zwei Tote so kurz hintereinander auf der Seeseite der Insel auftauchen. Wir müssen jetzt erst einmal abwarten, was die Obduktion bei dem jungen Mann ergibt. Ich werde mich gleich mal mit meinem

Chef in Verbindung setzen, und hören, ob die Kollegen am Festland schon mit der Identifizierung weitergekommen sind.«

Michael Röder stand auf. »Vielleicht hat Okko Nammen sich von seinem Schock etwas erholt und ist jetzt etwas gesprächiger. Könnte sein, dass ihm noch was einfällt zu der Geschichte mit Hinnerk.«

»Warte mal.« Arndt Kleemann nahm das Foto, das vor ihm auf dem Wohnzimmertisch lag. »Wollte nicht Frau Tarmstedt kommen und sich das Bild von dem Toten ansehen?« Im gleichen Moment hörten sie das Telefon im Dienstraum.

Michael Röder ging raus und kam kurz darauf kopfschüttelnd wieder rein. »Fehlanzeige. Sie hat gerade angerufen. Ihr Freund ist wieder aufgetaucht.«

»Na dann auf ein Neues«, antwortete Broer Voss. »Da bleibt uns nur das Motto: abwarten und die Ordnung auf dieser Insel sicherstellen.«

*

Ein Kamin mit blau-weißen Delfter Kacheln bestimmte die Atmosphäre in Heidis Wohnzimmer. Darum herum war eine hellbeige Couchlandschaft aufgebaut, die in ihrer Gemütlichkeit nach kalten Winterabenden nahezu schrie. Antiquitäten wechselten sich in den Vitrinen aus heller Eiche mit Stücken der Modernen Kunst ab und bewiesen lebhaft, dass verschiedene Stilrichtungen, gekonnt platziert, einander nicht störten, sondern ergänzten.

In einem Erker, vor einem großen Rundfenster, das den Blick auf die Dünen freigab, stand auf einem mit Papieren übersäten Schreibtisch Heidis Computer. Heidi stellte ihn an und während er hochfuhr, sagte sie: »Ich bin gespannt, was uns das Ding verrät. Willst du dich daran versuchen? Du findest sicher viel schneller die passende Stelle. Ich hole uns derweil eine Flasche Mineralwasser.«

Lena nickte und gab das Stichwort ›Herbstzeitlose‹ ein. Sie war erstaunt, wie viel Beiträge es im Internet zu dieser Pflanze gab. Selbst Krimiautoren war die Pflanze als lebensgefährlich bekannt. Lena rief die Seiten von ›Botanikus‹ auf, schaute in der Rubrik ›giftige Pflanzen‹ nach und sah mit großem Erstaunen, wie viele gefährliche Blumen und Sträucher es gab. Fingerhut, Eisenhut, Kirschlorbeer, und – da war sie, die Herbstzeitlose.

»Heidi, guck dir das an«, rief Lena Heidi zu, die mit einer Flasche und zwei Gläsern aus der Küche kam. »Der Garten meiner Oma ist eine einzige Giftfalle!« Sie starrten entsetzt auf die Informationen, die der Computer ihnen anbot.

Als sie die Abbildung mit den Blüten der Herbstzeitlosen genauer betrachteten, sagte Heidi aufgeregt: »Die wachsen doch auf der Liegewiese. Ich habe immer gedacht: Seltsam, dass im Herbst diese großen Krokusse bei deiner Oma wachsen, und habe das ihrem grünen Daumen zugeschrieben. In Wirklichkeit sind das überaus giftige Pflanzen. Ich fasse es nicht. Und deine Oma muss das gewusst haben. Schau mal, hier steht, dass sie ähnlich wie Bärlauch schmecken. Na, da passen sie bestens in den Kräuterquark.« Erschrocken schaute Heidi Lena an. »Tut mir leid, das ist mir einfach rausgerutscht. Aber ich verstehe wirklich nicht, warum Gerdje die Herbstzeitlose auf der Liegewiese ungehindert wachsen lässt, obwohl sich dort auch ihre Gäste aufhalten. Ich verstehe es einfach nicht.«

Auch Lena konnte es nicht begreifen. Sie schlug die nächste Seite auf und erstarrte. »Es ist noch nicht zu

Ende. Da schau mal. Eibengewächse, auch Taxus genannt. Das ist genau die Pflanze, mit der Omas Garten eingefasst ist. Was steht dort? Nadeln und Samen sind hochgiftig. Es kommt bei Verzehr zu Erbrechen, Durchfall und Herzstillstand. Genau wie bei der Herbstzeitlosen. Das Gift heißt Taxin und ist extrem wirksam.« Lena schaltete den Computer aus. »Komm, lass uns zurück in den Garten gehen. Wir müssen die Pflanzen aus der Liegewiese entfernen, bevor tatsächlich ein Unglück geschieht.«

Heidi nickte. »Ich hole noch eben meine Gartenhandschuhe. Für dich auch ein Paar. Wir sollten das Giftzeug nicht mit bloßen Händen anfassen.«

Die beiden liefen so schnell sie konnten zurück und atmeten erleichtert auf, als sie sahen, dass die Liegewiese verlassen dalag. Heidi nahm die kleine Schaufel aus dem Eimer, den sie zu Hause vorsorglich mit allerhand Gartengeräten gefüllt hatte.

»Schau dir das an«, sagte Lena, »hier wächst tatsächlich jede Menge davon. Das ist mir bisher nie aufgefallen. Vielleicht war ich eher zu Jahreszeiten auf der Insel, in denen die Blume gar nicht geblüht hat. Außerdem, warum sollte es mir auffallen? Bis gestern war es für mich ein Gewächs wie jedes andere. – Schau mal«, Lena ging in die Hocke, »hier hat jemand etwas ausgegraben. Ob Oma hier eine Zwiebel für Opas Quarkbrot ...?! Gib mir die Schaufel. Das Zeug muss so schnell wie möglich weg hier.«

In kurzer Zeit grub Lena die Pflanzen mit ihren violetten Blüten aus und klopfte die entstandenen Löcher entschlossen mit der Rückseite der kleinen Schaufel zu. Heidi entfaltete einen Biomüllsack und warf die Herbstzeitlosen hinein. »Schade«, sagte sie. »Wenn die Dinger nur nicht so giftig wären. Sie sahen richtig hübsch aus auf dem Rasen.«

»Hör bloß auf, ich bin heilfroh, dass sie weg sind. Die Hecke können wir natürlich nicht so leicht entsorgen, dafür ist sie zu hoch.« Lena schaute zum Taxus, der den Garten auf allen Seiten einschloss. »Das sind ja mindestens drei Meter bis zur Spitze. Um die Sträucher hier rauszubekommen, müsste man, glaube ich, erst einmal alle absägen und dann die Wurzeln ausgraben. Das ist Männerarbeit. Außerdem sollten wir zuerst mit Oma darüber sprechen. Ich kann mir zwar nicht vorstellen, dass sie etwas dagegen hat, wenn wir ihr das richtig erklären, aber wer weiß, vielleicht benötigt sie ja die Samen und Nadeln noch für ihre Giftküche!«

Heidi verschnürte den Müllsack und sagte nachdenklich: »Glaubst du eigentlich wirklich daran, was sie im Krankenhaus gesagt hat?«

»Normalerweise würde ich die Geschichte für hirnverbrannten Blödsinn einer verwirrten alten Dame halten, aber wir haben die Pflanzen. Das ist der Beweis, dass meine Oma eine Giftmischerin ist, oder?« Lena stand mit verschränkten Armen vor Heidi und ihren Augen blitzten zornig.

»Aber wenn deine Oma behauptet, sie hätte ihn vergiftet, dein Opa aber gar nichts davon im Körper hatte, als er starb, was ist dann um alles in der Welt mit dem Quarkbrot passiert?«, wunderte sich Heidi. »Warte mal, da fällt mir etwas ein. Wo ist eigentlich die Wippe von deinem Opa? Hat die jemand vom Strand mitgebracht, und wenn ja, wer? Liegt da eventuell noch das Brot drin? Hatte er das noch gar nicht gegessen, als er bewusstlos geschlagen wurde?«

»Du meinst, dass die anderen Täter meiner Oma

zuvorgekommen sind? Ach du liebe Güte, dann meint sie nur ... aber sie ist gar nicht ... also die anderen waren einfach schneller, so dass ihr Quarkbrot gar nicht mehr ...?« Lena schüttelte es. »Aber trotzdem. Sie hat es gewollt. Und das zählt. Nichts anderes.«

»Lena, nun beruhige dich erst einmal.« Heidi hatte Lena in den Arm genommen. »Lass uns überlegen. Wo könnte die Wippe sein? Hinter eurem Haus? Oder bei Okko? Hat der sie vom Strand mitgebracht? Komm, wir gehen rein und rufen ihn an.«

Sie suchten ihre Sachen zusammen und gingen ins Haus. Als Lena am Wohnzimmer vorbeikam, fiel ihr Blick auf das Bild, das über dem Sofa an der Wand hing. Noch so ein ungelöstes Rätsel, dachte sie. Darüber werde ich noch mit Oma reden müssen. Aber jetzt will ich erst einmal Okko anrufen. Sie griff zum Telefon und wählte.

»Ja, wer ist da?«, tönte es ihr vom anderen Ende entgegen.

»Lena Schirrmacher, die Enkeltochter von Claassens«, sagte Lena.

»Hier ist Olga«, sagte die schrille Stimme. »Ach du min lev Kind. Heb ik dat nich immer seggt, dass geiht nich gut, wenn dien Opa den Flakstand aufgibt. Nu hat er den Salat, nu hat ihn der Schlag getroffen.«

Lena merkte, dass sie mit ihrem Telefonat einen Fehler gemacht hatte. »Frau Nammen«, schrie sie, um den Redefluss zu unterbrechen, »ist Ihr Mann zu sprechen?«

Olga Nammen stockte kurz und sagte dann: »Nein, der is jümmers unnerwegens. Aber er mut glieks na Hus kommen, dann gifft dat wat to eten. Ich segg hum, dat he anropen sall. Ach nee, wat is dat allens eine Tragik. Wenn ik noch wat für Sie maken kann, dann müssen Sie mir dat seggen ...«

Mit einem lauten »Danke« legte Lena auf und atmete tief durch. »Das nächste Mal rufst du an«, rief sie in die Küche, in der sie Heidi vermutete.

Plötzlich fiel ihr Inga ein. Was hatte sie wohl bei der Polizei erreicht? Lena hoffte so sehr, dass es sich bei dem Toten nicht um Ingas Freund handelte. Aber wie die Sache auch ausgegangen war – sie war sich sicher, bald von ihr zu hören.

*

Inga und Fynn saßen immer noch mit Wolfgang Meyer in seiner Laube und fachsimpelten. Er erzählte ihnen, wie es mit seiner Bildhauerei angefangen hatte, und die beiden berichteten von ihrem Leben in Worpswede, dem Stipendium und dem Gefühl, Teil der Künstlerkolonie dort zu sein.

»Leider werden wir die letzten Stipendiaten sein, die in den Ateliers am *Barkenhoff* wohnen werden«, sagte er bedauernd. »Das Land Niedersachsen hat die Fördergelder nach Lüneburg vergeben.«

Auch das Erlebnis, an jedem Wochenende von Bussen mit Touristen aus ganz Europa im übertragenen Sinne überrollt zu werden, versuchte Fynn ihm mit drastischen Worten näherzubringen. »Allerdings sind *mandags* fast alle Geschäfte in Worpswede geschlossen«, beendete er seine Geschichte. »Diesen Tag benötigen die Einheimischen dringend, um sich vom Wochenende zu erholen.«

Wolfgang Meyer lachte. »Was sollen wir denn sagen? Wir haben acht Monate im Jahr täglich mit Gästen zu tun. Und ich muss sagen, das ist gut so. Sonst könntest du die Insel hier nämlich dichtmachen. Wovon sollten wir denn sonst leben? Mir wäre es sogar lieber, wenn wir einen Ganzjahresbetrieb aufbauen könnten, aber dafür fehlt es bei den meisten noch an der Einsicht. Oder an der Lust. Oder an zündenden Ideen und einer starken Persönlichkeit, die es schafft, diese Ideen mit den Insulanern umzusetzen. Was weiß ich. Ich weiß nur, dass es hier bis jetzt einfach nicht geklappt hat. Das Bad mit dem großen Saunabereich hatte viele Jahre im Winter geschlossen, Geschäfte ebenso und die meisten Häuser und Hotels auch. Mit anderen Worten: Infrastruktur gleich null. So konnte man einfach keine Gäste auf die Insel locken. Nur zwischen Weihnachten und Silvester tobt hier der Bär. Danach wird es bis Ostern wieder ganz ruhig. Neuerdings ist jedoch das Bad wenigstens auch im Frühjahr geöffnet. Vielleicht zeigt das ja irgendwann Wirkung. Denn Maria und ich freuen uns auch im Winter über Gäste. Wenn sich tatsächlich mal welche hertrauen, machen wir es denen auch richtig gemütlich. Mit Glühweinabenden und so weiter. Apropos Glühwein, darf ich euch etwas anbieten?« Wolfgang Meyer schaute auf die Uhr. »Ist jetzt gerade die richtige Uhrzeit.«

Inga winkte ab. »Erstens ist für Glühwein nicht die passende Jahreszeit, und zweitens wollen wir einen Spaziergang machen, damit Fynn die Insel kennenlernt.«

Fynn nickte und stand auf. »Mir bleibt wohl nichts anderes übrig, obwohl ich mir den Tag bei dir hier mit ein *lille drik* ganz kuschelig vorstellen kann. Aber ich will Inga nicht schon wieder ärgern. Komm«, er nahm Ingas Hand und zog sie zur Tür, »zeig mir deine Insel.«

Im Rausgehen drehte Fynn sich noch einmal um und sagte zu Wolfgang Meyer, der sich schon wieder einem knorrigen Holzstück zugewandt hatte, das auf seiner Arbeitsplatte lag: »Wichtig ist, dass man sich abhebt von anderen. Besonders ist. Nur so kann man für sich werben. Die Worpsweder hatten halt das Glück mit ihren

Malern. Sonst wäre der Ort heute ein Bauerndorf wie jedes andere. Ob diese Entwicklung, wie sie heute ist, nun von Vorteil oder Nachteil ist – keine Ahnung. Ich jedenfalls wünsche mir manchmal etwas mehr Ruhe. Aber spätestens zu Hause in Kokhave werde ich wieder mehr als genug davon haben.«

Inga schluckte. Zu Hause in Kokhave. Wie das klang. So endgültig. Als ob er seine Zukunft ganz und gar ohne sie plante. Aber warum sollte er das nicht? Es war schließlich nicht so, dass sie in den letzten Monaten das innigste Liebespaar der Welt gewesen wären. Trotzdem. Es wäre ihr lieber gewesen, wenn sein Satz kein ›werde ich‹, sondern ein, nun ja, ein vorsichtiges ›werden wir‹ enthalten hätte. Egal.

Sie zog ihre Regenjacke über, die sie beim Reinkommen im Flur über das Treppengeländer gelegt hatte, und bereitete sich auf ihre Mission als Fremdenführerin vor. »Wir werden als Erstes die Aussichtsdüne besteigen, da haben wir einen prima Überblick. Außerdem kann man von dort in den Garten von Lenas Großmutter schauen. Was es damit auf sich hat, erkläre ich dir. Hinterher machen wir einen Rundgang zum Westdorf. Und wenn dann noch genügend Zeit ist, darfst du dir aussuchen, ob du dem Heimatmuseum einen Besuch abstatten willst oder lieber einen Happen essen möchtest. Hinterher sollten wir unbedingt bei Lena vorbeischauen.«

»Damit wäre der Tag bis zum Abend ausgefüllt, wenn ich das richtig sehe«, stöhnte Fynn. »Also los. Lass uns mit dem Aufstieg beginnen.«

Während des Spaziergangs erzählte Inga Fynn fast alles, was sich während ihres Aufenthaltes zugetragen hatte. Fast alles. Den Abend im *Kiek rin* und ihr Treffen mit Birger, dem Ranger, in den Dünen hielt sie nach kurzem Überlegen nicht unbedingt für erwähnenswert. Es gab schließlich andere, aufregendere Dinge zu berichten. Außerdem hatte Fynn sie zu Beginn ihres Spazierganges fest in den Arm genommen und seitdem nicht wieder losgelassen. Und die Änderung dieses Zustandes wollte sie unter gar keinen Umständen riskieren.

»Hast du denn außer dem Bild bei Lena noch andere von deinem Lieblingsmaler gefunden?«, fragte Fynn.

»Nein, Fehlschlag auf der ganzen Linie. Aber Lena wird ihre Oma sicher noch einmal nach dem Bild fragen, sobald es möglich ist.«

Inzwischen war die Sonne wieder hinter den Wolken hervorgekommen und schickte ihre Strahlen von einem kräftig blauen Himmel. Nur ein paar vereinzelte Schäfchenwolken erinnerten daran, dass es ein paar Stunden zuvor nach kräftigem Regen ausgesehen hatte. Inga zog ihre Jacke aus und verknotete die Ärmel um ihre Hüfte. »Schau mal, bei *Charly* ist draußen noch ein Tisch frei. Was hältst du von einem Stück Kuchen?«

Fynn nahm das Angebot sofort dankend an, und schon bald hatten sie jeder ein großes Stück Torte vor sich stehen.

Inga schaute über die Straße auf die Auslage des kleinen Modegeschäftes. »Du, da gehen wir gleich rein. Ist mir bisher gar nicht so aufgefallen, aber die haben echt tolle Sachen.«

»*ModeMövchen*, der Name passt hierher«, lachte Fynn. »Solange die Möwe nicht auf die neu erworbenen Klamotten schittert.«

Inga lachte. »Na, das ist dann doch ein guter Grund, sich gleich neue zuzulegen. Schau mal, der gelbe Pulli, der ist wie gemacht für mich. Den muss ich mir aus der Nähe ansehen.« Sie stand auf und wollte gerade die Straße überqueren, als sie Karsten, Leonard und Manfred näher kommen sah. Manfred humpelte immer noch ein wenig. Die drei wurden von einem Mann und einer jüngeren Frau begleitet.

Die Gruppe machte nicht gerade einen fröhlichen Eindruck. Karstens Blick war missmutig auf die Straße gerichtet, und Leonard schaute stur geradeaus. Nur auf Manfreds Gesicht sah sie ein kleines Lächeln des Erkennens, das aber sofort erlosch, als er bemerkte, dass die junge Frau misstrauisch seinem Blick zu Inga folgte. Wortlos verschwanden die fünf aus ihrem Blickfeld.

Inga fragte sich, was dieses Theater sollte. Durften der fremde Mann und die junge Frau nichts von ihrer Bekanntschaft mit den Jungs wissen? Und wo war Bernd? Sie schaute zu Fynn und stellte fest, dass er intensiv mit seinem Stück Kuchen Zwiesprache hielt und somit von dem ganzen Vorfall nichts mitbekommen hatte. Selbst wenn, hätte er nur eine Gruppe Menschen bemerkt, die an ihrem Tisch vorübergegangen war. Sie beschloss, ihm nichts zu erzählen und ihre Verwunderung für sich zu behalten. So vermied sie es auch, seine Eifersucht erneut auf die Probe zu stellen, was für die derzeitige Harmonie zwischen ihnen sicher besser war. Inga richtete ihre Aufmerksamkeit statt auf die Jungs jetzt lieber auf das gelbe Schmuckstück im Schaufenster des *ModeMövchens*.

*

Heidi erschrak und trat kräftig in die Fahrradbremse. Ein Fasan hatte es sich mitten auf der Straße gemütlich gemacht und pickte sorglos an einem halben Apfel herum. »Willst du unter die Räder geraten, oder was?«, rief sie und nahm wieder Fahrt auf. Aber erst, als sie nur noch einen knappen Meter von dem Vogel entfernt war, bequemte er sich, auf den Grünstreifen rechts neben dem Weg auszuweichen. Sie mochte Fasane, besonders die Männchen mit ihrem bunt glänzenden Gefieder, aber im Moment war sie mit einer wichtigen Fracht unterwegs, die sie möglichst schnell zu Lena bringen wollte.

Nach dem Anruf von Okko hatte Lena sie gebeten, die Wippe von Nammens abzuholen. »Ich halte das Gesabbel von Frau Nammen einfach nicht aus«, hatte sie gesagt. »Du kannst damit bestimmt besser umgehen. Du kennst die Frau schließlich schon etwas länger.«

Allerdings war Olga erstaunlich zurückhaltend gewesen, als Heidi dort angekommen war. Nur ein »Ik glööv, die Welt wird immer schlechter« hatte sie gemurmelt, als Okko die Wippe an Heidis Fahrrad befestigt hatte. Auch Okko hatte nicht viel gesagt, aber das war nicht weiter ungewöhnlich.

Heidi mochte nicht auf die Ereignisse am Strand zurückkommen und hatte sich gleich darauf verabschiedet. Okko hatte ihr versprochen, auch Hinnerks Fahrrad in den nächsten Tagen vorbeizubringen.

Bald hatte sie das Kiefernwäldchen hinter sich gelassen. Als sie auf der Höhe des Wasserwerkes war, sah sie Lena auf der Straße stehen. »Na, auf wen wartest du denn?«, rief Heidi, als sie vom Fahrrad stieg.

»Auf dich, wenn's recht ist«, sagte Lena lächelnd. »und auf den Inhalt der Wippe. Komm, wir bringen alles hinters Haus, da sind wir ungestört.«

Sie gingen auf dem schmalen Klinkerpfad am Garten vorbei zur Rückseite der Pension und begannen dort, den Handwagen auszupacken. Etliche salzwassergetränkte und von Holzwürmern zerfressene Planken landeten auf dem Bretterstapel, der in den letzten Jahren mit der Sammelwut des alten Mannes zu einer erstaunlichen

Höhe angewachsen war. Einige ausgewaschene, zerfledderte Plastiktüten legte Heidi beiseite, um sie später im Restmüll zu entsorgen. »Schau mal, Lena, hier kann man noch einen französischen Aufdruck erkennen. *Merci pour votre achat.*« Belustigt hielt Heidi die Reste einer großen, grünen Tüte hoch. »Was die wohl alles schon erlebt hat?«

Aber Lena hatte keine Augen für das Fundstück. Sie hielt drei unscheinbare in graue Plastikfolie fest eingepackte Teile in der Hand, deren Form an überdimensionierte Schokoladentafeln erinnerte. »Was alles so im Meer rumtreibt«, wunderte sie sich. »Weißt du, was das sein könnte?«

»Keine Ahnung«, erwiderte Heidi. »Leg es doch erst zur Seite. Wir können uns das nachher in Ruhe in der Küche ansehen.« Lena nickte und wieder flogen ein paar kurze Stämme auf den Haufen aus Holz.

»Ich hab sie.« Aufgeregt hielt Lena die Aktentasche ihres Großvaters hoch.

»Los, sieh nach«, sagte Heidi gespannt.

Mit zitternden Händen versuchte Lena, die Laschen der alten braunen Aktentasche aus den verrosteten Hakenschnallen zu ziehen. »Da, da ist die Frühstücksdose.« Vorsichtig, fast als wäre der in all den Jahren schon reichlich mitgenommene Metallbehälter zerbrechlich, zog sie die Dose aus der Tasche und öffnete sie. Ein muffiger Geruch schlug ihr entgegen, als sie sich den Inhalt näher ansah. »Es ist da noch drin«, sagte sie leise und streckte Heidi ihren Fund entgegen.

Die zwei Scheiben Graubrot wiesen bereits einige grüne Schimmelflecke auf. Sie wurden zusammengehalten durch eine dicke Schicht Quark. Kräuterquark.

»Bloß weg damit«, sagte Lena, aber Heidi schüttelte den Kopf.

»So einfach geht das nicht. Das muss gut überlegt sein. Wir gehen jetzt in die Küche und machen uns einen Tee. Nimm du die Aktenasche samt Inhalt, und ich bringe diese komischen Platten mit. Dann überlegen wir genau, wie wir mit unserem Fund umgehen.«

*

»Was war das gerade? Kanntet ihr die Frau?« Siggi hatte sich vor Leonard aufgebaut und schaute ihn herausfordernd an.

»Du weißt doch, Frauen interessieren mich nicht«, sagte er leise.

»Ach Quatsch, was von Frauen wollen und Frauen kennen ist doch wohl ein himmelweiter Unterschied. Los, red schon. Woher kennt ihr sie?«, schrie Siggi.

»Wir haben sie halt kennengelernt.« Leonard hatte Schwierigkeiten, die richtigen Worte zu finden. Einerseits wollte er mit seiner Sorge wegen Inga nicht hinter dem Berg halten. Andererseits wollte er aber auch nicht, dass der Boss Siggi auf sie ansetzte. Lieber würde er das Problem selbst aus dem Weg räumen. Das wäre definitiv besser für Inga und außerdem würde es sein Ansehen beim Boss nur steigern. Was sich wiederum in blanker Münze auszahlen würde. Hoffentlich. »Schließlich hat dein Vater gesagt, wir sollen Kontakte knüpfen. Jetzt haben wir Kontakte geknüpft, und nun ist es auch wieder nicht richtig.«

»Ihr seid so dämlich, das ist unbeschreiblich.« Siggi schüttelte den Kopf. »Ihr sollt Kontakte zu den Jungs und Mädels knüpfen, die hier abends auf die Piste gehen. Die einem kleinen psychedelischen Erlebnis nicht abgeneigt sind, oder? Und nicht zu so einer Tussi, der man meilenweit die etablierte Langeweile ansieht.«

»Wir wollten auch gar nicht, aber Bernd ...«, protestierte Karsten, wurde aber sofort von seinem Chef unterbrochen.

»Jetzt, wo du es sagst, wo ist denn nun Bernd? Ich will ihn sofort hier sehen!«

Karsten nickte. »Er wird bestimmt gleich ...«

Er wurde von Siggis schneidender Stimme übertönt. »Noch einmal zurück zu unserer Problemtussi. Wie nahe kennt ihr sie nun wirklich? Los, Manfred, erzähl, oder soll ich dir auf die Füße treten? Im wahrsten Sinne des Wortes? Könnte schmerzhaft werden.« Langsam näherte sich Siggis dunkel-lila Pumps mit dem kleinen, aber spitzen Absatz der ausgelatschten Sandalette, die Manfreds schmutzige Zehen nur notdürftig bedeckte.

»Wir haben einen mit ihr getrunken, und sie hat uns gesehen, bei der Suche nach der Ware.« Manfred blickte die anderen missmutig an. »Mehrmals. Außerdem ist sie in dem Haus gewesen, wo der Alte wohnt, den es erwischt hat. Und bei der Polizei. Ich habe sie in den Dünen überrascht. Fast hätte es geklappt, und ich hätte sie aus dem Verkehr gezogen. War 'ne richtig gute Gelegenheit. Also, ich meine, ihr einen Schreck einzujagen, dass sie abhaut, oder so. Aber dann lag da diese blöde Muschel.«

»Zwei Dinge sind klar. Erstens, ich habe es mit einer Bande von Idioten zu tun.« Siggis Stimme hatte einen drohenden Ton angenommen. »Und zweitens, sie hat euch definitiv einmal zu oft gesehen. Sie kennt eure Gesichter und wird jedes Treffen mit euch genauestens den Bullen beschreiben, sobald auch nur irgendeine Verbindung zwischen eurer Suche am Strand und anderen unerklärlichen Ereignissen hier hergestellt wird. Mit anderen Worten: Ihr habt so ziemlich die größte Scheiße gebaut, die man sich vorstellen kann!«

Leonard konnte förmlich spüren, wie Siggi in ihrer Rolle als große Anführerin aufging.

»Nun mal Ruhe, meine Herrschaften«, sagte der Boss. »Sigrid, du hältst jetzt die Klappe. Wir gehen in die Wohnung und ich sage euch, wie es weitergeht. Eben, in diesem Kiosk, da hatte ich wegen der vielen Gäste ja leider keine Gelegenheit. Und glaubt mir, da will was raus, und das mit Macht.«

Erstaunt blickte Leonard seinen Boss an. Der hatte ›Sigrid‹ gesagt. Obwohl er wusste, dass sie diesen Namen hasste wie die Pest. Und er hatte ihr den Mund verboten. Das war noch nie passiert. Er schien ganz schön unter Druck zu stehen. Und das war kein gutes Vorzeichen.

Leonard hoffte immer noch, dass sie den Job, den der Boss ihnen aufgetragen hatte, irgendwie erfolgreich zu Ende bringen würden. Er brauchte einfach das Geld. Trotzdem: Wenn er ganz ehrlich mit sich selbst war, sah er kaum eine Chance, die restlichen Haschischplatten am Strand zu finden. Und dann auch noch zu verkaufen. Aber noch war er bereit zu tun, was Edgar ihm auftrug. Er hatte sich in den letzten Monaten so weit aus dem Fenster gehängt mit dem, was er zu ›erledigen‹ bereit war, wie der Boss es nannte, da kam es auf einen weiteren Auftrag auch nicht mehr an.

Sie liefen über den Rathausplatz und in bedrohlichem Schweigen die Stufen zur *Villa Christine* hoch. In der Wohnung angekommen, suchten sie vier Stühle zusammen und setzten sich um einen kleinen runden Tisch. Leonard wusste, dass jetzt der ungemütliche Teil des Treffens begann. Vorhin, im *Verhungernix*, waren sein Boss und Siggi noch einigermaßen erträglich gewesen, aber jetzt kam der Anschiss. Das war klar.

»So, Manfred, nun komm du mal her und bring gleich

die vielen, vielen Platten mit, die ihr wiedergefunden habt. Du siehst, ich rede auch ganz langsam und einfach mit dir, damit du mich auch gut verstehst.«

In Leonard stieg Wut hoch. Warum musste sich der Boss immer Manfred vornehmen? Karsten war der Anführer, und der hatte die Sache versaut!

Langsam stand Manfred auf. Sechs Tafeln hatten sie gefunden, die er nun seinem Boss bringen musste. Sechs von siebzehn. Leonard ahnte das Gewitter bereits, als Manfred mit hängendem Kopf aus der Küche kam, in der Hand die magere Ausbeute. »Hier«, murmelte er. »Mehr haben wir nicht.«

»Das ist alles?«, hörte Leonard den Boss ungläubig flüstern.

Dann folgte wieder Schweigen. Unerträgliches Schweigen, gefolgt von einem lauten Krachen. Manfred und Leonard zuckten zusammen. Edgar war mit hochrotem Gesicht aufgesprungen. Hinter ihm lag die Couch, die er mit unbändiger Kraft umgestoßen hatte. Die Rückenlehne war dabei in zwei Teile geborsten. Komisch, dachte Leonard, was für Kleinigkeiten einem so auffallen, obwohl einem das Wasser bis zur Halskrause steht.

»Wo, meine Herrschaften, sind die restlichen Päckchen? Es ist doch nicht wirklich wahr, dass ihr euch hier tagelang 'nen Lenz macht, und ich bekomme sechs lausige Pakete zurück? Wisst ihr, was so was kostet? Na klar wisst ihr das. So blöd seid ihr nun auch wieder nicht.«

Leonard sah den Boss auf sich zukommen und wünschte sich nichts sehnlicher, als dass der Mann vor Aufregung mit einem Herzinfarkt zusammenbrechen würde.

»Habt ihr den Rest verscheuert? Selbst in die Tasche gesteckt? Nun sagt schon, wo ist das Zeug? Oder die

Knete dafür? Oder ist vielleicht dieses Mädchen näher an euer Geheimnis rangekommen, als euch lieb sein konnte? Hat sie zwei und zwei zusammengezählt und konnte einfach besser suchen als ihr Idioten? Hat die jetzt mein schönes Geld in der Tasche?« Durchdringend schaute der Boss ihn an, bevor er sich Manfred und Karsten zuwandte.

Manfred zitterte. Kleine Schweißperlen standen auf seiner hochroten Stirn. »Kann ja sein, dass der alte Mann das eingesteckt hat«, sagte er mühsam und klammerte sich an den Wohnzimmertisch.

»Wenn ihr mir nicht auf der Stelle genau erzählt, welcher alte Mann unsere Platten eingesteckt haben soll«, schrie der Boss, »dann werde ich dich höchstpersönlich auf der Hochseelinie über Bord schmeißen, also los jetzt!«

Manfred schaute zu Karsten, aber der sagte kein Wort. Er schluckte, dann begann er leise: »Also das war vorgestern. Noch ziemlich früh. Wir waren am Strand und haben gesucht. Da kam dieser alte Mann mit seinem Fahrrad und so einem Anhänger dahinter. Ständig hat der sich gebückt und Holz und andere Sachen, die da rumlagen, in den Anhänger getan. Und als wir ganz dicht dran waren, haben wir gesehen, dass er eine von unseren Tafeln in der Hand hatte. Wir haben ihm dann gesagt, dass das unsere sind und wir die wiederhaben wollen. Aber er hat sich geweigert.« Manfred holte tief Luft.

»Und dann, und dann?« Der Boss fuchtelte inzwischen mit der Faust vor Manfreds Gesicht herum.

»Dann hat er sich immer noch geweigert, und Bernd hat ihn dann geschubst. Ein paarmal. So mit der Faust vor die Brust. Aber das hat auch nichts geholfen. Dann hat der Opa angefangen zu schreien. Da hat Karsten

Bernd zur Seite gestoßen und den alten Mann geschlagen.« Leonard sah, wie Manfred hilflos zu ihm herüberblickte. Er wandte sich ab und hasste sich dafür.
»Und dann ist der Knacker plötzlich umgefallen«, sagte Manfred. »Und wir sind abgehauen. Aber die Tafel haben wir ihm vorher noch weggenommen«
»Habt ihr zufällig auch noch mehr bei ihm gefunden?«
Leonard hatte das Gefühl, dass der Boss seine Sätze vor lauter Wut Buchstabe für Buchstabe zusammensetzen musste. Und dass sie alle hier in diesem Wohnzimmer kurz vor einem Ereignis mit der Wucht eines Vulkanausbruchs standen. Nur Karsten machte ein Gesicht, als ob ihn die ganze Geschichte nicht das Geringste anginge. In diesem Moment hätte er ihn am liebsten geschlagen. Mitten in seine unbeteiligte Fresse.
»Nein, wir mussten dann doch abhauen, weil da noch einer kam mit so'n Ding hinterm Rad«, beeilte sich Manfred zu sagen. »er war zwar noch ziemlich weit weg, kam aber immer näher.«
»Wie hieß der Mann, den ihr niedergeschlagen habt?«
»Keine Ahnung«, antwortete Manfred und Leonard hoffte, dass der Boss den Jungen endlich in Ruhe lassen würde.
»Leonard, du schaffst mir die Frau vom Hals, aber gründlich. Manfred besorgt mir die restlichen Platten. Und du, Karsten, bringst es fertig, dass ich endlich Bernd hier vor mir sehe!«
Sie standen auf, und im Rausgehen hörte Leonard Siggis durchdringende Stimme: »Na, ob unsere kleine Leoniemaus damit nicht überfordert ist? Ich sollte besser mitgehen.«
Die Antwort ihres Vaters wartete er nicht ab.

*

Jetzt war er schon viereinhalb Wochen auf dieser Insel, und er stellte fest, dass diese Zeit mit zu den intensivsten Eindrücken seines Lebens gehörte. Die Menschen, die er kennengelernt hatte – sofort stieg ihm der imaginäre Teeduft aus der Eversschen Küche in die Nase –, die Wetterkapriolen, die ihm der Dezember geboten hatte, die unendliche Weite der Dünen und die kleinen, geduckten Insulanerhäuser mit den Fahnenmasten vor der Tür, all das hatte sich in ihm zu einem einzigartigen Erlebnis verwoben. Dies hatte er seinem Freund und Mentor Hans am Ende vor einiger Zeit nach Worpswede geschrieben. Und nun das!

Walter Bertelsmann saß wieder einmal unterhalb der Palisadenwand auf einem Stein und betrachtete das Wasser, das langsam ausrollend auf den Strand lief. Die Sturmflut war vorbei, und wenn er nicht mit eigenen Augen gesehen hätte, wie viel Sand durch die ungeheure Kraft des Meeres vom Strand abgetragen worden war, dann hätte er bei dem Anblick dieser friedlichen, harmlosen Wellen niemals geglaubt, welche Energie in den Wogen der aufgewühlten Nordsee gesteckt hatte. Die Sonne machte einen zaghaften Ansatz, ein paar Strahlen zwischen dunklen Wolken hindurchzuschieben. Ein kalter Ostwind rüttelte an den Jackenärmeln des Malers.

Die wollen tatsächlich kommen, wunderte er sich. Jetzt, so kurz vor Weihnachten. Wieder entfaltete er den Brief, den der Postvorsteher Cassen Eilts ihm soeben in die Hand gedrückt hatte. Noch einmal las er den Text und konnte es wieder nicht fassen.

»Lieber Freund, Ihr Brief hat hier in unserer kleinen Kolonie große Aufmerksamkeit erregt. Gerade, als ich mit Otto Modersohn vor Stoltes Gemischtwarenladen stand und ihm davon berichtete, gesellte sich auch Fritz

Mackensen zu uns und – stellen Sie sich vor, wir haben beschlossen, Ihnen am nächsten Sonnabend einen Besuch abzustatten. Paula Modersohn-Becker, die auch zurzeit in unserem kleinen Malerdorf weilt, wird wohl ebenfalls mitkommen. Wir werden in Erfahrung bringen, wie die Fahrtmöglichkeiten sind, wenn Sie uns nur entsprechende Zimmer auf Ihrer bezaubernden Insel besorgen würden. Werden Sie dann mit uns zurückreisen, oder noch ein paar Tage dranhängen? Wie es auch sei. Erwarten Sie uns am Sonnabend am Hafen. Viele Grüße, Hans am Ende.«

Er war sich nicht ganz sicher, ob seine Malerfreunde die Anreise und den Aufenthalt hier nicht zu sehr auf die leichte Schulter nähmen. Immerhin müssten sie wohl, genau wie er, eine Übernachtung in Dornum einplanen, mit einem kaum warmen Zimmer auf der Insel vorlieb nehmen, und zudem noch damit rechnen, dass aufgrund schwieriger Wetterverhältnisse die Überfahrt gar nicht stattfand. Auf der anderen Seite, so überlegte er, waren es weit gereiste Menschen, denen selbst Paris nicht unbekannt war. Da würden sie es auch wohl noch bis Baltrum schaffen. Er lächelte, stand auf und schlug sich den Sand von seinem schweren Ölmantel.

Immerhin, er würde schon mal mit seinem Vermieter Hinrich Janssen Küper sprechen. Er hoffte, dass der Mann sich bereit erklären würde, trotz der Winterzeit weitere Zimmer für seine Freunde zur Verfügung zu stellen. Sonst müsste er bei Cassen Eilts im Hotel zur Post *nachfragen. Er war in der Woche zuvor dessen Einladung zur Trockenfischessen gefolgt, hatte aber feststellen müssen, dass dieses Gericht wohl niemals seine Leibspeise werden würde. Der Fisch hatte nach der langen Lagerung muffig, das Fett irgendwie ranzig geschmeckt. Obwohl Frau Eilts sich die größte Mühe gegeben hatte. Man muss wohl da-*

ran gewöhnt sein, um Gefallen daran zu finden, dachte er. Er hoffte, dass seine Gastgeber nicht mitbekommen hatten, wie schwer er sich damit getan hatte, seinen Teller leer zu essen. Cassen Eilts hatte ihn zu einer reichlichen Portion genötigt. »Es hat hier schon Zeiten gegeben, da hatten wir fast gar nichts anderes auf dem Teller. Selbst zur Teezeit wurde der Fisch auf den Tisch gebracht. Jetzt können wir wenigstens Gemüse und Kartoffeln aus unseren Gärten holen. Zumindest in der warmen Jahreszeit. Und für den Winter haben wir Sauerkraut eingemacht«, hatte Eilts lachend erzählt.

*

›War mache ich eigentlich hier? Auf Baltrum? Bin das wirklich ich, der sein geliebtes Auto bei fremden Menschen zurückgelassen hat, nur um einer Frau auf eine kleine Insel zu folgen? Einer Frau, die nichts Besseres zu tun hat, als einen alten Maler zu suchen? Quatsch. Wollte nur mal selber sehen, wie es so auf einer Insel aussieht. Hat mit Inga gar nichts zu tun.‹

Fynn saß auf Ingas Bett und ließ sich ihr Gespräch während ihres Spazierganges durch den Kopf gehen. Als sie von Lenas Großeltern berichtet hatte, hatte er beunruhigt festgestellt: ›Das hört sich ja nicht gerade nach einem fröhlichen Sommerausflug an‹. Sie hatte nur noch geantwortet: ›Das Leben ist halt kein Kinderspiel.‹ Den Rest des Weges hatten sie schweigend zurückgelegt. Dann hatte sie ihn einfach allein gelassen. ›Ich gehe dann mal rüber zu Lena. Kannst ja nachkommen, wenn du willst.‹ Und schon war sie weg gewesen.

›Einen Teufel werde ich tun und hinter ihr herlaufen. Lieber besuche ich Wolfgang. So als Kollege. Ja, das ist eine gute Idee.‹

Fynn stieg die Treppe hinunter, verließ das Haus und lief zum Schuppen. Er hatte kein Glück. Wolfgang Meyer war nicht an seinem Arbeitsplatz. Ratlos kratzte er sich am Kopf. Was nun?

Zu Inga und Lena? Nee, so schnell gibt ein Däne nicht nach. Und schon gar nicht er, Fynn Sodersen aus Kokhave. Noch ein Spaziergang? ›Klar, super Idee‹, dachte er sarkastisch. Ins *Hotel Dünenschlösschen*, ein Schläfchen machen? Na ja. Schwimmen gehen? Noch besser.

Langsam schlenderte er über die Straße. Als er nach kräftigem Klopfen die Küchentür öffnete, hatte er kurz das Gefühl eines Déjà-vu. Wieder saßen Inga, Lena und die etwas ältere Frau, von der Inga gesagt hatte, sie hieße Heidi, am Küchentisch.

»Hallo, darf ich reinkommen? Fühle mich etwas einsam so allein.« Fynn grinste, als er sah, dass drei Frauen freundlich nickten. Er quetschte sich auf die hölzerne Eckbank, gleich neben Inga. »Tut mir leid, mein Auftritt von gestern. Soll nicht wieder vorkommen.« Zumindest glaubte er das in diesem Moment.

›Es gibt nämlich überhaupt keinen Grund, noch einmal so auszurasten. Ausrasten, das macht man nur, wenn Gefühle im Spiel sind, und davon kann zwischen mir und Inga überhaupt keine Rede sein. Gar nicht.‹

Bedächtig tastete er unter Küchentischdecke nach Ingas Hand.

»Ich hoffe, ihr seid nicht böse, aber ich habe Fynn alles erzählt, was hier in den letzten Tagen passiert ist. Die neuesten Entwicklungen von heute Nachmittag könnt ihr ihm berichten, wenn ihr mögt«, bat Inga die beiden Frauen.

Fynn hörte aufmerksam zu, was Lena und Heidi zu erzählen hatten. Nachdenklich schüttelte er den Kopf.

»Das ich wirklich der Hammer. Ein Garten voller Giftpflanzen. Und kaum jemand weiß, was in seinem Garten für gefährliches Zeug wächst.« Fynn nahm die Brotdose vom Tisch und öffnete sie vorsichtig. Ein Geruch von Schimmel und altem Brot schlug ihm entgegen. Angewidert verzog er das Gesicht. »Was habt ihr nun mit dem guten Stück vor? Der Polizei übergeben, als Beweis, dass deine Oma deinen Opa gar nicht umgebracht hat? Oder beweist dieses Smørebrød, dass sie es hätte wollen? Wisst ihr überhaupt sicher, ob da etwas von der Pflanze drin ist, oder ob die Oma vielleicht nur etwas durcheinander ist?«

Fynn sah, dass die drei Frauen genauso ratlos waren wie er. Er überlegte, dann rief er: »Ich habe eine Idee. Lena, ihr habt bestimmt einen Gefrierschrank. Versteckt es ganz hinten. So dass außer euch keiner darankommt. Und wenn die Polizei fragt, könnt ihr immer noch entscheiden, ob ihr es rausgebt oder nicht. Ihr könntet als Argument anbringen, dass ihr nicht wolltet, dass es noch mehr verschimmelt.« Stolz schaute Fynn in die Runde und sah Zustimmung bei Lena und Inga.

Nur Heidi schaute ihn skeptisch an. »Ich weiß nicht. Sollten wir nicht das Brot sofort zur Polizei bringen? Die haben gestern gesagt, dass sie nicht gegen Gerdje ermitteln. Also kann es nicht so schlimm sein, wenn wir es dort abgeben.«

»*Noch* nicht, hat der Röder gesagt«, entgegnete Lena. »Aber spätestens dann werden sie die Inhaltsstoffe analysieren und die Oma ins Kreuzverhör nehmen. Kommt gar nicht in Frage. Selbst wenn Oma schuldig sein sollte, das will ich ihr nicht zumuten. Immerhin muss sie jetzt genau wie wir erst einmal die Beerdigung von Opa überstehen. Das wird noch schlimm genug. Wir frieren das Brot ein und rücken es nur im Notfall raus. Verstanden?«

Alle nickten. Lena schloss den Metallbehälter. Sie nahm eine Plastiktüte aus der Schublade der alten Anrichte, wickelte die Brotdose darin ein und verstaute das Paket im obersten Fach des Gefrierschrankes.

›Muss ich erst kommen und den Frauen sagen, was zu tun ist‹, dachte Fynn. ›Aber immerhin sind sie so klug zu tun, was ich vorschlage. Habe langsam das Gefühl, dass ich in einen Kriminalfall hineingerate. Hoffentlich bieten die drei mir nichts zu essen an.‹

»Ich weiß nicht, ob jetzt der richtige Zeitpunkt ist«, unterbrach Fynn die Stille, die sich in der Küche breitgemacht hatte. »Aber darf ich mir das Bild einmal ansehen, von dem Inga mir erzählt hat?«

»Natürlich«, erwiderte Lena. »Komm mit ins Wohnzimmer, ich zeige es dir.«

Er schälte sich aus der Eckbank und wollte Lena folgen, als sein Blick auf drei rechteckige Tafeln fiel, die auf der Anrichte lagen. »Ich hatte gerade gedacht, das könnte vielleicht Schokolade sein«, sagte Fynn und drehte eines der Päckchen prüfend in den Händen. Er hörte seinen Magen knurren. »Dänen lieben nämlich Schokolade, müsst ihr wissen«, sagte er und schaute Lena erwartungsvoll an.

Lena schüttelte energisch den Kopf. »Diese Schokolade würde ich nicht essen, die hat Opa am Strand aufgesammelt. Ich habe aber bestimmt noch etwas für dich im Kühlschrank.«

Zufrieden legte Fynn die Tafel wieder zurück zu den anderen und folgte Lena. ›Genau wie bei meinen Großeltern in ihrem kleinen Haus in Dänemark‹, dachte er, als er das Wohnzimmer betrat. Den größten Raum nahm ein braunrotes Sofa mit fadenscheinigen Stellen an den Armlehnen ein. Mehrere Kissen in den verschiedensten

Farben und eine graue Kuscheldecke schufen Gemütlichkeit. Auf dem schweren Eichentisch lag eine weiße Decke in feinem Häkelmuster.

An einer Wand hingen schräg von oben nach unten blaue Teller mit Baltrumer Motiven.

›Internationaler Standardsammelteller! Exakt diese Sorte hat meine Oma auch, natürlich mit Abbildungen aus Kopenhagen, ihrer Geburtsstadt. Hoffentlich werde ich nie so alt, dass ich so etwas schön finde. Muss ich Inga unbedingt sagen, dass sie mich zurückhalten soll, wenn ich je in meinem Leben in Gefahr gerate, mir so etwas in die Wohnung zu hängen. Aber unsere Wohnung wird sicher voll mit unseren eigenen Skulpturen stehen.‹

Fynn schreckte auf.

Worüber hatte er da um Gottes Willen denn gerade nachgedacht? Inga – Wohnung – wir?! Blödsinn. Er war Künstler und kein biederer Ehemann. Außerdem streifte gerade ein sehr angenehmer, leichter Maiglöckchenduft seine Nase. Lena stand direkt neben ihm und zeigte auf das große Bild, das über dem Sofa hing. Nur einige Zentimeter trennten ihn von einer Fülle knallroter Haare. Er konnte sogar die Sommersprossen zählen, die sich auf ihrer Nase tummelten.

›Habe ich eben auf der Bank wirklich Ingas Hand gehalten? War wohl ein Versehen. Gibt noch so viele schöne Frauen. Mit Sommersprossen und roten Haaren zum Beispiel. Als Künstler darf man sich eben nicht festlegen. Im Gegenteil, man muss sein Leben lang Opfer bringen.‹

Nur unwillig ließ er von der Erforschung ihres Gesichtes ab, wandte sich dem Bild zu und ließ es auf sich wirken. Inga hat recht, dachte er. Es ist schon außergewöhnlich, wie der Mann gemalt hat. Man könnte meinen, die Wolken seien immer noch in Bewegung und die Wellen würden jeden Moment mit Wucht gegen den Strand schlagen. Fast war ihm, als hörte er die Brandung und das Schreien der Möwen, die in dem blaugrauen Himmel ihre Kreise zogen.

»Na, habe ich zu viel versprochen?«, holte ihn Inga, die hinter ihm aufgetaucht war, aus seinen Gedanken.

»Nein, wirklich nicht. Das Bild ist wunderschön. Wenn wir jetzt nur noch wüssten, warum deine Oma sich so seltsam angestellt hat«, wandte Fynn sich an Lena. »Sie kann doch nur froh sein, so ein Bild zu besitzen.«

»Ich habe wirklich keine Ahnung«, entgegnete Lena.

Die drei gingen zurück in die Küche, wo Heidi auf sie wartete. »Seid nicht böse, aber ich gehe jetzt. Ich muss mich auch noch um meine Gäste kümmern, von meinem Gatten ganz zu schweigen. Der behauptet schon, dass er inzwischen mit meinem Foto redet, weil ich nie da bin. Lena, wenn du Neuigkeiten hörst, zum Beispiel, wann dein Opa überführt wird, lass es mich wissen.«

Lena brachte sie an die Tür. »Vielen Dank für alles, Heidi. Ich wüsste nicht, was ich ohne dich gemacht hätte.«

Kaum hatte Heidi die Küche verlassen, da klingelte das Telefon. Lena nahm ab und flüsterte Inga zu: »Meine Mutter. Kann eben dauern.«

Inga nickte und flüsterte zurück: »Wir machen einen kleinen Gang und schauen später wieder vorbei, okay?«

Ein kühler Wind empfing Fynn und Inga, als sie aus dem Haus traten. »Lass uns kurz in die Pension gehen, damit ich mir eine Jacke holen kann«, bat Inga.

»Ich warte vor der Tür«, sagte Fynn. »Komm schnell wieder, auch ich müsste mich etwas wärmer anziehen.«

›Sie ist gar nicht mehr böse auf mich. Hätte sie auch

eigentlich keinen Grund zu. Ich war nur ehrlich. Hätte mir natürlich nichts ausgemacht, wenn sie noch sauer gewesen wäre. Wolfgang wartet schließlich auf mich. Hätte ich mir eben bis zur Abfahrt des Schiffes mit ihm die Zeit vertrieben.‹

Er zog eine Leidensmiene und setzte sich auf die weiß gestrichene Zaunlatte, die das Grundstück der Meyers umgrenzte.

»Dass Frauen immer so lange brauchen«, murmelte er, als Inga zurückkam. »Ich kann es einfach nicht verstehen. Wollen nur eine Jacke aus dem Schrank holen und bleiben stundenlang weg.«

»Komm in Bewegung, dann wird dir warm.« Inga nahm seine Hand und zog ihn auf die Beine. »Außerdem ist dieses Ding kein Sitzplatz, sondern ein Zaun. Wenn sich da jeder draufsetzen würde, wäre der ruck, zuck durchgebrochen. Also los. Zu deinem Hotel ist es nicht weit.«

Auf dem Weg zum *Dünenschlösschen* merkte Fynn, wie er nervös wurde. Es hätte nicht viel gefehlt, und er wäre über seine eigenen Füße gestolpert. Einen vernünftigen Satz mit mehr als fünf zusammenhängenden Worten hatte er nicht mehr herausgebracht, seitdem Inga und er losgelaufen waren. Inga wunderte sich bestimmt schon. Immer wieder schaute sie ihn forschend von der Seite an.

Als sie auf der Terrasse vor dem Hotel angekommen waren, blieb er kurz stehen und sagte: »Du kannst ruhig *derude* bleiben. Ich gehe mal eben rein und hole die Jacke.« Dann verschwand er schnell durch die große Eingangstür.

›Gott sei Dank ist sie nicht mit reingekommen. Hätte ihr dann schon im Hotel die Lage erklären müssen. Wäre vielleicht peinlich geworden, wenn jemand zugehört hätte. Werde mir Zeit lassen, bis mir die richtigen

Worte eingefallen sind. Dass man bei Frauen immer so vorsichtig sein muss. Das nervt doch total.‹

*

Leonard hatte das *Haus Seegras* fast erreicht, als Inga aus der Tür trat. Schnell versteckte er sich hinter einem Sanddornstrauch, der rechts den Weg begrenzte. Er hätte beinahe laut aufgeschrien, als sich hunderte von kleinen Stacheln in die Haut seiner bloßen Arme bohrten. In seiner Not riss er die Arme zur Seite. Unzählige blutende Kratzer, die höllisch brannten, waren die Folge. Ihm stiegen die Tränen in die Augen. Ob vor Schmerz oder Verzweiflung – er hatte keine Ahnung.

Er sah gerade noch, dass sich Inga mit dem Typen, den er auch schon bei *Charly* gesehen hatte, irgendwohin auf den Weg machte. Hastig kramte er ein altes Papiertaschentuch aus seiner Hosentasche und wischte sich damit notdürftig das Blut von den Armen. Dann folgte er den beiden in sicherem Abstand.

Wie sollte er nur an Inga rankommen, wenn dieser Kerl immer bei ihr war? Er konnte schließlich nicht beide gleichzeitig in die ewigen Jagdgründe schicken. Außerdem kam er sich lächerlich vor, wie er ständig von einem Strauch zum anderen hüpfte. Winnetou auf Baltrum. Nur ohne Old Shatterhand. Der hieß Manfred und suchte am Strand nach Haschischplatten …

Nahm der Weg denn gar kein Ende? Wollten die vielleicht die Insel umrunden? Er war das Versteckspiel gründlich leid. Fast hätte er aufgegeben, da sah er, dass Inga und der Kerl auf die Terrasse des *Dünenschlösschens* abbogen. Der Typ verschwand im Hotel und Inga setzte sich auf einen der Stühle, die einladend in der Nachmittagssonne standen.

Außer Inga war die Terrasse menschenleer. Jetzt oder nie, machte er sich Mut, hatte aber so gar keine Ahnung, was er mit der geschenkten Gelegenheit anfangen sollte. Wenn er den Anweisungen seines Bosses folgte, musste er Inga auf der Stelle eins über den Schädel ziehen. Aber gleichzeitig war ihm klar, dass er das beim besten Willen nicht konnte.

Warnen, ja, sie warnen vor den anderen, das konnte er. Aber wollte er das wirklich? Das hieße, die Seiten wechseln. Aus der Traum von der Abfindung.

Langsam schlenderte er auf Inga zu, die mit geschlossenen Augen gemütlich in der Sonne döste. Er beugte sich ganz nah an ihr Gesicht. »Inga«, sagte er leise, und als sie nicht reagierte, etwas lauter: »Inga, hör zu. Du musst hier verschwinden! Mach, dass du wegkommst.«

Inga zuckte zusammen und sprang auf. »Leonard, was machst du hier? Was soll das? Warum werde ich auf dieser Insel ständig von irgendwelchen Männern aus dem Schlaf geholt, die mich verjagen wollen? Ihr spinnt wohl! «

Beschwichtigend hob er beide Hände. »Pass auf, du musst unbedingt die Insel …« Er sah, dass Inga voll Schreck auf seine Arme starrte. Die Kratzer hatten wieder angefangen zu bluten. Er packte sie grob an den Schultern, versuchte sie zu schütteln. »Inga, du musst mir zuhören. Unbedingt. Es ist wichtig.«

»Was ist mit deinem Armen passiert?« Inga hatte ihren Blick immer noch nicht von den Kratzern abgewandt, die Leonards Haut durchzogen.

»Ich bin in einen Sanddornstrauch gefallen. Aber das ist egal«, winkte er ab. »Es gibt was viel Wichtigeres. Du musst sofort abfahren.«

»Abfahren? Wieso …« Verwirrt versuchte sie, eine Antwort aus seiner Miene zu lesen.

»Ich kann dir das nicht sagen, aber du bist gefährlich für uns. Und wir für dich. Also – Scheiße! Inga, wenn du nicht abhaust, dann muss …, dann muss ich dich … – Ach verdammt noch mal, glaub mir einfach.« Leonard bohrte seine Finger noch tiefer in Ingas Schultern.

»Sag mal, bist du auch mit dem Kopf in den Sanddorn gefallen? Lass mal schauen …« Sie musterte ihn. »Nein keine Schäden. – Zumindest äußerlich nicht. Lass mich sofort los!«

Mit Kraft versuchte sie sich aus seinem Griff zu lösen, riss erst die Arme zur Seite und schlug dann beide Fäuste gegen seine Brust. Leonard wurde von dem Angriff völlig überrascht. Er ließ Ingas Schultern los, machte ein paar Schritte nach hinten und verhakte sich mit dem linken Fuß im Hinterrad eines Kinderrollers, den jemand achtlos auf der Terrasse hatte liegen lassen. Gleich darauf lag er rücklings ausgestreckt auf den Steinen vor dem Hotel. Er hatte das Gefühl, dass die Wolken am Himmel sich wie ein Kreisel um ihn herum drehten.

»Leonard, bist du okay?« Die Stimme schien aus weiter Ferne zu kommen. »Leonard, hallo!« Er spürte auf beiden Wangen ein leichtes Klatschen. »Leonard, ich wollte das nicht, aber ich …«

Dann hörte er eine Stimme dicht an seinem Ohr, die wie das Knurren eines extrem wütenden Straßenköters klang. »Inga, was hast du mit diesem Mann gemacht? Er ist ja völlig zerkratzt.«

Leonard versuchte, sich aufzurichten.

Der Typ reichte ihm seine Hand und zog ihn mit einem Ruck nach oben. »Frauen sind unberechenbar, nicht wahr?«

Leonard wollte gerade antworten, als er sah, dass Inga sich bedrohlich nah vor dem Mann aufgebaut hatte und dunkelrot angelaufen war. »Ich bin gestolpert. Alles in Ordnung«, versuchte er zu erklären, merkte jedoch, dass seine Worte bei keinem von beiden ankamen. »Ist schon okay«, versuchte er es ebenso erfolglos ein zweites Mal, dann aber erkannte er die Gunst des Augenblicks. Leonard drehte sich um und rannte trotz der Schmerzen, die sein Rückgrat auseinanderzureißen schienen, so schnell er konnte den schrägen Pfad hinunter, der zum Spielteich führte.

*

»Sag mal, hast du noch alle Tassen im Schrank?« Inga schaute Fynn fassungslos an. »Weißt du eigentlich, was hier eben passiert ist? Der hat versucht, mir aus ich weiß nicht was für Gründen die Hölle heißzumachen!« Noch immer fassungslos erzählte Inga Fynn, was sich auf der Terrasse abgespielt hatte, als er seine Jacke geholt hatte. Auch dass sie Leonard und die drei anderen bereits am Anreisetag kennengelernt hatte. Es störte sie in diesem Moment kein bisschen, dass Fynn anfing, mit den Zähnen zu knirschen. »Und du verdächtigst mich, ich hätte den zerkratzt? Also, ehrlich! Nicht zu fassen! Dabei hatte ich Moment lang richtig Angst vor dem. Er sah … ja: Leonard sah aus, als wolle er mir tatsächlich etwas antun. Warum auch immer.«

»Es tut mir leid«, antwortete Fynn zerknirscht. »Ich habe die *tilstand*, wie heißt das – Situation, falsch eingeschätzt. Nicht richtig ernst genommen. Passiert mir wohl mal. Wirst du zur Polizei gehen? Ich meine, die sollten das wissen. Wer weiß, was dahintersteckt.«

Inga zuckte ratlos mit den Schultern. »Ich weiß beim besten Willen nicht, was ich von Leonards Auftritt halten soll. Das muss erst einmal sacken. Aber es stimmt. Wir sollten zur Polizei gehen.«

Eine ganze Weile liefen sie in Gedanken vertieft schweigend nebeneinander her, bis Inga merkte, wie Fynn sie mit großen Dackelaugen von der Seite anstarrte.
»Was ist denn?«, fragte Inga argwöhnisch.
»Da wäre noch was, wenn es deine angegriffenen Nerven zulassen«, sagte er vorsichtig.
Sie hatte eigentlich im Moment genug von verwickelten Situationen. Wollte nur noch Ruhe. Außerdem hatte sie sich von Fynn etwas mehr Anteilnahme gewünscht, und nicht noch mehr Probleme.
»Ich muss dir was sagen. Ich habe mein Zimmer schon heute Morgen geräumt. Erstens hatten die ab heute nichts mehr frei, weil die eine Gruppe erwarteten. Lauter Leute von der Gewerkschaft, hat die Chefin gesagt. Und zweitens habe ich damit gerechnet, dass ich heute schon wieder wegfahre. Und irgendwie habe ich dann später ein bisschen gehofft, dass du mir eventuell und überhaupt Asyl gewährst. Ich will dich aber gar nicht *overrumple*.«
Inga schwieg. Sie fühlte sich überrannt. Nicht, dass sie grundsätzlich etwas gegen Fynns Anwesenheit in ihrem Bett gehabt hätte, im Gegenteil, sie erinnerte sich gerne an die Stunden mit ihm in ihrem Häuschen in Worpswede. Es wäre ihr allerdings in diesem Moment lieber gewesen, wenn der Vorschlag von ihr gekommen wäre. Aber wie er so dastand, mit hängenden Schulter und seiner alten Tasche, erlahmte ihr Widerstand.
»Aber nur, wenn es Frau Meyer recht ist. Die werden wir jetzt als Erstes fragen.« Inga schaute Fynn an und meinte, ein Grinsen in seinen Augen erkennen zu können. »Also, wenn du mich hier verar...«
Fynn schüttelte heftig den Kopf. »Niemals würde ich wagen, dich zu ... – wie hieß das Wort? Dass es so böse

Ausdrücke in der Sprache der Dichter und Denker gibt, wundert mich wirklich.«

»Also los, ehe ich mir das anders überlege. Im Wohnzimmer steht für unverhoffte Gäste ein schönes, breites Sofa.« Inga gelang es nur knapp, ihr Lachen zu unterdrücken, als sie Fynns enttäuschtes Gesicht sah. »Na, wir werden den Verlauf des weiteren Abends von deinem guten Benehmen abhängig machen.«

Die beiden liefen zurück, und tatsächlich hatte Frau Meyer nichts gegen ihren neuen Gast einzuwenden. Fynn versprach, selbstverständlich seinen Obolus zur Wohnung beizutragen.

»Wie wär's mit einer Kleinigkeit zu essen?«, schlug er vor, nachdem er seine Tasche unausgepackt neben das Bett hatte fallen lassen. »Ich könnte mir glatt vorstellen, dich einzuladen.«

»Gut, aber dann müssen wir unbedingt noch einmal zu Lena, wir haben ihr das versprochen«, antwortete Inga und schob ihren Zahnputzbecher zur Seite, um Platz für Fynns Sachen zu schaffen. Ihre Gedanken gingen wieder zu Leonard. Sollte sie der Polizei von dem Vorfall erzählen? Waren seine Worte ernst zu nehmen, oder war der Mann aus welchen Gründen auch immer irgendwie durchgeknallt? Warum sollte ausgerechnet sie gefährlich für Leonard sein? Eigentlich hatte sie doch gar nichts mit ihm und den anderen zu tun. Ein paar lockere Sprüche hatten sie ausgetauscht, wenn sie sich getroffen hatten. Mehr nicht. Was um alles in der Welt war daran gefährlich? Sie wusste nicht, was sie tun sollte.

*

»Okay, dann weiß ich Bescheid. Oma kommt morgen mit euch rüber und Opa am Donnerstag mit der Mittagsfähre.« Gedankenverloren legte Lena den Hörer auf.

Es war kein angenehmes Gespräch gewesen, das sie gerade mit ihrer Mutter geführt hatte. Ihre Oma bestand nach wie vor darauf, Opa vergiftet zu haben, und jetzt stand die Beerdigung ins Haus. Wie gut, dass sie Heidi hatte. Die würde ihr und ihren Eltern in den nächsten Tagen bestimmt zur Seite stehen. Es musste so viel geregelt werden.

Sie griff erneut zum Telefon und wählte Heidis Nummer.

In diesem Moment klopfte es an der Küchentür, und Michael Röder steckte seinen Kopf um die Ecke. Lena nickte ihm freundlich zu und winkte ihn an den Küchentisch. Als Heidi sich meldete, berichtete sie ihr kurz von den neuesten Entwicklungen, und Heidi versprach, später noch einmal vorbeizuschauen.

»Hallo, Michael! Alles, was Oma und Opa betrifft, hast du ja gerade mitbekommen. Was gibt es bei dir Neues?« Lena setzte sich zu dem Polizisten an den Tisch. »Nicht, dass ich unbedingt wild auf noch mehr Neuigkeiten bin, zumindest nicht auf so schlechte wie in den letzten Tagen, aber du kommst sicher nicht ohne Grund, oder?«

Röder schüttelte den Kopf. »Nein, ich habe ein paar Fragen, die du mir vielleicht beantworten kannst. Ich bin eben bei Okko gewesen, da ich die Idee hatte, zu fragen, ob die Wippe deines Großvaters bei ihm steht. Aber er sagte, ihr hättet sie schon abgeholt. Nun meine Frage: Habt ihr irgendwas Besonderes darin gefunden? Ein Quarkbrot vielleicht?«

Lena merkte, wie ihr alle Farbe aus dem Gesicht wich. In diesem Moment wünschte sie sich nichts sehnlicher, als dass Heidi bei ihr wäre. Oder Inga. Sie wollte die Last dieses Gespräches nicht alleine tragen. Keine Entscheidung fällen müssen, ob sie das verdammte Quarkbrot, das eiskalt in der hintersten Ecke ihres Gefrierschrank steckte, rausrücken sollte, oder nicht.

»Lena, hörst du mich? Was ist los?«, holte sie Röders Stimme aus ihren Gedanken.

»Ich ... nein ... Die Wippe ist hier, aber wir haben kein Brot ...«

»Aber die leere Brotdose hast du doch, oder?«

Lena zögerte. »Also, wir haben nichts gefunden. Ich weiß gar nicht, ob Opa eine Dose hatte. Kann ja sein, dass er sein Brot immer in Folie eingewickelt hat, oder so.« Verflixt, was sollte sie machen? Was war richtig? Sollte sie ihm das Ding nun geben oder nicht?

»Lena, Okko hat mir versichert, dass dein Opa seit dreißig Jahren immer die gleiche metallene Brotdose benutzt hat. Und wenn du sie nicht hast, dann ist dein Großvater vermutlich genau wegen dieser Dose am Strand geschlagen und anschließend beraubt worden, sehe ich das richtig?« Michael Röders Stimme klang immer noch freundlich, aber Lena hatte den Eindruck, dass sich ein schärferer Unterton eingeschlichen hatte. »Lena, ich brauche dir hoffentlich nichts über Behinderung von Ermittlungsarbeiten zu erzählen, oder? Ich will deiner Oma nicht ans Leder, aber wir haben ein paar kuriose Zufälle zu viel seit ein paar Tagen. Wenn du die Dose also hast, gib sie mir bitte.«

Lena gab auf. Er hatte recht. Wie man die Sache auch drehte, es gab für sie keine richtige oder falsche Entscheidung. Wenigstens konnte sie so beweisen, dass ihr Opa tatsächlich nichts von dem angeblich vergifteten Quark gegessen hatte. Ob das allerdings ihre Oma entlasten würde, war die zweite Frage. Sie stand auf. Als sie an der Anrichte vorbeikam, sah sie die drei Tafeln, die sie in der Wippe ihres Opas unter dem anderen Strandgut gefunden hatte. »Hier, das kannst du auch gleich mitnehmen. Haben Heidi und ich zwischen Opas Brettern in der Karre gefunden.« Mit leichtem Schwung warf sie die Platten auf den Küchentisch.

Vorsichtig nahm Michael Röder eine der Tafeln und betrachtete sie von allen Seiten. Sie war mit Luftfolie wasserfest umhüllt und zusätzlich mit braunem Paketklebeband umwickelt. »Hast du mal ein Küchenmesser?«, fragte der Polizist Lena. »Ich möchte eines der drei Päckchen öffnen, damit ich feststellen kann, ob sich überhaupt Polizeirelevantes darin befindet.«

Lena langte in die Besteckschublade und holte ein Kartoffelschälmesser heraus. »Ist das okay?«, fragte sie. Inzwischen wurde auch sie von Neugier gepackt.

Michael Röder nickte, schnitt vorsichtig an der Kopfseite durch die Folie und zog eine längliche Platte heraus, die auf den ersten Blick wie schmutzigbraune Borkenschokolade aussah. »Roter Libanese«, sagte der Polizist verblüfft. »Es ist Haschisch.«

Lena schaute den Mann entsetzt an. »Du willst mir doch nicht im Ernst sagen, dass mein Opa mit Hasch handelt?«

»Natürlich nicht. Aber ich würde doch zu gern wissen, wie es in seine Wippe gekommen ist. Vielleicht hat er es am Strand gefunden und mitgenommen, ohne zu wissen, was es war.«

»So, wie er alles, was er einigermaßen interessant gefunden hat, einfach mitgenommen hat«, pflichtete Lena ihm bei und griff in den Gefrierschrank. »Hier ist die Brotdose. Mit Inhalt. Macht damit, was ihr wollt. Ich kann's nicht ändern.« Sie stellte die alte, verbeulte Metalldose neben die Tafeln auf den Tisch. »Und ehe du dich wunderst, wir – also Heidi und ich – haben jede Menge Herbstzeitlose in Omas Garten gefunden. Sie wuchsen auf der Gästeliegewiese. Wir haben alle ausgegraben und entsorgt. Auch auf die Gefahr, Beweismaterial vernichtet zu haben. Sie stehen zu lassen, war uns zu gefährlich, nachdem wir wussten, wie giftig diese Pflanzen sind. Übrigens, die Hecke ist auch giftig. Eibe. Haben wir aber noch nicht ausgegraben«, fügte Lena mit einem Anflug von Galgenhumor hinzu, der die Umstände allerdings auch nicht erträglicher machte.

»Danke, Lena.« Michael Röder stand auf. »Wir werden den Inhalt samt Dose zur Analyse ans Festland schicken. Dann hoffen wir mal für deine Oma, dass sie wirklich nur eine kleine Menge Herbstzeitlosenzwiebel beigemischt hat.«

»Warte, ich gebe dir eine Tüte mit. Muss nicht jeder sehen, was du hier aus dem Haus trägst. Hasch und vergiftetes Quarkbrot. Schöne Familie, zu der ich gehöre!«

Sie verabschiedete den Polizisten, lief dann aber doch noch hinter ihm her nach draußen. »Warte mal, Michael! Kann es sein, dass mein Opa wegen dieses Dreckszeugs da am Strand niedergeschlagen worden ist? Dass du also ein Mordmotiv und ein Mordwerkzeug in deiner Tüte hast?«

Röder nickte. »Die Möglichkeit besteht. Aber bitte sprich mit keinem darüber. Nicht, dass du auch noch in Gefahr gerätst. Und ich finde es auch nicht gut, wenn du dich alleine hier aufhältst.«

»Heidi hat versprochen, dass sie heute noch bei mir vorbeikommt«, antwortete Lena.

»Das ist gut. Und wenn dir irgendwas komisch vorkommt, ruf an. Besser einmal zu viel als gar nicht.«

»Danke, Michael. Bis dann.« Lena war elend zumute.

Sie wünschte, sie könnte im Bett liegen mit der Zudecke bis zur Nase, und alle würden sie in Ruhe lassen. Aber sie wusste, dass sie sich das im Moment nicht leisten konnte. Bald würde Heidi wieder da sein, um mit ihr die nächsten Schritte zu besprechen, und auch Inga mit ihrem Worpsweder Freund würden bestimmt noch einmal vorbeischauen.

*

Leonard war ratlos. Er saß auf einer der Bänke am Kinderspielhaus und wartete auf Manfred. Die Sache mit Inga war völlig schief gelaufen, und wenn er ehrlich zu sich selbst war, musste er zugeben: Diese Aktion hatte schief laufen müssen. Zu Inga gehen und ihr einen auf den Schädel hauen – tolle Idee!

Die ganze Sache hatte nur einen Haken. Nein, eigentlich drei Haken, wenn er die Lage richtig bedachte. Haken Nummer eins: Der Boss hatte die Idee mit Inga gehabt. Und die Ideen vom Boss waren grundsätzlich gut. Meinte der zumindest. Zweiter Haken: Er, Leonard, musste für eine gelungene Ausführung sorgen. Das war sein Auftrag gewesen. Und er hatte versagt. Und zu guter Letzt der dritte Haken: Er war gar nicht böse darüber, dass das mit Inga nicht geklappt hatte. Sie war eigentlich ganz nett und hatte ihnen nichts getan. Und er war kein Totschläger. Drogenkurier – auf diese Arbeit konnte er sich gerade noch einlassen. Obschon ihm durchaus klar war, dass die Folgen seiner derzeitigen Tätigkeit ähnlich schwerwiegend sein konnten. Allerdings hatte er tiefer gehende Gedanken darüber bisher erfolgreich verdrängt.

Nur gut, dass der Boss seine Tochter nicht auf Inga losgelassen hatte. Diese blöde, selbstgefällige Kuh mit dem antrainierten Bizeps kannte beim Zuschlagen keine

Hemmungen. Nichts im Kopf, nur in den Armen. Die meinte auch, sie könne sich alles erlauben.

Aber alles, was ihm da durch den Kopf ging, war nichts gegen die eine große Frage: Wo war Bernd?

Seit gestern war Bernd nicht mehr aufgetaucht. Leonard hatte Karsten gefragt, und der hatte ihm erzählt, es habe wieder einmal Streit gegeben, wegen seiner blöden lateinischen Sprüche. War ja auch nervig, manchmal. Und Bernd sei abgehauen mit den Worten: ›Dann suche ich mir eben eine andere Bleibe.‹ Seitdem habe Karsten nichts mehr von ihm gehört. Das war gestern gewesen.

Und er, Leonard, hatte diese Erklärung einfach geschluckt. Aus Angst vor dem Nachdenken. Aber je später es wurde, ohne ein Lebenszeichen von Bernd, desto mulmiger wurde ihm. Auch dem Boss hatte Karsten über Bernds Verschwinden keine genaue Auskunft gegeben. Das würde er allerdings früher oder später müssen. Das war klar.

Natürlich konnte Bernd heute Morgen bereits am Festland abgetaucht sein. Vielleicht hatte der ja tatsächlich eine Chance gesehen, diesem ganzen elenden Treiben zu entkommen. Aber wo sollte er hin, ohne Geld und Sachen zum Anziehen?

Vielleicht gab es aber auch einen ganz anderen Grund, warum er nicht aufgetaucht war.

Auf dem Weg, der die Randdünen teilte, sah Leonard Manfred mit langem Gesicht angehumpelt kommen. Auch Fehlanzeige, dachte er. Der hat wieder nichts gefunden.

Manfred setzte sich neben ihn auf die Bank und schwieg. Dann fragte er leise: »Hast du Inga ...«

»Nein«, antwortete Leonard. Er hörte Manfred erleichtert ausatmen.

Eine ganze Zeit hingen beide ihren Gedanken nach, bis sich Manfred Leonard zuwandte und sagte: »War ich froh, als der Boss zum Schluss für die Sache mit Inga dich bestimmt und mich zum Strand geschickt hat ... Kommen wir aus dieser Sache noch heil raus? Du kannst mich gerne verpfeifen, aber ich mag nicht mehr. Ich bin zwar nicht so schlau wie ihr und bei mir geht manches schief, aber ich glaube, dass wir diese Aktion hier auf Baltrum total vergeigt haben. Nur, weil Karsten auf dem Boot den großen Macker gespielt hat und das Paket ins Wasser gefallen ist.«

Leonard nickte. Er wunderte sich, dass Manfred so offen sprach, aber er dachte das Gleiche. »Was sollen wir denn deiner Meinung nach tun?«

»Ich habe keine Ahnung. Genauso wenig wie ich eigentlich richtig begriffen habe, wie ich überhaupt an den blöden Boss geraten konnte. Warum ich nicht eher gemerkt habe, was der von uns will.«

Leonard schaute Manfred an. »Soll ich dir das mal erklären, wie so was funktioniert?«

Manfred nickte.

»Du hast dich doch, wie wir alle, auf die Kleinanzeige gemeldet, nicht?«, sagte Leonard. »Wie viele andere auch. Von ›viel Geld verdienen, gutes Arbeitsklima, persönliche Einarbeitung ohne Vorkenntnisse‹ war da die Rede. Dann gab es diesen Termin, und der Boss hat jeden einzelnen Bewerber genau unter die Lupe genommen. Aber er hat nicht etwa auf besondere menschliche Vorzüge geachtet, Manfred, sondern auf Schwächen. Verstehst du? Der eine hatte Schulden, der andere kam gerade aus dem Knast, der dritte hatte Stress mit der Polizei, und der nächste suchte einfach starke Arme, die ihn auffingen.«

»So wie bei mir.« Manfred nickte heftig. »Der hat mir zu Anfang richtig was zugetraut, das fand ich gut.«

»All das hat der Boss mit traumwandlerischer Sicherheit herausgefiltert«, erklärte Leonard. »Es gibt so Leute, die haben dafür ein sicheres Gespür. Erst hat er uns mit kleinen Aufträgen und guter Bezahlung gefügig gemacht, und alle haben ›Hurra‹ geschrien. Dann kamen die dickeren Dinger, und schon saßen wir mitten drin in der Scheiße.« Leonard hatte seine Aufmerksamkeit auf ein paar Kinder gerichtet, die sich auf dem Kletterschiff lauthals stritten.

»Genau so war es«, bestätigte Manfred. »Wie er so da saß in seinem Ledersessel und diese Fragen gestellt hat, da hatte ich das Gefühl, der interessiert sich wirklich für mich und meine Probleme. Endlich mal jemand, der sich kümmert, habe ich gedacht und auch sofort zugesagt, als er sagte, er wolle mich beschäftigen. Darf ich mal fragen, warum du auf ihn hereingefallen bist?«

»Ich? Ich bin meinem Freund nach Esens gefolgt. Nach kurzer Zeit war's vorbei mit der Liebe, und ich saß allein in einer kleinen Stadt am Arsch der Welt. Hatte alle Brücken zu meinem früheren Leben abgebrochen. Da war es nur normal, dass mir diese Anzeige wie ein Wink des Himmels vorkam. Und es war genau wie bei dir: Ich fühlte mich von ihm ernst genommen. Es war ihm auch wurschtegal, dass ich schwul bin. Und Geld gab es auch zu verdienen.« Leonard lächelte, wurde aber gleich wieder ernst. »Erst als Siggi mit ihrer Anbaggerei anfing und er seine Tochter nicht zurückgepfiffen hat, wurde mir klar, dass wir als Menschen für den überhaupt nicht zählen.« Er zuckte mit den Schultern. »Aber da war es schon zu spät. Da hatte ich die ersten unsauberen Dinge für ihn schon erledigt. Und schon hängst du mit

Haut und Haaren drin. Jetzt wollte ich nur noch das letzte Ding für ihn machen und dann mit meinem Anteil wieder in meine alte Heimat abzischen.«

Ihn befiel leichtes Unbehagen. Ob es richtig war, sich so offen mit Manfred zu unterhalten? Was, wenn Manfred mit seinen neu erworbenen Erkenntnissen zum Boss rannte? Oder einfach quatschen würde, weil er zu blöd war, um etwas für sich zu behalten? Oder war er vielleicht sogar vom Boss auf ihn, Leonard, angesetzt worden, um genau das rauszufinden: wie er über den dachte?

»Was bis jetzt war«, sagte Manfred, »mit dem Drogenverkauf und so, war ja noch okay. Aber den alten Mann am Strand so zu schlagen, das hätten Bernd und Karsten nicht tun dürfen, oder was meinst du?« Er schaute Leonard fragend an.

»Nein, da sind sie wirklich zu weit gegangen.« Sollte er Manfred fragen, was der von Bernds Verschwinden hielt? Nein, besser nicht. Nur keine schlafenden Hunde wecken.

»Und nun, was sollen wir machen?« Manfred zeigte mit Leidensmiene auf seinen Fuß. »Die Wunde tut auch noch schrecklich weh. Ich glaube, das hat sich entzündet.«

»Wenn es noch schlimmer wird, musst du damit eben zum Arzt gehen.«

»Aber die fragen mich doch bestimmt nach dieser Karte, die man vorzeigen muss, und der Boss hat gesagt, ich brauche die nicht. Also habe ich keine.«

Leonard sah die Verzweiflung in Manfreds Gesicht. Etwas musste geschehen. Und zwar dringend. Ihn überfiel Panik. Im Geiste sah er Manfred an einer Blutvergiftung zugrunde gehen, Inga mit eingeschlagenem Schädel in den Dünen liegen und Kinder, die neugierig von einer Tafel ›Schokolade‹ kosteten, die sie am Strand

gefunden hatten. Er musste diesen Alptraum beenden. Er ganz allein.
Wahrscheinlich hatte Inga sowieso schon die Polizei angerufen.

*

Michael Röder nahm die Tüte vom Fahrradlenker und stieg die kleine Treppe zum Dienstzimmer hoch. Er war gespannt, was seine Kollegen für Augen machen würden, wenn er ihnen den Inhalt präsentierte. »Hallo, Männer«, rief er lauthals, als er Broer Voss und Arndt Kleemann einträchtig vor dem Computer sitzen sah. »Ihr ratet nicht, was ich hier habe.«
»Ein Quarkbrot und drei Tafeln Hasch.«
Michael Röder blieb abrupt stehen und schaute die beiden ungläubig an. Diese Antwort war nun die letzte, die er erwartet hatte. »Wie, wieso wisst ihr das?«, fragte er verblüfft. Er sah, wie sich ein Lächeln in die Gesichter seiner Kollegen stahl.
»Eigentlich wollten wir dir die Geschichte vom Hellsehen verkaufen, aber ehrlich gesagt hat Lena gerade angerufen, weil sie dein Portemonnaie gefunden hat.« Arndt Kleemann hatte die Hände vor dem Bauch gefaltet und verbreitete so den Eindruck, die momentane Situation fest im Griff zu haben. »Es muss dir wohl aus der Tasche gefallen sein und war in die Ritze der Eckbank gerutscht. Sie hat es erst gefunden, als du schon weg warst. Und in diesem Zusammenhang hat sie den Inhalt der Tüte erwähnt.«
Broer Voss setzte noch einen drauf. »Dass das nur deine Frau nicht erfährt, dass du extra dein Geld bei Lena vergisst, nur damit du sie noch einmal besuchen kannst.«
Michael Röder merkte, wie er rot anlief. »Ihr seid ja ...

ihr seid einfach blöd«, schnaufte er. »Habe ich doch nicht extra gemacht. Außerdem solltet ihr euch wieder um die wichtigen Dinge kümmern. Wir haben nämlich allerhand zu besprechen. Grund in die Geschichte bringen, sozusagen. Damit wir die nächsten Schritte einleiten können.«

Er zog sich einen Stuhl heran und ließ sich darauf fallen. Dann erzählte er, was er von Lena erfahren hatte. »Ihr müsst zugeben: Der Verdacht liegt nahe, dass das Rauschgift in Claassens Wippe in unmittelbarem Zusammenhang mit seinem Tod beziehungsweise mit den Schlägen stehen könnte, die er erhalten hat. Wenn wir denn mal ausschließen wollen, dass sein Freund Okko ihn erst vermöbelt und dann wiederbelebt hat.«

Arndt Kleemann stimmte ihm zu. »Die Frage ist nur, wie kommt das Zeug an den Strand? Hat tatsächlich jemand danach gesucht? Fremde oder Insulaner? Hast du einschlägige Erfahrungen, wo hier mit dem Zeug gehandelt wird, Michael?«

»Es gibt keine festen Orte. Nicht so etwas wie einen Geheimtipp. Mal dringt was aus der einen oder anderen Kneipe durch, ein anderes Mal sind wir auch schon im Jugendclub fündig geworden, aber im Großen und Ganzen ist Drogenhandel hier wirklich eher ein sekundäres Problem.« Der Polizist überlegte weiter. »Kann ebenso gut möglich sein, dass das Zeug gar nicht für Baltrum bestimmt war, dass es lediglich aus Versehen hier angetrieben wurde.«

»Aber warum finden wir dann ausgerechnet zu einer Zeit, als die Platten hier antreiben, einen Toten und einen Schwerverletzten?«, sagte Broer Voss. »Das kann doch kein Zufall sein.«

»Außerdem, was heißt antreiben«, sinnierte Michael Röder. »Könnte auch jemand weggeworfen oder verloren haben, der schon auf der Insel war. Klingt zwar alles etwas seltsam, aber Tatsache ist, dass wir nichts wissen. Apropos, habt ihr in der Zwischenzeit schon etwas Näheres über unseren Toten von der Strandmauer erfahren?«

Arndt Kleemann schüttelte mit dem Kopf. »Nee, die Obduktion ist noch nicht durchgeführt worden, und der PC sagt uns auch nichts Hilfreiches zur Identifikation. Von der MRCC haben keinen Notfall gemeldet bekommen. Mit anderen Worten: Offiziell ist kein Seemann über Bord gefallen.«

»Entschuldigt bitte«, unterbrach Broer Voss. »MRCC, wahrscheinlich sollte ich es wissen, aber bitte, klärt mich auf.«

»Maritime Rescue Coordination Center«, sagte Michael Röder. »Rettungsleitstelle der Deutschen Gesellschaft zur Rettung Schiffbrüchiger. In Bremen. Du hast wohl keinen Bootsführerschein?«

»Habe ich nicht, und wir sind bisher mit dem Ausdruck DGzRS-Leitstelle auch sehr gut hingekommen. Allerdings haben wir auf dem Festland nicht ganz so häufig mit dieser Organisation zu tun.« Broer Voss schaute auf die Uhr. »Mein Magen könnte wohl eine Kleinigkeit gebrauchen. Sollen wir uns in einer Stunde wieder treffen, um noch einmal alles zusammenzutragen, was wir wissen?«

Michael Röder nickte. »Vielleicht haben wir bis dahin auch nähere Daten zu dem Toten.«

Broer Voss stand auf und ließ den Inselpolizisten und seinen Auricher Kollegen allein zurück.

Auch Michael Röder war aufgestanden. »Was meinst du, sollen wir mal schauen, ob unsere beiden Frauen schon wieder zurück sind?« Er warf einen Blick in den Flur, der zur Küche führte. Zu seinem Bedauern musste er feststellen, dass er weder Stimmen noch das Geräusch klappernden Geschirrs hörte. »Die sind wohl noch unterwegs«, sagte er bedauernd. »Da müssen wir uns selbst etwas zubereiten.«

Es dauerte nicht lange, da saßen sie, jeder mit einem Schinken- und einem Käsebrötchen in der Hand, im kleinen Gärtchen vor der Polizeistation.

»Ich hole uns noch etwas zu trinken. Mineralwasser?« Michael Röder stand auf, legte seine Brötchen vorsichtig auf den Gartenstuhl und wollte gerade die Verandatür öffnen, als er aus den Augenwinkeln eine Bewegung sah. War da jemand, der um das Polizeigebäude schlich? Wer suchte nach ihm?

»Hallo, hier bin ich«, rief er laut. »Im Garten.« Er bog um die Ecke und sah einen jungen Mann, der einen Finger auf seine Lippen gelegt hatte.

»Nicht so laut, bitte. Es darf keiner wissen, dass ich hier bin.«

Erstaunt sah Röder ihn an. »Was kann ich denn für Sie tun? Werden Sie verfolgt?«

»Bitte, nehmen Sie mich mit rein. Es darf erst recht keiner sehen, dass ich mit Ihnen rede.« Die Hände des jungen Mannes zitterten. Seine Augen waren weit aufgerissen und wanderten unruhig suchend hin und her.

»Na, dann kommen Sie mal mit. Aber zuerst sagen Sie mir, wie Sie heißen.« Michael Röder öffnete die Tür zum Dienstzimmer.

»Leonard Weber. Ich muss Sie um Hilfe bitten, ich stecke mittendrin in einem Riesenproblem …«

»Halt«, unterbrach der Polizist ihn. »Erst einmal hole ich meinen Kollegen, dann können Sie es sich ersparen, die gleiche Geschichte zweimal zu erzählen. So viel Zeit muss sein.«

Leonard verstummte kurz und sagte dann umso nachdrücklicher: »Es ist sehr wichtig, was ich Ihnen zu sagen habe, und es könnte auch sein, dass die Zeit knapp wird.«

»Moment noch. Gleich geht es los« Michael Röder lief in den Garten und kam gleich darauf mit Arndt Kleemann zurück. »So, jetzt erzählen Sie uns mal, was Sie bedrückt. Und warum Ihre Arme voller Kratzer sind.«

*

Das Erstaunen der beiden Kommissare wurde immer größer, als Leonard mit seiner Geschichte loslegte. Auch Broer Voss, der sich nach seiner Essenspause wieder im Dienstzimmer eingefunden hatte, konnte kaum glauben, was sich angeblich in den letzten Tagen von ihnen unbemerkt auf der Insel abgespielt hatte. Denn Leonard ließ nichts aus. Er begann damit, wie er und die anderen den Auftrag von ihrem Boss erhalten hatten, das Haschisch auf der Insel zu verkaufen, und wie durch Karstens Missgeschick die Tafeln im Wasser gelandet waren. Er beschrieb, wie Karsten bei ihrer vergeblichen Suche den alten Mann am Strand niedergeschlagen hatte und dass Bernd jetzt verschwunden sei. Und dass Manfred eigentlich dringend zum Arzt müsste.

»Und jetzt, stellen Sie sich das vor, jetzt sollte ich diese Inga irgendwie unschädlich machen, hat der Boss gesagt, und die restlichen Päckchen wiederbesorgen. Ich wollte erst auch, wegen der Kohle, aber dann habe ich nicht gekonnt. Sie müssen mir helfen.« Leonards Hände zitterten noch heftiger und sein Gesicht zeigte hektische rote Flecken.

»Herr Weber, Sie sind sich bewusst, dass Sie sich mit der Aussage selbst schwer belasten?« Michael Röder hatte seine Hände auf den abgenutzten braunen Tisch gestützt und schaute Leonard aufmerksam an.

»Ja, ich weiß, aber ich kann nicht mehr. Ich habe einfach keine Kraft mehr, alles gut zu finden, was der Boss von uns verlangt. Ehrlich gesagt, habe ich es nie gut gefunden, aber wie es so ist: Man steckt drin in dieser Abhängigkeit, und je länger man drinsteckt, desto schwieriger ist es, wieder da rauszukommen. Allerdings habe ich bis jetzt auch keinen Mut gefunden, es auch nur zu versuchen«, Leonard stockte, »diesem Mann und seiner Tochter etwas entgegenzusetzen. Aber jetzt wird alles anders. Wenn Sie mir helfen.«

»Und wie stellen Sie sich das vor?«, fragte Arndt Kleemann.

»Wir sagen dem Boss, dass die Inga mehrere Tafeln am Strand gefunden hat. Dann müssen wir es nur noch irgendwie hinkriegen, dass er und seine Tochter selbst losziehen, um die Tafeln zurückzuholen, und dann könnt ihr sie festnehmen.« Beifallheischend schaute Leonard in die Runde, sah aber nur entsetzte Gesichter.

»Erstens: immer noch ›Sie‹. Zweitens: Ich glaube, Sie haben einen Vogel, um es mal vornehm auszudrücken.« Arndt Kleemanns Stimme wurde immer lauter. »Denken Sie allen Ernstes, dass wir die junge Frau als Lockvogel einsetzen? Wer sagt mir denn überhaupt, dass die ganze Story stimmt, die Sie uns hier auftischen? Dass nicht Sie in Wirklichkeit den alten Claassen am Strand erschlagen haben? Außerdem fehlt mir noch eine Kleinigkeit: Was ist mit dem Mann, den wir tot unterhalb der Strandmauer gefunden haben? War das auch jemand, der Ihnen nicht in den Kram gepasst hat? Erzählen Sie mal.«

Entsetzt schaute Leonard den Hauptkommissar an. »Was für ein Mann?«

Broer Voss schaute Leonard ungeduldig an. »Sagen Sie mir jetzt nicht, Sie wüssten von nichts. Würde doch Ihrer

Geschichte noch die Krone aufsetzen, so ein weiterer Todesfall!« Er hatte die linke Hand zur Faust geballt und umschloss sie mit der rechten.

»Bernd«, sagte Leonard tonlos. »Vielleicht ist es Bernd.«

»Schauen Sie. Hier ist das Foto des Toten.« Kleemann hatte das Bild vom Schreibtisch genommen und zeigte es Leonard. Der hatte die Augen geschlossen, als wolle er den Anblick dessen, was ihn erwartete, auf diese Art hinausschieben.

»Herr Weber, bitte sehen Sie sich das Foto an.« Michael Röder blickte gespannt auf sein Gegenüber.

Leonard öffnete die Augen und gleich darauf überzog eine ungesunde Blässe sein Gesicht. In seinen Augen standen Tränen. »Das war dieses Schwein Karsten. Ich weiß genau, dass Karsten ihn auf dem Gewissen hat. Der war immer so genervt von Bernds lateinischen Sprüchen. Außerdem hatte der Angst, dass Bernd ihm seine Rolle als Anführer der Gruppe abjagen wollte. Weil Bernd viel intelligenter war. Sie müssen den Mann kriegen, bevor noch mehr passiert!«

»Das werden wir auch«, sagte Kleemann. »Doch noch haben wir nur Ihre Aussage. Außerdem wundert mich ein bisschen, wie betroffen Sie auf den Tod Ihres Kollegen reagieren, ehrlich gesagt. Als der alte Mann am Strand geschlagen wurde, haben Sie das offensichtlich ganz cool hingenommen.«

»Genau wie Sie diese Inga eben noch ganz ohne Bedenken als Lockvogel einsetzen wollten«, sagte Michael Röder skeptisch. »Und jetzt Tränen? Woher wissen wir, dass Sie den Mann nicht selbst getötet haben? Und Tränen vergießen, weil wir ihn so schnell gefunden haben? Oder aus was für einem Grund auch immer. Wir müssen Sie festnehmen, das ist Ihnen ja wohl klar, oder?« Michael Röder war um den Tisch herumgegangen und hatte sich hinter Leonard gestellt. Leonard sprang auf, wurde aber sofort von Röder wieder auf den Stuhl gedrückt. »Ganz ruhig, Herr Weber.«

»Wenn Sie mich festnehmen, dann ahnen die doch was. Ich habe gar nichts dagegen, dass ich meine Strafe bekomme. Auch wenn ich Bernd nicht umgebracht habe. Ganz bestimmt nicht. Ich will doch nicht weglaufen – aber die anderen, denen muss ebenfalls das Handwerk gelegt werden. Wie wollen Sie das denn machen ohne mich?«, rief Leonard aufgebracht.

»Ganz einfach«, antwortete Broer Voss. »Wir lassen Sie hier in Gewahrsam, gehen rüber zur Ferienwohnung und nehmen den Rest fest.«

»Das sind vier Leute. Und die sind gefährlich. Das sehen Sie doch.« Verzweifelt schaute Leonard Weber Broer Voss an.

Der versuchte, ihn zu beruhigen, obwohl ihm die Schwierigkeit eines solchen Einsatzes nur zu bewusst war. »Wenn wir etwas unternehmen, wird das so gut geplant, dass nichts passieren kann, das können Sie mir glauben.«

»Außerdem sind die vielleicht gar nicht zu Hause. Und was können Sie denen schon beweisen?«

»Ich gehe davon aus«, sagte Arnd Kleemann, »dass die Menge Rauschgift, die sich Ihrer Aussage nach in der Wohnung befindet, für eine Festnahme reicht, nicht wahr? Ist Ihr Chef bewaffnet?«

Leonard zögerte. »Keine Ahnung. Vor ein paar Wochen, in Esens, da hat er mal mit so was rumgefuchtelt. Ich weiß aber nicht, ob die echt war oder nur eine Attrappe, und ich weiß nicht, ob er die Waffe mit auf die Insel gebracht hat. Ich weiß nur, dass er stinksauer auf uns ist, weil wir die Sache vermasselt haben. Nicht zu vergessen Siggi. Wo die hinhaut, wächst kein Gras mehr.«

Michael Röder beschlich ein Gefühl, als würde er sich gerade auf sehr schwammigem Untergrund bewegen. Er konnte die Geschichte des Mannes nicht einordnen, der hier einerseits wie ein Häuflein Elend vor ihm saß und dennoch gleichzeitig fest entschlossen war, seine Probleme bei ihnen abzuladen. Es war durchaus möglich, dass Leonard Webers Geschichte der Wahrheit entsprach. Es konnte aber eben so gut sein, dass sie in diesem Moment einen Totschläger vor sich sitzen hatten, der in seiner Verzweiflung mehr Angst vor seinem Chef als vor der Polizei hatte. Tatsache war, dass sie, um einen vollen Erfolg verbuchen zu können, nicht nur die Männer fassen, sondern die Beweise für die Straftaten mitliefern mussten. »Ist Inga Tarmstedt Ihrem Chef bekannt? Weiß er, wo sie wohnt, und wie sie aussieht?«

»Er weiß, dass sie bemerkt hat, dass wir gesucht haben; er weiß, dass sie mit der Enkeltochter von dem Alten vom Strand bekannt ist; und er weiß, dass wir gesehen haben, wie sie bei der Polizei rausgekommen ist. Na ja, das reichte ihm natürlich. Aber das habe ich doch eben schon alles gesagt.«

»Können Sie Ihren Chef erreichen? Per Handy?«, fragte Michael Röder angespannt.

Leonard nickte.

»Gut, dann rufen Sie ihn an und sagen ihm, dass sie noch eine Weile unterwegs sein werden und in einer knappen Stunde zu Hause sind.« Michael Röder merkte, dass seine beiden Kollegen ihn entsetzt anblicken. »Wartet ab«, sagte er und wandte sich dann wieder Leonard zu. »Sie bleiben hier. Und zwar in nebenan in unserer Zelle. Dass das klar ist. Meine Kollegen und ich ziehen uns zu einer Besprechung zurück. Dann werden wir sehen, wie wir weiter vorgehen. Ende offen.«

Leonard nickte. »Wird mir nichts anderes übrig bleiben.«

»Aber erst geben Sie mir mal die genauen Daten Ihres Chefs«, sagte Arndt Kleemann. »Und und von dessen Tochter und den anderen Jungs, soweit ihnen bekannt. Sie wissen schon, Name, Wohnort und so weiter.«

Er tippte die Daten in den Computer und es dauerte nicht lange, da hielt er zwei eng beschriebene Blätter in der Hand. »So, jetzt sind wir schon ein wenig schlauer«, sagte er zu seinen Kollegen und zu Leonard gewandt: »Sie warten hier, wie abgemacht.«

»Ich verspreche Ihnen, ich werde alles tun, was Sie wollen. Hauptsache, dieser Alptraum ist schnell vorbei.« Leonard wählte und berichtete der Person am anderen Ende der Leitung, dass er sich verspäten würde.

*

Schon seit einer Stunde stand Walter Bertelsmann ungeduldig an der Buhne und wartete auf das kleine Schiff, das seine Malerkollegen aus Worpswede an Bord haben sollte. Noch immer glaubte er nicht so recht daran, dass Hans am Ende, Fritz Mackensen und das Ehepaar Modersohn den Weg auf die Insel nehmen würden. Seit Tagen hatte er den Brief, den er von Hans am Ende bekommen hatte, immer wieder durchgelesen, die Zeilen in seinen Gedanken hin und her bewegt. Manchmal hatte er das Gefühl, dass seine Bekannten aus Worpswede ihn nur zum Narren halten wollten mit seiner Leidenschaft, die er für die Insel entwickelt hatte. Kurze Zeit später wiederum war er sich ganz sicher, dass die vier kommen würden.

Gerade an diesem Tag zeigte sich Baltrum in seiner

ganzen Schönheit. Es hatte leicht gefroren in der Nacht, und die spitzen Halme des Dünengrases waren auch am späten Vormittag mit einer silbern glänzenden Raureifschicht überzogen. Der Wind, der aus Osten wehte, war fast gar nicht zu spüren. Selbst die Flaggen, die vor einigen Häusern gehisst waren, hingen schlaff herunter.

Er schirmte seine Augen mit der flachen Hand vor der Sonne ab und starrte hinaus auf die Wichter Ee. Da war es. Langsam schob sich das weiße Schiff am Ostende von Norderney vorbei und bog dann ab Richtung Baltrum. Gleich würde er wissen, ob sie an Bord waren. Er lief näher zur Anlegestelle, und er mochte es kaum glauben, als er die junge Frau mit den dunklen Haaren sah, die wild gestikulierend an Deck des Schiffes stand. Selbst aus der Ferne konnte er das fröhliche Lachen erkennen, das ihre großen Augen blitzen ließ. Paula Modersohn-Becker. Und um sie herum standen die anderen, dick eingehüllt in warme Wintermäntel. Sie hatten es tatsächlich wahr gemacht.

Nachdem die vier festen Inselboden betreten hatten, folgte eine ausgiebige Begrüßung. »Es ist wahrlich fast wie eine Weltreise, lieber Walter Bertelsmann«, sagte Hans am Ende. »Aber ich glaube, es hat sich gelohnt.«

»Kommen Sie, lassen Sie uns die Taschen zum Hotel bringen. Herr Küper war so nett, die Zimmer für Sie vorzubereiten. Aber erwarten Sie nicht zu viel. Die Zimmer sind einfach, jedoch hell und sauber. Und in der Küche des Hauses ist es schön warm.« Walter Bertelsmann ging voran, und die anderen folgten ihm. »Dann muss ich Sie unbedingt noch Familie Evers vorstellen. Sie sind mir liebe Freunde geworden in den letzten Wochen. Sie erwarten uns übrigens zum Tee. Ich habe versprechen müssen, Sie mitzubringen.«

Otto Modersohn lachte. »Wenn ich richtig zugehört habe, wollen Sie wahrscheinlich gar nicht wieder weg von diesem Fleckchen Erde, lieber Bertelsmann, oder wie soll ich Ihren Enthusiasmus deuten?«

»Es ist schon ein ganz außergewöhnliches Erlebnis, in dieser Jahreszeit hier zu sein. Man kommt sofort in Kontakt mit den Menschen, hat die Launen der Natur aus erster Hand. Man spürt das Leben ... wie soll ich es sagen ... intensiver als am Festland. Selbst in Worpswede, das im Vergleich zu meiner Heimatstadt Bremen ein Dorf ist, habe ich das Gefühl, dass das Leben viel schneller vorbeifliegt als hier auf diesem Sandhaufen.« Walter Bertelsmann war stehen geblieben. »Hier leben etwa einhundertsiebzig Einwohner, auf Gedeih und Verderb den Launen der Natur ausgesetzt. So was schweißt die Menschen zusammen und macht sie demütig. Ich habe hier in der Tat viele liebe Menschen kennengelernt.«

»Wir glauben Ihnen ja, lieber Bertelsmann, und wir haben auch noch eine Überraschung für Sie.« Der Maler sah in den vier Gesichtern ein vergnügtes Lächeln. »Wir haben beschlossen, nicht nur für eine Übernachtung zu bleiben, sondern mindestens für drei. Was halten Sie davon?«

»Ich?«, sagte Bertelsmann, »Ich bin begeistert. Fragt sich nur, was Herr Küper dazu sagt. Aber wir sind schon da. So können wir gleich hören, was er von Ihrem Wunsch hält.«

Hinrich Janssen Küper stand schon vor der Tür, als seine Gäste das Hotel erreicht hatten. Freundlich begrüßte er sie und hatte auch nichts dagegen, dass sie ein paar Tage länger bleiben wollten. »Ich wäre ein schlechter Gastgeber, wenn ich dazu nein sagen würde. Wenn Sie mit der Unterbringung zufrieden sind, und Ihnen das ein-

fache Essen schmeckt, das meine Frau für Sie zubereitet, können wir das gerne so halten.«

»Also, um das Essen müssen sie sich keine Gedanken machen. Frau Küper kocht vorzüglich«, sagte Walter Bertelsmann, bevor er seine vier Besucher in die Obhut des Hoteliers entließ. »Packen Sie in Ruhe Ihre Reisetaschen aus. Ich werde in der warmen Küche auf Sie warten und Ihnen dann auf einem ausgedehnten Spaziergang die karge Schönheit der Insel nahebringen. Und dann gibt es Tee bei Evers.«

Es war schon später Nachmittag, als Fritz Mackensen sich aus dem gemütlichen Lehnstuhl in der Eversschen Wohnstube hievte und lauthals in die Runde sagte: »Liebe Freunde, es war ein langer, erquickender Spaziergang über dieses ganz besondere Stückchen Natur. Ich glaube, ich darf im Namen aller sprechen, dass es uns nicht gereut hat, diese doch recht umständliche Reise angetreten zu haben.«

Mit Schaudern gedachte er des Moments in Dornum, als sie gerade in dem Landauer Platz genommen hatten, der sie nach Neßmersiel bringen sollte. Ein scharfer Knall hatte plötzlich die Luft zerrissen, niemand wusste woher, und die Pferde drohten vor der Kutsche durchzugehen. Mit viel Geschick und beruhigenden Worten hatte es der Kutscher geschafft, die Tiere auf der Straße zu halten.

»Ich danke unseren Gastgebern Frau Hiemke und Herrn Eilt Evers für den leckeren Tee und die vielen Geschichten, die wir gehört haben. Ich hoffe sehr, dass wir in der kurzen Zeit unseres Aufenthaltes noch einmal bei Ihnen vorbeischauen dürfen. Und jetzt werde ich mich zurückziehen in mein Zimmer, mir meine Schlafdecke umlegen und der Ruhe frönen.«

Als Mackensen den Weg nach draußen angetreten hatte,

erhob sich sogleich wieder eine angeregte Unterhaltung.
»*Mackensen hat recht*«, *sagte Paula Modersohn-Becker.* »*Es ist wirklich ein beeindruckendes Fleckchen Erde.*« *Plötzlich sprang sie auf.* »*Ich muss malen. Herr Bertelsmann, wie steht es mit Ihren Arbeitsutensilien? Wir haben zwar in Worpswede geschworen, nicht einmal über das Malen nachzudenken, aber dieser Schwur lässt sich von einem richtigen Künstler einfach nicht aufrechterhalten. Ich weiß nicht, wie Sie darüber denken, aber ich würde es reizvoll finden, wenn jeder von uns, so in seinem eigenen Stile, sich ein Motiv von diesem Eiland vornehmen würde. Zum Schluss, wenn alle ihre Arbeiten abgeschlossen haben, werden wir die Bilder miteinander vergleichen und voneinander lernen.*«

Die anderen nickten, und Walter Bertelsmann sagte: »*Ich habe genügend Farbe, Pappen, Stifte und alles, was Sie benötigen, in meinem Zimmer. Sie können morgen früh gleich anfangen, wenn Sie möchten.*«

»*Das bedeutet dann wohl, dass wir Ihre Bilder hier nicht sehen werden?*«, *fragte der Inselvorsteher.*

»*Nein, leider werden wir sie erst in Worpswede richtig fertigstellen können. Dazu ist die Zeit zu kurz, die wir hier verbringen*«, *erklärte Hans am Ende.* »*Aber vielleicht führt Sie Ihr Weg ja irgendwann nach Worpswede, wenn Sie das Festland besuchen. Dann sind Sie herzlich eingeladen, bei jedem von uns.*«

*

»Was um alles in der Welt sollen wir mit dem Kerl in der Zelle anfangen?« Michael Röder und Broer Voss beratschlagten im Wohnzimmer.

Arndt Kleemann hatte sich in die Küche zurückgezogen und telefonierte mit seinem Chef.

»Tja, wenn ich alles zusammenzähle, kommen jede Menge guter Gründe zusammen, um die Leute festzunehmen«, sagte er. »Gefahr im Verzuge und so weiter. Besonders für diese Frau Tarmstedt. Scheint den Jungs ein besonderer Dorn im Auge zu sein. Und dass Leonard Weber zumindest in Bezug auf das Rauschmittel die Wahrheit sagt, liegt auf der Hand. Wer nun tatsächlich wem einen übergezogen hat, da haben wir zum jetzigen Zeitpunkt nur die Aussage des jungen Mannes. Die Frage ist: Wie gehen wir mit dem Sachverhalt um? Festnehmen und warten, bis sich die anderen aus der Gruppe ebenfalls noch die an Köpfe kriegen? Könnte klappen. Aber wenn nicht, was dann? Dann steht Aussage gegen Aussage. Oder den Mann mit einbinden in den Einsatz, auch auf die Gefahr hin, dass uns ein Mörder durch die Lappen geht? Also, Herr Müller, Risiko oder nicht?«

Arndt Kleemann hörte schweigend zu, wie sein Chef in Aurich die Lage einschätzte, dann gesellte er sich wieder zu seinen Kollegen. »Na, habt ihr den Stein der Weisen gefunden?«

Die beiden schüttelten den Kopf. »Nee, nicht so ganz. Komm, setz dich«, sagte Michael Röder. »Aber vielleicht war Webers Idee, die Truppe auszutricksen, doch nicht so schlecht.«

Arndt Kleemann runzelte die Stirn. »Michael, das kannst du nicht wirklich meinen, oder?«

»Ich sage nur, wir sollten sie austricksen. Schließlich sind wir in der Unterzahl, das ist nun mal nicht von der Hand zu weisen. Und bis Hilfe vom Festland da ist, kann wer weiß was passieren«, überlegte der Inselpolizist. »Wenn wir Weber weiterhin festsetzen, ist die Truppe tatsächlich gewarnt, und ich möchte nicht wissen, was dann los ist. Wenn nicht, ergeben sich folgende Fragen:

Lassen wir einen Schwerkriminellen leichtfertig laufen? Wie lange hält der das durch bei seiner Truppe, ohne sich zu verraten? Wann platzt die Geschichte und die gehen ihm womöglich auch noch an den Kragen? Ich bin ganz klar der Meinung, wir müssen so schnell wie möglich den gesamten Haufen aus dem Verkehr ziehen. Mit Hilfe von Leonard Weber. Das Risiko müssen wir eingehen, aber für uns und ihn so gering wie möglich halten. Also – wir können nicht warten.«

»Ich bin mir nicht sicher, ob wir tatsächlich ohne Hilfe vom Festland eingreifen sollten«, widersprach Arndt Kleemann. »Der Tote an der Strandmauer ist Beweis genug, dass die Leute äußerst brutal vorgehen. Sollte der Einsatz aus irgendeinem Grund außer Kontrolle geraten, können wir das nicht alleine reißen.«

Röder schaukelte unruhig hin und her. »Mensch, Arndt, jede Minute zählt. Sonst haben wir nachher noch Schuld daran, wenn die Situation eskaliert. Lass auch nur eine der Befürchtungen von Weber wahr werden, dann sehen wir verdammt schlecht aus. Denk an die Tarmstedt. Wir müssen was tun.«

»Schuld haben die, die zugeschlagen haben«, wehrte Arndt Kleemann ab. »Wenn die Geschichte überhaupt stimmt und der Knabe nebenan uns keinen Blödsinn erzählt hat. Auch diese Option ist noch offen. Dann stehen wir nämlich mit völlig leeren Händen da. Vergesst das nicht!«

Röder war aufgesprungen und schrie: »Wir können doch nur wissen, ob der Weber uns Scheiß erzählt hat oder nicht, wenn wir die Leute kriegen. Kapierst du das denn nicht, Arndt? Oder ist dir dein eigenes Hemd wichtiger?«

Arndt Kleemann stand ebenfalls auf. »Was willst du

damit andeuten, Michael? Dass ich ein Feigling bin? Nun sag schon.«

Michael Röder schwieg.

Ungläubig wartete Kleemann auf eine Antwort. Nichts. Das hätte er zu allerletzt erwartet. Eine derartige Anschuldigung übertrat alle Diskussionsgrenzen. Er machte einen Schritt auf Röder zu, dann brüllte er los. »Sag mal, hast du eigentlich noch alle Tassen im Schrank? Da kriegst du ein Diszi an den Hals, das sich gewaschen hat, das ist mal klar, oder? Hast du noch irgendwas dazu zu sagen?«

Der Inselpolizist zuckte zusammen. »Nein, ich ... Tut mir leid. Entschuldige. War nicht so gemeint. Ich habe einfach nur Nervenflattern, weil uns die Zeit wegläuft. Verstehst du das denn nicht?«

»Doch«, sagte Kleemann scharf. »Nur ist keinem damit geholfen, wenn wir hier im blinden Aktionismus über die Insel stürmen. Ich weiß jedenfalls, dass es allemal besser ist, Fakten zusammenzutragen, zu beurteilen und dann zu handeln. Ich habe keine Lust, nach dem Einsatz noch einen Haufen weiterer Tote an Land zu schaffen.«

»Du hast recht. Noch einmal: Es tut mir leid. Ich wünschte, ich könnte den Satz wieder zurücknehmen. Ich hoffe, du glaubst mir, dass ich das nicht ernst gemeint habe. Es ist nur wegen dieser verdammten Situation. Diese Brutalität, die die an den Tag legen. Hinrich Claassen und der Tote von der Strandmauer sind doch die besten Beweise dafür, oder findet ihr nicht? Mal ganz abgesehen davon, dass auch für die junge Frau eine unmittelbare Gefahr bestehen könnte. Ich werde gleich als Erstes Kontakt mit ihr aufnehmen. Wundert mich sowieso, dass die sich noch gar nicht bei uns gemeldet hat, wenn das stimmt, was der Weber uns erzählt hat.«

»Also, was tun wir?« Arndt Kleemann schaute seine

Kollegen auffordernd an. Er hatte sich wieder gesetzt. Er war immer noch stinksauer, aber ihm war klar, dass ein Streit jetzt genau das war, was er am wenigsten gebrauchen konnte.

Broer Voss hatte bis jetzt geschwiegen, aber ihm stand die Unruhe ins Gesicht geschrieben. Plötzlich schlug Voss mit der flachen Hand auf den Tisch. »Verdammt noch mal, warum haben wir denn hier nicht irgendwelche Leute, die wir zur Verstärkung mit heranziehen können?«

Michael Röder schaute seinen Kollegen an. »Ich glaube, ich habe eine Idee.«

*

Als Inga und Fynn in die Küche traten, saß Lena am Tisch, den Kopf in die Hände gestützt, und weinte. Schnell ging Inga zu ihr und nahm sie in den Arm.

»Hallo, schönes Mädchen, ich mag keine Tränen in deinen Augen sehen«, hörte sie Fynn sagen und war heilfroh über die Gelassenheit, mit der er versuchte, die Situation zu lockern.

Und es half. Lena griff nach einem Küchentuch, wischte sich die Augen ab und sagte: »Kommt, trinkt ein Glas mit mir. Tee kann ich nicht mehr sehen. Wie wäre es mit einem Sekt? Es gibt zwar nichts zu feiern, aber ich habe eine Flasche in Omas Kühlschrank gefunden. Die bettelt geradezu darum, geöffnet zu werden.«

Inga und Fynn waren nicht abgeneigt und bald stand vor jedem ein Glas Sekt. »Ach, ich habe ganz vergessen, Meyers wollen kurz vorbeikommen. Aber nur, wenn es dir recht ist.« Inga schaute Lena fragend an.

Die nickte. »Sollen sie man. Ich kann mich nicht ewig

vor der Außenwelt verstecken. Heidi wird sich sicher auch noch blicken lassen. Na, denn: Prost!«

Genau in diesem Moment klopfte es und Meyers standen in der Tür. »Oh, wird hier gefeiert?« Wolfgang Meyer zuckte zusammen, als seine Frau ihm ihren Ellenbogen mit aller Macht in die Seite rammte.

»Entschuldigung, er meint es nicht so«, sagte sie. »Dürfen wir reinkommen? Als Nachbarn gehört es sich doch, dass wir unsere Hilfe anbieten.«

»Gerne, setzen Sie sich. Möchten Sie auch ein Glas?« Lena holte zwei frische Gläser aus dem Schrank und schenkte ein. Im gleichen Moment öffnete sich die Tür abermals und Heidi steckte ihren Kopf herein.

»Das ist ja wie am Tag der offenen Tür«, entfuhr es Lena, doch sie lächelte dabei. »Es ist schön, wenn jemand da ist, der sich um einem kümmert«, sagte sie und holte ein weiteres Glas. »Und wo ihr nun schon mal alle da seid, will ich euch erst einmal mit Neuigkeiten versorgen. Michael Röder hat zwar gesagt, ich solle nichts an die Öffentlichkeit bringen, aber das ist schließlich meine Entscheidung. Und ihr seid außerdem nicht die Öffentlichkeit.« Lena erzählte, was sie von dem Polizisten erfahren hatte und berichtete von den Tafeln, die sich als Haschisch erwiesen hatten.

Inga war aufgesprungen. »Die Jungs. Natürlich, die Jungs! Bernd, Karsten und die anderen. Ständig sind die am Strand auf und ab gelaufen. Die haben mir erzählt, dass sie auf Bernsteinsuche waren. Für ihre Mütter. Dass ich nicht lache. Und ich Idiot habe das geglaubt. Alles Blödsinn. Die haben das Hasch gesucht. Ganz bestimmt. Und dann der Auftritt von Leonard heute Nachmittag. Da stimmt doch was ganz und gar nicht. Ich muss sofort mit der Polizei reden. Sofort! Ich weiß, wer die sind. Lena, gib mir das Telefon, bitte.«

»Nicht nötig«, sagte Michael Röder von der Tür her. »Bin schon da. Ich bin gekommen, um euch zu warnen, falls einer dieser Typen bei euch auftaucht.« Michael Röder berichtete in knappen Worten, was sich bisher ereignet hatte, dann ließ er sich von Inga genau erzählen, was sie in den letzten Tagen mit den vier Männern erlebt und wo sie sie getroffen hatte.

»Was ein Glück, dass jetzt Fynn bei Ihnen ist«, seufzte Frau Meyer, als Inga ihre Geschichte beendet hatte.

Alle Blicke richteten sich auf Fynn, der auf die Küchentischdecke starrte und murmelte: »Habe ich immer gesagt, dass es ein Fehler war, hierher zu fahren. Aber Inga wollte einfach nicht auf mich hören.«

Der Polizist stand auf. »Ich muss wieder los. Also seid vorsichtig. Ganz besonders Sie, Frau Tarmstedt. Nicht alleine unterwegs sein und so weiter, bis wir Entwarnung geben.«

Wolfgang Meyer hatte sich ebenfalls erhoben. »Ich begleite dich noch eben raus, Michael. Ihr kommt sicher kurz ohne meine Anwesenheit aus, oder?«

»Michael, wenn du schon hier bist, nimm dein Portemonnaie mit.«, sagte Lena, dann wandte sie sich an die anderen. »Ich werde mal schauen, ob ich in Omas Vorrat noch eine Flasche Sekt finde. Auch wenn sie warm ist. Es wäre schön, wenn ich heute Abend nicht allein bliebe.«

Mit einem Ruck erhob Fynn den Kopf und sagte mit schmachtender Stimme: »Wenn du möchtest, kann ich die ganze Nacht …«

»Danke nein, lieber Fynn«, sagte Lena lächelnd. »Es reicht mir schon, wenn wir einfach nur die nächsten Stunden gemütlich hier beisammensitzen. Außerdem solltest du wohl besser auf Inga und nicht auf mich aufpassen. Du hast gehört, was der Polizist gesagt hat. Und morgen, wenn Oma kommt, und die Tage darauf wird es noch aufregend genug.«

*

Wolfgang Meyer bremste und stieg von seinem Fahrrad. Das mussten sie sein. Die Beschreibung passte genau. Er lehnte sein Fahrrad an die Strandmauer und schaute aufs Wasser. Sollte er es tun? Er war sich nicht sicher. Er wusste nur: Wenn, dann musste es bald passieren. Er hatte nicht viel Zeit. Er hatte sich Röders Geschichte angehört und seine Chance gesehen. Doch jetzt zögerte er. Sollte er oder nicht? Noch konnte er zurück.

Langsam ging er über das Rasenstück zwischen Mauer und *Strandhotel Wietjes*. Noch standen wegen des guten Wetters einige Tische draußen, aber bis auf einen war keiner besetzt. Er suchte sich einen Platz ganz in der Nähe der Gruppe und ließ sich mit einem Schnaufen in einen der weißen Plastikgartenstühle fallen.

Kaum hatte er Zeit, in die Speisekarte zu schauen, da kam die Bedienung bereits, ein leeres Tablett vor sich hertragend, aus dem Hotel und fragte nach seinen Wünschen.

»Eine Cola bitte.«

»Und was zu essen?«, hakte die junge Frau nach.

Er wollte den Kopf schütteln, besann sich dann aber. »Steht bei Ihnen Finkenwerder Scholle auf der Karte? Sie wissen schon, die mit Speck und Krabben obendrauf.«

Sie nickte. »Haben wir. Die Krabben sind ganz frisch gepult.«

»Dann nehme ich die Scholle.«

Er hatte keinen Appetit, war viel zu aufgeregt, und

außerdem hatte er bereits zu Abend gegessen. Aber er wollte Zeit gewinnen. Zeit, die er eigentlich nicht hatte, die er aber trotzdem unter Umständen brauchen würde. Sollte sie doch kommen, die Scholle. Würde er sie eben bezahlen und zurückgehen lassen, wenn die Ereignisse der nächsten Minuten ihm keine Zeit zum Essen ließen. Sein Mund war trocken. Am liebsten hätte er ein Kölsch heruntergestürzt, aber er wusste, dass es besser war, jetzt nüchtern zu bleiben. Wie nur sollte er Kontakt mit den Leuten aufnehmen? Er war ratlos und versuchte, Gesprächsfetzen, die vom Nebentisch kamen, aneinanderzufügen. Vergebens. Sollte er sie einfach ansprechen und fragen?

Plötzlich merkte er, wie sich die Stimmung am Tisch veränderte. Waren die Stimmen bislang noch ruhig und in gleichmäßiger Lautstärke zu ihm herübergeweht, so schien der junge Mann, der am nächsten zu ihm saß, nun mit der Frau in Streit zu geraten. Doch es dauerte nur einen Augenblick, da durchschnitt ein scharfes Wort des älteren Mannes die Luft und sofort schwiegen alle.

Dann sah Wolfgang Meyer, dass der Ältere Anstalten machte, aufzustehen. Jetzt hielt es Wolfgang nicht mehr an seinem Platz. Er musste handeln, sonst war es zu spät. Scholle hin oder her. Wolfgang Meyer stand auf und ging hinüber, direkt auf den Mann zu. »Entschuldigung, darf ich Sie einen Augenblick sprechen?«

Mürrisch schaute der Mann ihn an. »Was gibt's?«

Wolfgang Meyer gab sich innerlich einen Ruck und seine Stimme wurde fester. »Ein Geschäft vielleicht. Aber nicht hier. Hier kennt man mich.«

Die anderen am Tisch schauten ihn neugierig an.

Der Mann zögerte. »Karsten, geh mit ihm. Frag ihn, was er will.«

»Nein. Nur Sie. Oder gar nicht. Sie sind doch der Chef. – Sieht zumindest so aus.« Wolfgang Meyer schlotterten die Knie. Er kam sich vor wie in einem drittklassigen Gangsterfilm. Aber er war sich sicher, ihm konnte nichts passieren. Trotzdem!

Langsam schob der Mann seinen Stuhl zurück. »Bleibt alle hier. Bin gleich zurück.«

»Soll ich nicht lieber mitkommen, Papa?« Die junge Frau hatte sich ebenfalls erhoben, doch der Mann winkte ab.

»Schon gut, bleib bei den anderen. – Wir gehen ein Stück und Sie erzählen mir, was Sie von mir wollen«, wandte er sich wieder an Meyer.

Wolfgang Meyer nickte. Er sah den Mann an, der ihm nicht einmal bis an die Schulter reichte. Er trug einen beigen Anzug, dazu weiße Socken und dunkelbraune Sandalen. Höchst unpassend für einen Inselurlaub, schoss es Meyer durch den Kopf, und sein Blick wanderte kurz zu dem blau-gelben Hawaiihemd herunter, dass seine eigenen Kilos fröhlich umschmeichelte. Wie Pat und Patachon, dachte er. Nur gut, dass ich der Größere bin.

»Moment noch«, sagte er, holte seine Geldbörse aus der Tasche und fingerte darin herum. Mit ungelenkem Griff konnte er gerade noch zwei Hunderter festhalten, die sich selbstständig machen wollten, dann hatte er einen Zwanziger gefunden und klemmte ihn unter den Aschenbecher auf seinem Tisch. »Damit die Bedienung nicht böse wird.«

»Also, noch mal, was wollen Sie?«, fragte der Mann ungeduldig.

»Stoff«, flüsterte Meyer ihm zu. »Ich habe etwas läuten hören hier auf der Insel. Mal hier, mal da. Würde zu weit führen, wenn ich alles erzähle. Ich habe immer gerne einen kleinen Vorrat davon liegen. Gut versteckt, versteht sich. Fakt ist: Hier bin ich ein netter Ferienwohnungsvermieter und Künstler. Aber manchmal, ja, manchmal möchte man eben Dinge tun, die hier nicht so recht ins Bild passen. Verstehen Sie?«

»Nee, verstehe ich nicht. Mich interessiert auch Ihre Lebensgeschichte herzlich wenig. Wenn das alles ist, was Sie vorzubringen haben, dann werde ich jetzt wieder zu meinen Leuten gehen. Auch wenn Sie mir eben deutlich genug zu verstehen gegeben haben, dass Sie Geld genug in der Tasche haben. Glauben Sie man nicht, dass ich blöd bin.« Der Mann wandte sich ab.

»Warten Sie, ich habe noch was.« Wolfgang Meyer war stehen geblieben und hatte den rechten Arm des Mannes umfasst, was dieser mit einer säuerlichen Miene quittierte. »Es ist mir wichtig, verstehen Sie«, begann er erneut. »Ich komme so selten ans Festland, und wenn ich fahre, ist meine Frau immer dabei. Also keine Chance für mich, an das Zeug ranzukommen. Na gut, Sie sind nicht interessiert am Geld, was ich fast nicht glauben kann, aber wie wäre es mit Informationen? Als Beispiel: Sollte ihr Kollege nicht eine junge Frau aus dem Verkehr ziehen? Und – hat es geklappt? Hat er Ihnen das gesagt? Fragen Sie ihn mal. Ich weiß, wie's war.«

Der Mann machte einen Schritt rückwärts und löste seinen Arm aus Meyers Pranke. Ärgerlich sagte er: »Ihr angebliches Wissen interessiert mich nicht im Geringsten. Was ich auf dieser Insel zu erledigen habe, geht Sie nichts an. Gar nichts. Und nun hauen Sie ab.«

Wolfgang Meyer schaute sich um. Es war leer geworden auf dem Roten Platz vor dem Rathaus. Die Geschäfte hatten geschlossen, und bei vielen Familien wurden gerade die Kinder nach einem erholsamen Sonnentag ins Bett gebracht.

»Verdammt, wissen Sie eigentlich, wie nah Ihnen die Bullen auf den Fersen sind?«, sagte er eindringlich. »Die stehen nur bei den Beweisen noch auf dem Schlauch. Glauben Sie mir, ich bin bestens informiert. Die Blauen gehen auf der Insel immer sehr großzügig mit ihrem Wissen um. Also, was kann Besseres passieren, als wenn ich Ihnen das Zeug abkaufe? Bei mir suchen die es nie im Leben. Nicht bei dem netten Onkel Meyer von nebenan. Und ihr könnt morgen mit meinem Geld ans Festland verschwinden. Also ist jedem gedient. Krieg ich jetzt das Zeug, oder nicht?«

Der Mann schaute ihn prüfend an.

Wolfgang Meyer begannen die Hände zu zittern. »Bitte, ich brauche das Zeug.«

»Warten Sie hier.« Der Mann lief die kleine Treppe zur *Villa Christine* hinauf und kam nach kurzer Zeit wieder zurück. »Hier habe ich, was sie wollen. Gegenleistung: Geld und Infos. Ich weiß zwar nicht, ob ich Ihnen trauen kann, aber das ist Berufsrisiko. Also erst das Geld, dann die …«

Wolfgang Meyer sah aus den Augenwinkeln, wie Michael Röder aus dem *Sturmeck* kam. »Stecken Sie das Zeug ein, und tun Sie so, als ob wir alte Freunde sind«, raunte er dem Mann zu. Der steckte mit einer schnellen Handbewegung die Tafel in seine Jacke und lächelte.

Michael Röder kam näher. »Hallo, Wolfgang. Schön dich zu sehen. Ich hoffe, ich störe nicht.«

»Nein, überhaupt nicht«, lächelte Wolfgang zurück. »Es ist alles okay. Mein Freund freut sich, deine Bekanntschaft zu machen.« Dann legte er seine mächtigen Arme wie einen Schraubstock um den Brustkorb des Mannes.

*

Arndt Kleemann stand hinter einem der langen Vorhänge, die die Fenster im Saal des Strandhotels einrahmten. Auf der anderen Seite, näher an der Tür, hatte sich Broer Voss postiert. Beide beobachteten, dass sich ein Hüne von einem Mann gleich neben der Gruppe niedergelassen hatte, der ihre Aufmerksamkeit galt.

»Das muss Wolfgang Meyer sein«, sagte Broer Voss. »Genau so hat Michael ihn beschrieben. Au Mann, mir ist immer noch nicht wohl bei der Sache. Ich habe zwar selber den Vorschlag mit der Verstärkung gemacht, aber wenn ich das jetzt betrachte, bin ich mir doch nicht mehr sicher, ob es richtig war, einen, ich sag mal: Normalbürger da mit reinzuziehen.«

Kleemann grollte immer noch, wenn er an Röders Anschuldigung dachte. So durfte man sich nicht gehen lassen. Außerdem hatte er seinem Inselkollegen nie einen Grund gegeben, ihn Feigling zu nennen. Und genau das hatte der getan.

Sie sahen, dass Wolfgang Meyer Kontakt aufnahm, der ältere Mann aufstand und dann beide um die Ecke zum Marktplatz schlenderten. »Das ist genau die richtige Richtung. Hoffentlich geht der Meyer wirklich nicht mit in die *Villa*«, flüsterte Voss.

»Broer, er hat es uns fest versprochen. Außerdem kann uns Michael notfalls per Funk benachrichtigen. Der steht genau richtig jetzt im Eingang des *Sturmecks*. Dann würden wir den Einsatz hier abbrechen und sofort rübergehen. Sozusagen Plan B.« Arndt Kleemann hatte seine Pistole gezogen und entsichert, verbarg sie aber in der Tasche seiner Sommerjacke. Prüfend schaute er sich um. Es war gut gewesen, den Wirt zu bitten, die Tische nicht wieder besetzen zu lassen. Der Mann hatte sich trotz der großen Nachfrage an diesem schönen Sommerabend sofort kooperativ gezeigt.

Broer Voss hatte ebenfalls seine Waffe aus dem Gurt genommen und Kleemann nickte ihm zu. »Also los, aber ganz ruhig. Wir wollen das friedlich über die Bühne gehen lassen, genau wie besprochen.« Sie öffneten die Tür und schlenderten direkt auf die Gruppe zu.

»Meine Herrschaften, Sie sind vorläufig festgenommen. Ich möchte Sie bitten, keinen großen Aufstand zu machen.« Mit einem schnellen Griff hatte Arndt Kleemann die Arme des Schwarzhaarigen nach hinten gedreht und mit Handschellen fixiert. Zusätzlich befestigte er die Arme mit Kabelbinder am Gartenstuhl. Das müsste reichen, dachte er, wozu dies neumodische Zeug doch gut sein kann ... Auch Broer Voss hatte blitzschnell gehandelt und die junge Frau auf der anderen Seite des Tisches auf die gleiche Weise an der Flucht gehindert.

Für einen Moment herrschte am Tisch absolute Stille. Allen war die Verblüffung ins Gesicht geschrieben, bis auf Leonard Weber, dessen Züge nur Erleichterung zeigten.

Broer Voss ging er auf den nächsten der Männer zu, doch der wehrte ab. »Mein Name ist Manfred Gossels und ich kann gar nicht weglaufen. Mein Fuß ... bitte glauben Sie mir. Ich sag auch alles, was Sie wollen.«

»Sie sollen nicht sagen, was wir wollen, sondern was der Wahrheitsfindung dient. Das gilt übrigens auch für die anderen hier am Tisch.« Wieder schlossen sich Handschellen.

»Herr Weber, wir kennen uns ja bereits«, sagte Arndt Kleemann. »Danke für die Kooperation. Besonders für die Nachricht, wo genau Ihre Leute ihr Abendessen einnehmen würden. Hat uns bei der Planung sehr geholfen.« Arndt Kleemann hoffte, dass er mit dieser Eröffnung den richtigen Weg beschritt, ohne Leonard Weber damit unnötig zu gefährden. Er wollte sie aus der Reserve locken. Vielleicht würde die Gruppe im Aufruhr gegenseitiger Schuldzuweisungen damit rausrücken, wer den Mann an der Strandmauer auf dem Gewissen hatte. »Allerdings kann ich auch Ihnen die Prozedur nicht ersparen. Ist nur zu Ihrem Besten, Sie wissen schon.« Arndt Kleemann sah, wie sich zwei Gesichter voller Wut Leonard zuwandten. Nur in Manfred Gossels Miene spiegelte sich reine Zufriedenheit.

»Du armseliges, schwules Arschloch«, zischte die Frau, »Das wirst du uns büßen. Wenn das der Boss hört, dann bist du geliefert.« Sie zögerte. »Wo ist er eigentlich? Wo ist mein Vater?«

»Wenn ich der Aussage meines Kollegen glauben darf, die gerade über Funk reingekommen ist, hat ihn das gleiche Schicksal ereilt, wie Sie, Frau …?« Arndt Kleemann schaute die Frau an, erhielt aber keine Antwort.

»Sigrid Klüver heißt sie. Genannt Siggi«, sagte Manfred Gossels. »Und gequält hat sie uns auch immer!«

Arndt Kleemann war zufrieden. Dieser Name stimmte mit dem überein, den Weber ihnen genannt und den er in den Unterlagen gefunden hatte, die ihm seine Kollegen aus Aurich zugeschickt hatten.

Die beiden Kommissare nickten sich zu. Das war geschafft. Nun mussten sie die Truppe noch sicher unterbringen, bis die Fähre genug Wasser unterm Kiel hatte. Das würde in etwa drei Stunden der Fall sein. Michael würde den Boss, wie der Mann genannt wurde, in die Zelle sperren. Damit war das Aufnahmekontingent der kleinen Inselwache allerdings auch schon erschöpft. So hatten sie im Vorgespräch beschlossen, die anderen in der von den Festgenommenen angemieteten Ferienwohnung auf die verschiedenen Zimmer zu verteilen. Sie lag im dritten Stock. Somit war Rausspringen für die Festgenommenen keine Alternative. Und mit den Händen auf dem Rücken ließen sich Fenster generell äußerst schwierig öffnen.

Genügend Raum war ebenfalls vorhanden. So konnten alle getrennt voneinander auf ihren Abtransport warten. »Besonders Weber müssen wir absondern. Zu seiner eigenen Sicherheit«, hatte Michael Röder vor dem Einsatz gesagt, »sonst wird der noch von seinen Kollegen totgeschlagen. Wenn es denn stimmt, was der alles erzählt hat von der Brutalität der Truppe.«

»Bitte stehen Sie auf und gehen Sie voran in Ihre Wohnung. Und ich möchte keinen«, Arndt Kleemanns Stimme hatte einen scharfen Ton angenommen, »aber auch wirklich keinen Stress auf diesem kurzen Weg erleben. Sie können mir glauben, dass wir ohne zu zögern von der Waffe Gebrauch machen, sollte sich einer der Situation durch Flucht entziehen wollen.«

Er löste die Kabelbinder. Langsam standen alle auf und formierten sich zum Weg ins Haus gegenüber.

Kleemann schaute sich um. Niemand hatte etwas von der Aktion mitbekommen. Bis jetzt. Er hoffte sehr, dass der Rest ebenso geräuschlos über die Bühne gehen würde.

*

Sie hatten es geschafft. Die Gruppe hatte sich in die Wohnung bringen und auf die Zimmer verteilen lassen, als ob die Leute noch gar nicht richtig erfasst hatten, was mit ihnen geschehen war. Sie hatten nicht einmal gefragt, warum die Festnahme erfolgt war. Und Arndt Kleemann musste zugeben: Die Entscheidung, die Gruppe in der Ferienwohnung unterzubringen, war goldrichtig gewesen. Direkt hinter der Eingangstür befand sich, genau in der Mitte, das Wohnzimmer. Von dort aus waren die anderen Räume zu erreichen, Küche, Bad, und zwei Schlafzimmer. In das eine hatten sie Karsten, in das andere die junge Frau gesperrt, die Siggi genannt wurde. Manfred Gossels hockte mit schmerzverzerrtem Gesicht am Küchentisch. Auch hinter ihm hatten sie die Tür fest verschlossen. Leonard Weber saß zusammengesunken in dem einzigen Sessel, die Hände noch immer mit Handschellen auf den Rücken gebunden.

»Wo ist eigentlich der Herr Meyer abgeblieben?«, wandte sich Kleemann an Michael Röder, der inzwischen zu ihnen gestoßen war, nachdem er seinen Gefangenen sicher verschlossen hatte.

»Den habe ich erst einmal nach Hause geschickt. Der zitterte am ganzen Körper wie Espenlaub. Muss man sich mal vorstellen, so ein Brecher von Mann und so fertig.« Röder erzählte, dass der ›Boss‹ wie ein Baby vor Wolfgang Meyers Brust gehangen und voller Wut mit den Beinen gezappelt hatte. »Aber Wolfgang hat nicht losgelassen, bevor ich ihm ein Zeichen gegeben habe. Dann hat er uns noch zur Wache begleitet. Für den Notfall. Aber unser Gefangener war einigermaßen friedlich. Meyers imposante Statur ließ einen Gedanken an Flucht bei Klüver wohl gar nicht erst aufkommen. Nur nach seinem Anwalt hat er ständig gefragt. Muss er wohl im Fernsehen mal so gesehen haben. Ich habe diesen Ruf allerdings für's Erste überhört.«

»Na ja, ich kann verstehen, dass Meyer nach dieser Aktion geschafft war«, sagte Broer Voss. »Das macht man schließlich nicht alle Tage.«

»Da hast du recht. Außerdem bin ich ihm sehr dankbar, dass er bei unserem Plan mitgespielt hat. War ja ehrlich gesagt nicht ganz ungefährlich, und ich bin glücklich, dass alles gut gegangen ist. Ich glaube, er wird jetzt erst einmal der versammelten Mannschaft in der Claassenschen Küche von seinem großen Erlebnis erzählen. Angefangen damit, dass ich ihm beim letzten Mal, als er dort saß, unter dem Tisch zweimal gegen sein Schienbein treten musste, bis er merkte, dass ich was von ihm wollte, ohne dass alle Wind davon bekamen. Seine Frau hätte mir bestimmt ganz schön die Hölle heißgemacht und die Aktion schlichtweg untersagt«, erklärte Michael Röder. »Das Protokoll aufnehmen können wir später noch.«

»Nun bleibt nur noch die Frage zu klären, wer von den Jungs was mit den Geschehnissen der letzten Tage zu tun hatte«, sagte Kleemann nachdenklich. »Aber wir haben noch eine ganze Menge Zeit, uns die Genossen einen nach dem anderen vorzuknöpfen. Wir sollten erst einmal die Ärztin anrufen, wie wir das dem Gossels versprochen haben. Jetzt, wo wir alle auf ihre Zimmer verteilt haben, kann sie gefahrlos an seinem Fuß rumschnippeln.«

»Weiß nicht, ob ›gefahrlos‹ der richtige Ausdruck ist«, wandte Broer Voss ein. Die beiden Kollegen schauten ihn erstaunt an. »Habt ihr seine Füße nicht gesehen?«

»Na, dann wollen wir uns mal lieber mit dem schmutzigen Seelenleben einiger Leute hier beschäftigen. Ist auch nicht einfacher«, sagte Arndt Kleemann und schloss die Tür zum Schlafzimmer auf. »Herr …«

»Karsten, sonst nichts.«

»Also, Karsten, dann kommen Sie bitte mit. Herr Weber, Sie warten so lange im Schlafzimmer.« Arndt Kleemann hielt die Tür auf, ließ Karsten heraustreten und schickte ihn in die äußerste Ecke des Wohnzimmers, bevor er die Tür wieder hinter Leonard schloss.

»So, Karsten, nun mal raus mit der Sprache. Erzählen Sie uns von den letzten Tagen.«

Mit überheblichem Lächeln fegte Karsten mit dem rechten Fuß eine Kunststoffpalme von ihrem Hocker und ließ sich krachend auf das Holzgestell fallen. Am liebsten hätte Arndt Kleemann dem Mann eine gescheuert. Ihm seinen arroganten Gesichtsausdruck gründlich ausgetrieben. Stattdessen begann er sehr ruhig, eine Frage nach der anderen zu stellen.

Doch so sehr er und seine Kollegen sich bemühten, Karsten zog es vor zu schweigen. Er hatte den Kopf gesenkt und reagierte auf nichts. Selbst als sie ihn mit Webers Anschuldigung konfrontierten, sagte er nichts. Nur seine Wangenmuskeln zuckten kaum merklich.

»Karsten, was soll der Kram.« Kleemann verschränkte die Arme. »Sie wissen selbst, dass wir heutzutage alle Möglichkeiten haben, auch noch so geringe Fremdspuren am Körper Ihres toten Kollegen zu finden und zu analysieren. Selbst wenn er schon einige Stunden im Wasser gelegen hat. Dazu die Aussagen von Ihren Mitstreitern Weber und Gossels – das reicht allemal.« Seine Stimme hatte sich fast unmerklich gehoben. »Ich muss Sie nicht darauf hinweisen, dass bei einer Unschuld Ihrerseits ein anderer aus der Gruppe der Täter sein könnte. Also ein klassischer Fall von Entlastung, wenn Sie anfangen würden zu reden. Sie wissen doch, jeder Hinweis kann wichtig sein.«

Karsten schwieg. Kleemann schaute auf seine Uhr. »Bringen wir ihn zurück auf sein Zimmer und befragen die anderen. Vielleicht kommen wir da weiter. Wie heißt es so schön: ›Cum tacet, clamat‹.«

Im gleichen Moment sprang Karsten wutentbrannt auf und schrie: »Jetzt ist der endlich für immer von der Bildfläche verschwunden, und nun fangen Sie mit diesem Schwachsinn an. Reden Sie Deutsch mit mir, verdammt noch mal! Dieses verdammte, arrogante Schwein. Immer musste er recht behalten. Immer hat er an meiner Aussprache rumgemeckert. Immer hat er meine Autorität untergraben. Jetzt hat er die Quittung. Und das ist gut so!«

*

Es war weit nach Mitternacht. Die drei Kommissare saßen im Dienstzimmer der Polizeiwache und ließen den Einsatz gedanklich noch einmal an sich vorüberziehen. Allmählich wich die Anspannung und machte einer zufriedenen Müdigkeit Platz.

»Habt ihr mitbekommen, wie die Kollegen aus Aurich geguckt haben, als sie an Bord kamen, um die Gefangenen zu übernehmen?« Broer Voss lachte. »Die waren ja tatsächlich mit einem Großaufgebot in Neßmersiel. Und wir hatten mit drei Mann alles im Griff! Echt prima, dass so viel Platz auf der *Baltrum I* ist. So konnten wir die Herrschaften schön voneinander getrennt auf dem Schiff an die Kette legen. Also nix mit Absprache untereinander oder Beschimpfungen.« Er rieb sich zufrieden die Hände. »Ich habe doch wirklich gedacht, wenn ich auf der Insel drei Wochen lang meinen Arbeitseinsatz abreiße, heißt das: Urlaub mit ein bisschen arbeiten. Da habe ich mich jedenfalls gründlich getäuscht. Es geht ja richtig rund hier! Wissen wir übrigens schon etwas Neues über unseren geheimnisvollen Anrufer von heute Morgen? Also ich meine den, der den Toten an der Strandmauer gemeldet hat?«

Arndt Kleemann schüttelte den Kopf. »Noch keine neuen Erkenntnisse. Und wo du gerade das Wort Urlaub erwähnst ... Da hast du mich doch glatt an etwas erinnert.« Er schaute auf die Uhr. »Ich glaube, ich mache mich mal auf die Socken.«

Er stand auf, aber er wusste, es gab noch etwas, das im Raum stand. Was unbedingt aus der Welt musste. »Die Idee mit dem Meyer war wirklich gut, Michael«, wandte sich der Kommissar seinem Kollegen von der Insel zu. »Noch besser: Sie hat auch funktioniert. Die Kollegen waren ganz begeistert, dass sie nicht nur die Verdächtigen, sondern auch jede Menge Geständnisse dazugeliefert bekamen.«

Michael Röder schaute ihn hoffnungsvoll an. »Danke, dass du das sagst. Du bist mir nicht mehr böse?«

Kleemann schaute ihn ernst an. »Du weißt, dass das eine mit dem anderen nicht unbedingt etwas zu tun hat. Natürlich erleichtert mir der Erfolg der Mission, gelassener mit deinen Anschuldigungen umzugehen. Zumal ich deine Vorschläge uneingeschränkt unterstützt habe, wie du weißt. Nur war ich eben ein wenig ruhiger und überlegter, und das würde ich dir für die Zukunft auch dringend ans Herz legen. Es klappt nicht immer mit dem Kopf durch die Wand. Ich sage dir ganz ehrlich, irgendwo beißt es immer noch ein bisschen ganz tief in mir drinnen. Aber ich bin mir eigentlich sicher, dass du das nicht wirklich ernst gemeint hast.«

»Habe ich auch nicht. Ich war nur so wütend, weil ich in dem Moment gedacht habe, wir kommen keinen Schritt weiter. Da ist es eben mit mir durchgegangen. Es kommt bestimmt nie wieder vor.«, sagte der Inselpolizist leise. »Aber was ist mit dem Disziplinarverfahren? Hast du dich entschieden?«

Arnd Kleemann machte eine erstaunte Miene. »Welches Disziplinarverfahren?«
Er grinste.

Dienstag

Das Schiff legte an, und bald darauf war Lena umringt von ihrer ganzen Familie. Ihre Eltern sahen abgespannt aus, aber als Lena ihre Oma anschaute, erschrak sie. In Gerdjedine Claasens Gesicht zeigte sich tiefe Trauer, ihre Augen blickten müde und ein Zug von Resignation lag um ihre Mundwinkeln.

»Ich habe eine Kutsche bestellt. So entkommen wir allzu aufmerksamen Insulanern«, erklärte Lena. »Ich hoffe, das ist recht so.«

Gerdje nickte. »Das ist eine gute Idee. Und wenn wir zu Hause sind, werde ich euch etwas erzählen, das ich bis jetzt für mich behalten habe.«

Lena stöhnte. Was gab es denn nun noch Geheimnisvolles zu erzählen? Sie war es doch, die die Einzelheiten des gestrigen Tages noch einmal ganz ausführlich berichten wollte. Auch wenn sie den Höhepunkt der Ereignisse, die Festnahme, sozusagen nur aus zweiter Hand wiedergeben konnte. »Lasst uns erst mal gehen«, sagte sie. »Der Kutscher wartet schon auf uns. Nicht, dass er die Plätze noch anderweitig vergibt. Schaut mal, da stehen schon Leute und fragen.«

Schnell machten die vier sich auf den Weg und es dauerte nicht lange, da setzte sich die Kutsche mit dem braun-weißen Tinker davor in Bewegung.

Zu Hause ließ Gerdje sich auf das Wohnzimmersofa fallen. »Lena, würdest du wohl Tee machen? Und dann Heidi Bescheid sagen? Es wäre schön, wenn sie bei dem, was ich euch zu sagen habe, auch dabei wäre. Ach ja, und deine neue Freundin, die geht das auch was an. Kannst du die erreichen?«

Erstaunt blickte Lena ihre Oma an, und auch Lenas Eltern schauten ratlos. Was sollte das jetzt werden? Die große Enthüllung?

Als Erste fasste sich Lena wieder. »Der Tee ist in Arbeit, Kuchen steht bereit, und Heidi wollte sowieso in einer halben Stunde nach ihrer besten Freundin schauen. Inga rufe ich natürlich an, wenn du möchtest. Ich denke, sie wird ihren Freund mitbringen.«

Gerdje nickte. «Meinetwegen.«

Lena hatte noch keinen Frieden mit der Tat ihrer Oma machen können. Auch wenn ihr Opa gar keine Gelegenheit mehr gehabt hatte, von dem Quarkbrot zu essen, das seine Frau ihm mitgegeben hatte: Oma hatte es versucht, und das zählte.

Während der Tee zog, rief Lena Inga an und erzählte ihr von dem Wunsch ihrer Großmutter. Inga und Fynn versprachen, ein wenig später zum Haus der Claassens zu kommen.

*

»Schaut euch dieses Bild an.« Gerdje Claassen hatte sich umgedreht und zeigte mit der rechten Hand auf das große Bild an der Wand hinter dem Sofa. »Ja, es ist tatsächlich ein Originalgemälde von Walter Bertelsmann. Er hat es gemalt, als er 1905 im Winter mehrere Wochen hier auf der Insel verbracht hat. Ich habe es immer gewusst, nur nie darüber gesprochen. Warum, erzähle ich euch später.« Gerdje hatte sich wieder ihrer aufs Äußerste gespannten Zuhörerschaft zugewendet. »Aber das ist noch nicht alles. Lasst uns zum Flakstand gehen. Dort wartet noch eine Überraschung.«

»Vielleicht ein Van Gogh? War der auch hier?«, fragte Fynn leise.

Inga lächelte. »Habe ich es nicht gewusst?«, sagte sie im Aufstehen. »Bei Bertelsmann macht mir keiner was vor. Ich kenne doch seine Himmel!«

Gerdje holte den Schlüssel, den sie stets gut versteckt im Küchenschrank aufbewahrt hatte. Bald schob sich eine kleine Prozession durch den Garten zum buntbemalten Eingang des Flakstandes. Umständlich und mit zitternden Händen öffnete sie die schwere Holztür.

Allerhand Gartenwerkzeug, wie Schaufeln, Harken und eine Forke standen an die Wand gelehnt. Leere Terracottatöpfe warteten darauf, bepflanzt zu werden. Eine silbern glänzende Schubkarre mit grünen Griffen lehnte hochkant an der gegenüberliegenden Wand. Gerdje schenkte all diesen Sachen keine Beachtung, sondern ging zielstrebig durch den Raum direkt auf eine zweite Tür zu.

»Hier sind zwei Räume?«, wunderte sich Lena.

Gerdje nickte. »Ja, und das Besondere ist, dass in diesem zweiten Raum immer eine konstante Temperatur herrscht, ohne jegliche Schwankung. Das ist auch besonders gut für meine Schätzchen.« Das Schloss quietschte leicht, als Gerdje auch diese Tür öffnete. Der Raum war leer, bis auf eine mächtige Holztruhe, die mitten im Raum stand. Noch einmal griff Gerdje zu ihrem Schlüsselbund, dann klappte sie mit Hilfe ihres Schwiegersohnes den schweren Deckel der alten Truhe auf. Sie zog ein großes, flaches, viereckiges Paket heraus, das mit einer dunkelbraunen Wolldecke umhüllt war. »Da, Lena, nimm es und pack es aus.«

Vorsichtig und mit Unterstützung von Inga und Fynn nahm Inga die Platte und wickelte sie aus der Decke. »Das ist ein Modersohn!«, rief Inga. »Schau, die Signatur auf der Rückseite!«

»Modersohn?«, fragte Lena, »ist doch auch einer von den Worpsweder Malern, oder?«

»Ja, ein Maler der ersten Stunde, genau wie Mackensen und einige andere. Diese Künstler sind inzwischen weltberühmt«, murmelte Ingrid Schirrmacher, die wie betäubt auf das Bild starrte.

Inzwischen hatte Gerdje auch die anderen Bilder aus der Kiste genommen und Lena, Fynn und Inga befreiten sie aus ihren wollenen Umhüllungen. »Es sind alles Baltrumer Motive«, flüsterte Inga überwältigt. »Schaut doch. Die alte Palisadenwand, und hier, seht doch mal, was da steht. Becker-Modersohn, und da: Hans am Ende. Das darf doch nicht wahr sein. Ich glaube, ich werde verrückt!«

»Das ist die alte Inselkirche, damals natürlich nicht die alte, sondern die einzige«, rief Heidi dazwischen. Sie hielt ein Ölgemälde zwischen den ausgestreckten Armen und versuchte die Unterschrift zu entziffern. »Mackensen. Da steht doch tatsächlich Mackensen«, sagte sie überwältigt. »Es gibt übrigens auch eine Fotografie von der Kirche aus dieser Zeit. Wir zeigen sie im Heimatmuseum.«

»Ich werde verrückt, Mama, wo hast du die Bilder her? Und warum liegen die hier im Dunkeln und hängen nicht an irgendeiner Wand?« Lenas Mutter schüttelte den Kopf.

»Das alles will ich euch erklären. Kommt mit, wir setzen uns in den Garten. Florian kann vielleicht noch ein paar Gartenstühle mitnehmen.« Gerdje lief voraus, doch plötzlich stockte sie. »Ich weiß nicht, vielleicht sollten wir doch nicht …«

»Oma, der Garten kann nichts dafür«, widersprach Lena. »Und die Herbstzeitlosen haben wir inzwischen alle entsorgt. Dadurch sieht der Rasen natürlich nicht mehr ganz so gepflegt aus, aber damit wirst du wohl leben müssen.«

Gerdje seufzte. »Lena, ich habe die Spitze in deinen Worten gut verstanden. Aber bitte höre mir zu. Vielleicht verstehst du dann besser.« Sie wusste, es würde noch ein gutes Stück Arbeit bedeuten, das Vertrauen ihrer Enkelin wiederzuerlangen. Noch war sie nicht einmal so weit, dass sie sich selbst vertraute.

Florian Schirrmacher nahm ein paar Stühle, die zusammengeklappt an der Wand des Unterstandes gelehnt hatten, drückte auch Fynn zwei in die Hand und ging voraus. Die Frauen trugen je ein Bild unter dem Arm, um sie im Tageslicht noch einmal genau zu betrachten.

»Nun erzähl schon, Oma. Wie bist du an die Bilder gekommen?« Lena war anzusehen, dass sie ihre Neugier kaum zügeln konnte.

Als Gerdje sah, dass alle um sie herum einen Platz gefunden hatten, begann sie mit ihrer Geschichte. »Ihr wisst doch, dass die Wurzeln meiner Familie schon seit Generationen auf Baltrum liegen. Im Sippenbuch ist alles verzeichnet. Auch dass ich einen Vorfahren habe, der um die Jahrhundertwende als Inselvogt gewirkt hat. Genau zu dieser Zeit war Walter Bertelsmann hier. Er hat wohl ein wenig sein Herz an diese Insel verloren und seine Malerkollegen aus Worpswede bewogen, ebenfalls Baltrum einen Besuch abzustatten. Und was meint ihr?« Gerdje schaute ihre Zuhörer zum ersten Mal ein wenig fröhlicher an. »Genau, vier von ihnen sind tatsächlich gekommen und haben ebenfalls ein Bild hier gemalt. Zwar haben sie die Bilder erst in Worpswede fertiggestellt, aber sie haben meine Vorfahren eingeladen, dort hinzukommen. Und ob ihr es glaubt, oder nicht:

Hiemke Evers und ihr Mann Eilt sind der Einladung gefolgt. Tja, und als sie wiederkamen, hatten sie diese Bilder im Gepäck.«

»Aber warum sind die Kunstwerke nicht im Licht der Öffentlichkeit?« Ingrid Schirrmacher schaute noch immer fasziniert auf die Bilder. »Und warum habe ich in all den Jahren nichts von der Existenz dieser Bildern gewusst oder mitbekommen?«

Gerdje hatte sich zurückgelehnt und redete mit geschlossenen Augen weiter. »Diese Bilder hat meine Mutter kurz vor ihrem Tod an mich weitergegeben, so wie es ihre Mutter bei ihr gemacht hat. Meiner Großmutter war damals noch nicht bewusst, welchen Wert die Bilder einmal haben würden. Sie hat sie fast nebenbei, so als Zugabe, ihrer Tochter mitgegeben, und auch die hat den Bildern keine große Bedeutung beigemessen. Sie lagen jahrelang auf dem Dachboden. Bis ich sie bekam. Mir wurde dann im Laufe der Jahre klar, welchen Schatz ich hortete. Ich habe sie verborgen gehalten, und wenn ihr mich fragt warum, dann kann ich nur sagen: Ich habe sie vor Hinnerk geheim gehalten, weil ich sicher war, dass er sie unter den Hammer bringen würde.« Gerdje blickte auf und ihre Stimme wurde fester. »Er hätte es nicht ertragen, die Bilder einfach irgendwo liegen oder hängen zu sehen, wenn sie doch einen ordentlichen Betrag auf das Konto eingebracht hätten. Nur das Bild von ›Ihrem‹«, sie nickte Inga zu, »Walter Bertelsmann, das fand ich so schön, das musste ich einfach aufhängen. Ich habe Hinnerk gesagt, dass ich es am Festland billig erstanden hätte. Das hat er dann so hingenommen und Gott sei Dank nicht weiter nachgefragt.«

»Vielleicht hat ihm das Motiv gefallen, Strand und Meer waren nun mal seine große Liebe«, sagte Ingrid.

»Das mag sein. Auf jeden Fall habe ich damals Blut und Wasser geschwitzt, dass er rausfindet, woher das Bild wirklich stammt. Dann hätte er mich, wie bei der Kündigung des Flakstandes, nicht einmal gefragt, sondern die Bilder sofort verkauft. Sie waren also meine heimliche Absicherung, und du, Ingrid, wirst sie eines Tages erben.«

Gerdje atmete tief durch. »Und nun zu deiner Frage, warum du sie nie gesehen hast. Ganz einfach. Kannst du dich erinnern? Als du ein Kind warst, stand an der hinteren Wand des Flakstandes ein großes Regal, voll mit leeren Einmachgläsern und Püllpötten. So war die Tür zum zweiten Raum gut verborgen. Vor einiger Zeit habe ich das Regal dann abgebaut, weil ich nachsehen wollte, ob die Bilder noch in gutem Zustand waren.«

Ingrid Schirrmacher schaute ihre Mutter überrascht an. »Ich habe die Tür tatsächlich nie bemerkt.«

»Aber mir als deiner besten Freundin hättest du es doch sagen können«, meldete sich Heidi.

»Ach Heidi, dann hättest du dir doch nichts sehnlicher gewünscht, als diese Bilder im Heimatmuseum aufzuhängen, oder?«, fragte Gerdje ihre Freundin. »Aber nun reicht es mit den Heimlichkeiten. Ich will, dass sie einen angemessenen Platz bekommen. Wir werden in Ruhe überlegen.«

»Jetzt wird mir auch der Ausspruch ›die fünf ans Licht‹ klar«, sagte Inga, die immer noch mit großen Augen auf die Gemälde schaute. »Sie haben die Bilder gemeint, Frau Claassen. Die vier Bilder aus dem Flakstand und das Gemälde von Walter Bertelsmann, das war es, was Ihnen Sorge bereitet hat. Und ich komme noch zu Ihnen und mache so einen Aufstand um das Bild. Jetzt verstehe ich, warum Sie nicht wollten, dass der wahre Wert öffentlich wird.«

»Und darum warst du auch so besonders böse, als Opa an den Flakstand heran wollte«, flüsterte Lena. »Dann wäre beim Ausräumen dein Geheimnis im wahrsten Sinne des Wortes ans Tageslicht getreten.«

Gerdje nickte. »Ja, ich wusste mir einfach nicht zu helfen, als Olga Nammen mir auf der Straße davon erzählte. Und auf das Naheliegendste, nämlich mit euch zu sprechen, bin ich in diesem Moment gar nicht gekommen.«

»Apropos sprechen, wir müssen auch noch was mit dir besprechen. Gestern ist hier nämlich etwas passiert, das glaubst du nicht ...« Lena war aufgestanden und hatte ihre Großmutter fest in den Arm genommen.

*

Glocken läuteten. Die Träger öffneten das Ostportal der Kirche, trugen den Sarg heraus und schoben ihn in den schwarzen, offenen Leichenwagen. Nach und nach holten die Männer auch die Kränze und Gestecke aus dem Altarraum und legten sie in die Kutsche. Eines der Pferde schnaubte leise und versuchte, das Gras zu erreichen, das sich ihm am Rand des Weges so verlockend zeigte.

Der Kutscher setzte sich auf den Bock und die Kutsche fuhr an. Ein langer Zug von Insulanern, angeführt von der Pastorin und Hinrich Claassens Familie, reihte sich hinter ihr ein und begleitete den Toten auf seiner letzten Fahrt.

Auch Inga und Fynn liefen schweigend mit den anderen hinter dem schwarzen Wagen und seiner traurigen Fracht auf der Hellerstraße entlang zum Friedhof. Aus der Ferne wehte immer noch der Klang der Kirchenglocken herüber und begleitete die Menschen auf ihrem

Weg. Wieder schien die Sonne, wie in den Tagen zuvor, von einem strahlend blauen Himmel. Kleine Wellen kräuselten sich, vom leichten Ostwind angetrieben, auf dem Spielteich.

Ingas Gedanken gingen zurück. Über eine Woche war sie jetzt bereits auf der Insel, am Anfang getrieben von dem Wunsch, die Wege ihres Lieblingsmalers zu erspüren. Doch dann hatten sich andere Ereignisse in den Vordergrund gedrängt. Ereignisse, die sie sehr erschüttert hatten.

Morgen endete ihr Urlaub, und sie würde mit Fynn zurück nach Worpswede fahren. Dort würde sie das tun, wozu sie in der Woche auf Baltrum keine Zeit gefunden hatte: in Ruhe über ihre Zukunft nachdenken. Das hatte sie sich fest vorgenommen. Sie war gespannt, ob Fynn darauf bestehen würde, an ihrer Planung teilzuhaben. Und ob ihre kleine Skulptur Gnade vor den Augen der Juroren gefunden hatte.

Ihre kurze Suche auf der Insel nach weiteren Bildern ihres Lieblingsmalers war erfolglos geblieben, aber Heidi hatte ihr versichert, dass sie die Augen für sie offen halten würde.

Sie schaute zu Lena, ihrer neuen Freundin, der sie versprochen hatte, spätestens zum Osterfeuer wieder auf die Insel zu kommen, und hörte, wie Lena ihrer Mutter zuflüsterte: »Ich glaube, Opa wäre viel lieber auf der anderen Seite der Insel begraben worden. So, dass er auf das Meer hätte hinausblicken können.«

»In einem Sarg aus Strandholz«, antwortete Ingrid Schirrmacher.

Ende

Nachwort

Walter Bertelsmann wird am 2. Januar 1877 in Bremen als Sohn eines Tabakhändlers geboren. Schon als Kind entdeckt er seine Leidenschaft für das Malen, die von seinen Eltern gefördert wird. Bevor er sich aber ganz seiner Berufung zuwendet, arbeitet er zehn Jahre lang in der Firma seines Vaters als Prokurist und reisender Tabakeinkäufer. Nebenbei nimmt er allerdings bereits Malunterricht bei Professor Wilhelm Otto in Bremen.

Schicksalhaft wird eine Begegnung mit dem Worpsweder Maler Hans am Ende. Er ermutigt Bertelsmann, sich ganz der Malerei zu widmen und erklärt sich bereit, ihn zu unterrichten. Walter Bertelsmann zieht um nach Worpswede, wo er in der Landschaft um Weyerberg, Hamme, Wümme und Weser seine bevorzugten Motive findet. Er gilt als *der* Wasser- und auch Himmelsmaler. Gerade seine Darstellung des Himmels über der norddeutschen Landschaft hinterlässt beim Betrachten seiner Bilder einen unvergesslichen Eindruck.

1912 heiratet er Erna Lundbeck. Auch sie ist Künstlerin, studiert Malerei und Bildhauerei. Beeindruckend schön von ihr bemaltes Porzellan findet man in der *Käseglocke* in Worpswede.

Drei Kinder werden geboren, Jürgen, der im zweiten Weltkrieg stirbt, Hilda – sie wird Pianistin – und Renate, die sich zur Sängerin ausbilden lässt.

Am 11. Februar 1963 stirbt Walter Bertelsmann in Worpswede. Er liegt begraben auf dem Friedhof neben der Zionskirche.

Im Dezember 1905 verbringt Walter Bertelsmann ein paar Wochen auf Baltrum. Einige Bilder aus dieser Zeit legen davon wunderbares Zeugnis ab.

Wenn Sie sich ein wenig mit der Baltrumer Geschichte beschäftigen, werden Sie feststellen, dass alle Personen, die ich diesem Besuch zugeordnet habe, auch wirklich und wahrhaftig in diesem Jahr dort gelebt haben.

Dass allerdings außer Walter Bertelsmann im Jahre 1905 noch andere Worpsweder Maler zu Besuch auf der Insel weilten und dort malten, entsprang schlichtweg meiner Fantasie.

Ulrike Barow

Und hier für alle, die es genau wissen wollen:

Jus primae noctae – das Recht der ersten Nacht
Aleae jactae sunt – die Würfel sind gefallen
Venia verbo – wenn es erlaubt ist, zu sagen
Vivere militare est – leben heißt kämpfen
Nolens volens – ob man will oder nicht
Compesce mentem – bändige deine Leidenschaft
Cum tacet clamat – indem er schweigt, stimmt er zu

ULRIKE BAROW

1953 in Gütersloh geboren, lebt nach dreißig Jahren Inselaufenthalt auf Baltrum jetzt mit ihrer Familie in Leer. Sie ist gelernte Buchhändlerin. Der erste Kurzkrimi *Baltrumer Wintermärchen* wurde in der Anthologie *Inselkrimis* (Leda-Verlag, 2006) veröffentlicht. Dort erschienen auch ihre Kriminalromane *Endstation Baltrum* (2008), *Dornröschen muss sterben* (2009) und *Baltrumer Dünengrab* (2011). Außerdem ist sie in *Friesisches Mordkompott – Herber Nachschlag* (2009), *Friesisches Mordkompott – Süßer Nachschlag* (2010), *Gepfefferte Weihnachten* (2010) und *Mordkompott meerumschlungen* (2011) vertreten. Mehr Informationen: www.barow-baltrum.de.

Ulrike Barow
**Dornröschen
muss sterben**
Inselkrimi – Baltrum
978-939689-14-0
8,90 Euro

Ulrike Barow
**Endstation
Baltrum**
Inselkrimi – Baltrum
978-939689-09-6
8,90 Euro

Ulrike Barow
**Baltrumer
Dünengrab**
Inselkrimi
978-3-939689-62-1
9,90 Euro

Regine Kölpin
Otternbiss
Inselkrimi
Wangerooge
978-9-939689-35-5
9,90 Euro

Regula Venske
**Bankraub mit
Möwenschiss**
Inselkrimi – Juist
978-939689-18-8
8,90 Euro

Peter Gerdes
**Wut und
Wellen**
Inselkrimi – Langeoog
978-3-939689-34-8
9,90 Euro